T0294203

LA CHICA DE CALIFORNIA

Y OTROS RELATOS

JOHN O'HARA

Traducción de David Paradela López

CONTRA

La chica de California y otros relatos

Dirección editorial: Didac Aparicio y Eduard Sancho

Traducción: David Paradela López

Diseño: Setanta
Maquetación: Emma Camacho

Primera edición: Marzo de 2016

Psje. Fontanelles, 6, bajos 2ª
08017 Barcelona
contra@contraediciones.com
www.editorialcontra.com

ISBN: 978-84-944033-6-1
Depósito Legal: DL B 4.088-2016
Impreso en España por Liberdúplex

Prólogo

«Los años veinte, treinta y cuarenta ya son historia, pero no puedo contentarme con dejar su narración en manos de los historiadores y editores de libros ilustrados. Quiero registrar cómo hablaba y pensaba y sentía la gente, y hacerlo con la mayor sinceridad y variedad.»

JOHN O'HARA, Princeton, primavera de 1960
(Del prólogo a *Sermons and Soda-Water*)

«En lugar de imaginar una aventura, en lugar de complicarla, de preparar golpes teatrales que, de escena en escena, la conduzcan a una conclusión final, se toma simplemente la historia de un ser o un grupo de seres de la vida real, cuyos actos se registran con toda fidelidad. La obra se convierte en un proceso verbal y nada más; solo tiene el mérito de la exacta observación, de la penetración más o menos profunda del análisis, del encadenamiento lógico de los hechos.»

ÉMILE ZOLA, *Le Roman expérimental*, 1880

En un periodo que abarca seis décadas, John O'Hara escribió más de cuatrocientos relatos, la mayoría para la prestigiosa revista *The New Yorker*, que desde su primer número, que salió el 21 de febrero de 1925 con una periodicidad semanal, fue la publicación que más impulsó y puso en primer plano la forma breve norteamericana. Por sus páginas y su caótica maquetación, que yuxtaponía viñetas, *sketches*, poemas, relatos, y crónicas de la vida social y cultural neoyorquina (es célebre su sección, aún hoy activa, «The Talk of the Town»), han pasado maestros del género como J. D. Salinger, John Cheever, Truman Capote,

Richard Yates, E. L. Doctorow, Raymond Carver o John Updike, entre muchos otros, pero fue John O'Hara quien más cuentos publicó en la revista: un total de doscientos setenta y cuatro. Es a O'Hara a quien de hecho se atribuye en gran parte el estilo que caracterizaría a la ficción del *New Yorker*, esto es, y de manera algo sucinta: una aproximación elíptica al tema, el diálogo como vehículo privilegiado de la narración, y un final abrupto o sorprendente, cuando no revelador, en el sentido de la epifanía de Joyce.

Quizá el gran tema de la narrativa de O'Hara fuera el de cómo las máscaras que impone la convención social configuraban la conducta de sus personajes, y de cómo su mundo, una vez estas máscaras caían —a través de una revelación o un acontecimiento inesperado—, cambiaba para siempre. O'Hara tenía un fuerte sentido de la estratificación social norteamericana. Para él, el medio social tenía una importancia capital, y las circunstancias del entorno y los conflictos que este generaba determinaban el comportamiento y las peripecias de sus criaturas ficcionales, postulados cercanos al naturalismo literario, del que también adoptó una aproximación «documental» a la realidad. En su caso, la objetividad procede de su prodigiosa capacidad para captar la oralidad del mundo que retrata, aunque más a la manera de un preciso aparato de registro sonoro que de una mirada cinematográfica cuyo ojo captura hasta el más mínimo detalle. Su verismo está siempre controlado. Sentimos la presencia del autor, que ha configurado el dispositivo oral de una manera muy precisa, tanto en la longitud de las frases como en el ritmo del intercambio, a veces furioso, de las conversaciones, pero, sobre todo, en el control de la información, y este es un tema esencial, pues es tan importante lo que se dice —lo que nos dicen los personajes— como lo que *no* nos dicen, ya que en última instancia el tema del relato queda casi siempre sumergido y estalla solo al final.

A la hora de dar forma a sus personajes, era raro que O'Hara optara por la descripción más prosaica, y era conocida su aversión por la metáfora. «Las personas no son barcos, piezas de ajedrez, flores, caballos de carreras, pinturas al óleo, botellas de champán, excrementos, instrumentos musicales ni ninguna otra cosa, sino personas», dejó escrito en su novela *BUtterfield 8*. Su voz, casi siempre omnisciente, resulta seca, lacónica, y a veces insolente («Todas las noches, antes de ir al teatro, se comía lo que para cualquier hombre habría sido una cena, solo que Don Tally lo llamaba un tentempié», leemos en el arranque de «El caballero orondo»). No era habitual que optara por la opción diegética de la primera persona, pero cuando lo hacía, lograba conferir una intimidad y proximidad prodigiosas (en la antología que nos ocupa, véanse por ejemplo los dos últimos relatos, «Un hombre de confianza» y «Fatimas y besos»). En cualquier caso, O'Hara siempre hacía gala de su extraordinaria capacidad de oído para retratar a partir del diálogo, técnica de la que fue uno de los grandes maestros y que es el vehículo narrativo de muchos de sus relatos, algunos sin apenas intervención de la voz del autor (el cuento que abre este volumen, «La chica de California», es paradigmático en este sentido). Por extensión, casi nunca conocemos el aspecto que tienen sus personajes, y solo a partir de unos pocos detalles —de su indumentaria o del coche que conducen, de la insignia del club que portan en la solapa, de su manera de caminar y, por supuesto, de hablar— se nos presentan con una verosimilitud sorprendente. O'Hara solía leer sus diálogos en voz alta para asegurarse de que sonaran como tenían que sonar.

Si bien en su obra predominan los personajes de clase alta —directores de banco, millonarios, *bon vivants*, socios de clubes selectos (él mismo perteneció a varios), actores y actrices de éxito o directores de cine, viudas adineradas—, también encontramos a taxistas y conductores de autobús, oficinistas, mafiosos, prostitutas, camareros, coristas, policías o profesores, en una ambición y amplitud antropológicas que algunos han comparado con la de Balzac. La voz que confiere a cada una de sus criaturas responde exactamente a la realidad, y si O'Hara logra soslayar el estereotipo, es porque este escuchó en algún momento de su vida las voces que pueblan sus relatos. Podemos imaginárnoslo en un *speakeasy*, disimulando su atención de la conversación que una pareja mantiene a su lado, y a veces parece incluso haberse colado en su alcoba y captado lo que se dicen entre susurros.

O'Hara nació el 31 de enero de 1905 en Pottsville, Pensilvania, a cien millas de Filadelfia y en el corazón del condado de Schuylkill, una zona rica en yacimientos de antracita conocida como la Región. Sus padres, católicos de origen irlandés, tuvieron que abrirse camino a través del complejo entramado social de Pottsville, un enclave Republicano por excelencia cuya aristocracia era de origen inglés o galés o alemán, y donde los irlandeses, junto con los polacos, lituanos e italianos, solían desempeñar los trabajos más peligrosos en las minas. O'Hara sorteó el destino de su estirpe por ser el hijo del eminente médico Patrick O'Hara, que era considerado el mejor cirujano de la localidad y que se estableció en la calle más opulenta de la misma, Mahantongo Street, rodeado de coches, caballos e incluso ponis para los niños. Fue este entorno social hermético y clasista —un entorno que podía perfectamente trazarse sobre el mapa de la ciudad y cuya rutina ponzoñosa puede sentirse con fuerza en el relato «El martes es tan buen día como cualquiera»— el que marcaría a John O'Hara de por vida. Más adelante, él mismo reconocería que sus años de infancia y juventud en Pottsville fueron el sustrato de toda su ficción futura. En su obra, Pottsville devino Gibbsville; la calle Mahantongo transmutó en la Lantenengo; la North George Street en la North Frederick, e incluso él mismo tuvo su trasunto ficcional en la figura de Jim Malloy (en la antología que nos ocupa, puede vérsele en «Fatimas y besos» o «Un hombre de confianza»).

El Doctor vio pronto cómo se desvanecían sus sueños de que su hijo mayor y predilecto (O'Hara tuvo siete hermanos) siguiera la profesión paterna. A pesar de que hacía que lo acompañara en sus desplazamientos de trabajo —y al joven O'Hara se le quedarían grabados en la memoria algunos de los horrores que presenció—, no logró inculcarle su amor por la profesión, lo que provocó no pocas tensiones entre los temperamentales O'Hara, violentos y lenguaraces, acrecentadas por las expulsiones de John de los colegios donde estudió por mala conducta. Además, los intereses del joven O'Hara pronto se decantarían hacia la literatura y el periodismo, actividades que prefería sobre la práctica de cualquier deporte y que cultivaba siempre que podía en un marco escolar que su errática naturaleza le llevaba a dinamitar. Su expulsión del Niagara Preparatory School, antesala de la universidad de Yale, se produjo en la víspera de su graduación, cuando fue visto entrando por la ventana de su habitación de madrugada, completamente borracho y con su traje de graduación hecho jirones y lleno de barro. Se vio así frustrada la voluntad paterna de que el hijo entrara en Yale y en su círculo social privilegiado. Algo de esta frustración se cuela en las últimas líneas del relato «Fatimas y besos».

Entre 1920 y 1924, habiendo saboteado su carrera formativa, O'Hara se vio obligado, a instancias de su padre, a trabajar. Lo hizo de mensajero, de dependiente de un drugstore, anotador de la lectura del consumo de gas, operador de centralita telefónica, peón en la estación de ferrocarril, operario en una acería o guarda en un parque de atracciones —ámbitos de los que debió de empaparse del habla particular de cada gremio y que luego vertería en sus relatos—, hasta que el Doctor, confiando en que el enfrentamiento con la dura vida profesional del reportero lo devolviera al redil de la medicina, utilizó sus contactos para que el joven entrara de redactor en el *Journal* de Pottsville, que era por otra parte lo que John más deseaba. Allí recaló, sin salario y a prueba, en julio de 1924, y empezó a publicar sus primeros reportajes y columnas, aunque apenas quedan documentos de su paso por el rotativo.

Poco después, en marzo de 1925, sobrevino la muerte anunciada del padre. Al parecer, sus últimas palabras fueron «pobre John». Prácticamente de un día para el otro, habiendo el padre dejado una herencia insuficiente para la extensa familia, los O'Hara pasaron de la opulencia a la pobreza, y John tuvo que renunciar definitivamente a Yale, lo que alentó que cultivara un enfermizo sentimiento de inferioridad y resentimiento.

Tras su paso como reportero del *Courier* de Tamaqua (Taqua en su ficción), población próxima a su ciudad natal, y de embarcarse en el *George Washington* como camarero, regresó a Pottsville y, de allí, a dedo, se plantó en Chicago, donde intentó sin éxito que lo contrataran en un diario. En 1928, su afán de convertirse en escritor y el desasosiego que le produjo la ruptura con su primera novia y la muerte de su padre lo llevaron a Nueva York, donde pronto trabó amistad con escritores como Dorothy Parker o Robert Benchley, y donde trabajó de redactor y corrector en el *Herald Tribune*. Poco después, el 5 de mayo, publicó su primer *sketch* en el *New Yorker*, revista en la que seguiría colaborando activamente durante toda su vida, excepto durante un hiato de una década, cuando la revista publicó una devastadora crítica de su novela de 1949 *A Rage to Live* que afirmaba explícitamente que O'Hara estaba acabado como escritor. El resentimiento en O'Hara era al parecer proverbial y llevó fatal durante toda su vida las críticas negativas, que no fueron pocas, lo que sumado a su sensación de que su obra era permanentemente infravalorada, lo convirtió en el blanco fácil de los críticos más despiadados. Además, su soberbia era de sobras conocida. Cuando en 1962 le concedieron a John Steinbeck el Nobel —galardón que O'Hara anheló obtener en algún momento de su vida pero que se le resistió—, el de Pottsville le envió un telegrama de felicitación en el que decía, sin más, «eras mi segunda opción». El día en que O'Hara firmó su contrato con Random House, su editor, Bennett Cerf, le dijo:

—John, este es un gran día para mí, porque considero que eres uno de los mejores escritores americanos.

—«¿Uno de los mejores?» —respondió O'Hara— ¿Quién más?

—Faulkner y Hemingway —dijo Cerf.

—Bueno, Faulkner no está mal —sentenció el escritor.

O'Hara cultivó una afición desaforada por el alcohol, animada por la omnipresencia de bares y *speakeasies* que frecuentaba la intelectualidad neoyorquina. Su enclave de esparcimiento noctámbulo predilecto sería el Jack and Charlie's Puncheon Club de la calle Cuarenta y Nueve, especialmente cuando en 1930 se convirtió en el mítico «21». Al parecer, los efectos del alcohol en el habitualmente tímido, amable y reservado escritor en ciernes eran espeluznantes. Como afirmó en su *novella* de 1968 «A Few Trips and Some Poetry» su álter ego Jim Malloy, «era por naturaleza un tipo melancólico, pero mi segunda naturaleza era la de un bebedor, y la melancolía que me arrojaba a la botella duraba lo que la primera copa de whisky tardaba en llegar al cerebro, donde acto seguido cobraba otras formas, como la violencia o el sexo o la euforia o el gozo de la música». O'Hara era un crápula de armas tomar. No era infrecuente que acabara las noches a puñetazos, y no eran pocas las llamadas de resentimiento que recibía al día siguiente, tanto de hombres como de mujeres. Robert Benchley, tras una noche loca, lo llamó por teléfono y le dijo: «John, soy tu amigo, y todos tus amigos sabemos que eres un hijo de puta». Una anécdota lo sitúa en el «21», totalmente borracho, golpeando a un enano mientras otro hacía lo propio con él. En una ocasión, se dice que abofeteó a una mujer que llegó tarde a una cena. Como en muchos otros escritores de su generación, el alcohol era casi un imperativo, aunque en el caso de O'Hara no parecía que fuera un catalizador de la inspiración. Su patrón era más bien el de una jornada alcohólica que arrancaba a media tarde y que se prolongaba hasta la madrugada, a la que seguía un día de profunda resaca que lo dejaba postrado hasta la noche, que es cuando se embarcaba en la escritura. En su momento álgido llegó a beber hasta una botella al día. Su preferido era el whisky St. James. Cuando murió su segunda mujer, Belle Wylie, en 1954, dejó el alcohol definitivamente —vertiendo simbólicamente el contenido entero de una botella por el fregadero— sin que la calidad de su prosa se viera afectada.

El alcohol es omnipresente en la obra de O'Hara. Es frecuente que sus locuaces personajes beban. En «¿Nos vamos mañana?», sin que se presente explícitamente —nada nunca lo hace del todo en la obra de O'Hara—, el insondable y enigmático Douglas Campbell lanza al final una pregunta tan aterradora como un delírium tremens; la joven que visita a la actriz en «¿Puedo quedarme aquí?» llega en avanzado estado de alcoholización; en «Una etapa de la vida» el alcohol es ingerido desde el comienzo al final del relato; en *BUtterfield 8*, la segunda novela de O'Hara (que esta casa tiene previsto publicar próximamente), el relato arranca cuando la protagonista, Gloria Wandrous, se levanta de resaca en la casa vacía de su amante, con el que ha pasado la noche y de la que apenas recuerda nada...

El comienzo de la década de los treinta fue dura para O'Hara. EE. UU. atravesaba la mayor crisis económica de su historia y la ley seca no se derogaría hasta finales de 1933. El joven y ambicioso escritor tiró adelante colaborando para *Time*, donde cubría desde deportes a religión o teatro; para *Editor & Publisher* y para el *Daily Mirror*. No era raro que pasara un día sin comer. Sus primigenios relatos para el *New Yorker*, muy breves en comparación con los que vinieron después, eran retazos de historias, sin apenas argumento, y en ellos ya experimentó con las peculiaridades del habla y la expresión. Desde sus inicios, mantuvo una intensa relación con el editor de la revista, Harold Ross, quien leía todo aquello que se publicaba en el *New Yorker* y llenaba los textos de anotaciones y sugerencias, y en el caso de O'Hara, trataba de que este no se extralimitara en su tendencia al uso de vocabulario procaz. En una ocasión le dijo: «Yo te confío los sustantivos, pero no los adjetivos». O'Hara le respondió: «Cuando uno termina un cuento, solo hay un modo de mejorarlo: mandando al editor a hacer puñetas». Y aunque Ross no siempre recibía bien sus relatos más ambiguos, lo alentó a seguir publicando. A la predilección de Ross y de la redacción por los relatos sin trama y de aproximación oblicua al tema debemos en parte el estilo que O'Hara iría perfeccionando con el tiempo. Solo entre 1928 y 1938, O'Hara publicó ciento treinta y cuatro relatos en el *New Yorker*. En paralelo, trabajó en su primera novela, *Cita en Samarra*. Se dice que cuando en abril de 1934 entregó el dactilografiado a la editorial, Harcourt, Brace —que publicaría sus dos primeras novelas y sus tres primeras colecciones de relatos—, tenía apenas seis dólares en el bolsillo. La novela, que transcurre en Gibbsville/Pottsville y está protagonizada por Julian English, de quien se relata su decadencia, fue un éxito, y le sirvió a O'Hara para rendir cuentas con su juventud en Pensilvania, que tanto le había marcado. «Si quieres salir de esa ciudad de todos los demonios, por Dios, escribe algo que te saque de ella. Escribe algo que corte automáticamente tus vínculos con la ciudad, que te ayude a librarte del resentimiento acumulado hacia todos esos cabronazos paternalistas que viven en esa puta excrecencia de las montañas Sharp», dejó escrito O'Hara en una carta.

Ernest Hemingway alabó en *Esquire* la novela, de la que dijo: «Si queréis leer un libro de un hombre que sabe exactamente de qué está escribiendo, y que además lo ha hecho maravillosamente bien, leed *Cita en Samarra* de John O'Hara» (O'Hara, por su parte, le devolvió el cumplido, amplificado, tras la publicación de *Al otro lado del río y entre los árboles* (1950): «Hemingway es el autor más importante desde la muerte de Shakespeare»). Aunque solo era unos años mayor, Ernest Hemingway ya había publicado algunas de sus novelas y relatos más conocidos en la década de los veinte. Su influencia en O'Hara es evidente, y cuentos como «Los asesinos», donde el relato es conducido casi exclusivamente a través del diálogo, prefiguran la forma de O'Hara. También el particular estilo elíptico del de Oak Park y el hecho de que muchas veces lo fundamental quede oculto —es célebre la comparación de Hemingway de su estilo con un iceberg del que «solo una octava parte de su masa emerge sobre el agua»— influyeron fuertemente en O'Hara, y de retruque, sobre la práctica totalidad de la narrativa breve que vino después. Pero si bien los célebres diálogos de Hemingway son sin duda el producto de su imaginación, los de O'Hara parecen más bien el resultado de una grabación clandestina. Y si en Hemingway todavía transpira cierto hálito poético, este en O'Hara ha sido abruptamente desterrado y solo reverbera en los estremecedores finales de sus relatos, atrozmente ambiguos en muchos casos.

Tras el éxito de *Cita en Samarra*, Harcourt, Brace no perdió el tiempo, y menos de un año después, en febrero de 1935, apareció su primera colección de relatos, *The Doctor's Son and Other Stories*. De los treinta y siete cuentos, todos habían aparecido previamente en otras publicaciones excepto el que daba título al libro. La presente antología recoge tres de los relatos incluidos en aquel primer volumen de narrativa breve. Quizá el más original e inquietante sea «El niño del hotel», cuyo drama soterrado solo asoma sutilmente al final. En este sentido, se adelanta a la forma de Raymond Carver, quien sin duda se inspiró en O'Hara, y no solo en la manera de titular sus relatos.

En paralelo, O'Hara empezó a trabajar en Hollywood, adonde se trasladaría en diversas ocasiones de su vida tanto para escribir guiones o adaptaciones por encargo como para pulir diálogos, aunque no siempre figuró en los créditos. Entre 1934 y 1955, O'Hara trabajó para la Goldwyn, RKO, United Artists, pero sobre todo para la Twentieth Century-Fox (para esta escribió *Moontide*, de 1942). Paradójicamente, y a pesar de su maestría en la composición de diálogos, ninguna de las películas en las que intervino tuvo demasiado éxito. Para lo que sí le sirvió la experiencia —además de para sacar partido de su fama y talento— fue para conocer a fondo el mundo del espectáculo, y a sus directores, actores y actrices, que poblarían muchas de sus ficciones. Quizá su mejor encarnación hollywoodiense sea «Natica Jackson», *novella* que por su extensión no ha tenido cabida en este volumen y que esta editorial tiene previsto publicar en un volumen aparte. «Natica Jackson» es, además, su personaje femenino más complejo, fascinante y logrado. Son precisamente sus retratos femeninos uno de los rasgos más originales y apasionantes de la obra de O'Hara. Como otros realistas, que inundaron sus obras de heroínas (desde Nana a Ana Karénina, pasando por la Maggie de Stephen Crane o la hermana Carrie de Theodore Dreiser, por citar solo algunas), O'Hara entendió que la prosa que lo había precedido —mayoritariamente falocrática— no había dado apenas voz protagonista a las mujeres, cuyo papel en la narrativa hasta finales del siglo XIX había sido más bien el de objeto, y no el de sujeto. En la obra de John O'Hara hay muchas mujeres. Son personajes con una personalidad desbordante y con un deseo sexual tan intenso y apremiante como el masculino, aunque hacia el final de su carrera —y esto le valió que se lo tildara de misógino—, O'Hara se obsesionó con el lesbianismo y con las prácticas sexuales extremas como deriva radical femenina y crítica al mundo machista que las reprimía. Estos relatos son los que quizá han llevado peor el paso del tiempo. En esta antología, hay mujeres poderosas y fascinantes: las actrices decadentes y altivas de «Llámame, llámame» y «¿Puedo quedarme aquí?», la impetuosa peluquera de «Las amigas de la señorita Julia», la melancólica protagonista de «Your fah neefah neeface», la fascinante Martha Haddon de «Un hombre de confianza». De todas ellas, junto a Natica Jackson, su personaje femenino más perdurable es la Gloria Wandrous de *BUtterfield 8*, que casi al comienzo de esta novela aparece masturbándose —«Ese domingo por la mañana hizo algo que hacía a menudo y que le daba cierto placer»—; un detalle que si bien puede resultar algo mojigato en la actualidad, en su día causó furor y escándalo.

Hollywood también propició el encuentro y amistad con otro de los grandes autores de su generación: F. Scott Fitzgerald. Se dice que O'Hara, tras la lectura de *A este lado del paraíso* (1920), le enviaba cartas de fan desde Pottsville, y desde principios de la década de los treinta iniciaron correspondencia, donde comentarían sus respectivas obras con admiración y atención al detalle, y su común ascendencia irlandesa. Como Fitzgerald, O'Hara se sintió fascinado por el estilo y la gracia de la clase adinerada y de sus vicios y vida en declive. Puede verse su influencia en *Ten North Frederick*, publicada en 1955, que fue el mayor éxito popular y de crítica que O'Hara tuvo en vida. La novela se mantuvo en la lista de *best-sellers* durante treinta y dos semanas, y vendió 65.703 ejemplares solo en los primeros quince días. Poco después obtuvo el National Book Award, el premio más prestigioso que O'Hara recibió por alguna de sus obras.

La enorme productividad de O'Hara —que escribía invariablemente a máquina y sin apenas reescribir en largas jornadas nocturnas de no menos de cinco horas del tirón— no ha contribuido a que su obra sea reconocida como se merece. Si comparamos su producción con la de Hemingway (que solo escribió cincuenta relatos) o Faulkner (unos setenta), o incluso con la de Fitzgerald (que escribió ciento sesenta), O'Hara se lleva la palma. Y dado que en el imaginario de algunos críticos se había instalado la máxima de Hemingway según la cual un escritor solo debe aspirar a escribir obras maestras —dando a entender que debía escribir *poco*—, la opinión del *establishment* literario sobre la ingente producción de O'Hara no era especialmente favorable. Algunos decían que solo le interesaba el dinero, y el hecho de que a veces escribiera sus relatos de una sentada, sin apenas corregir, parecía darles la razón. Es más justo suponer que O'Hara vivió toda su vida aterrado porque la ruina que sobrevino a su familia siendo él joven volviera a repetirse, lo que sumado a su síndrome de inferioridad por no pertenecer a la *beautiful people* de Yale promovió que trabajara como un poseso. En todo caso, el dinero, qué duda cabe, es otro de los temas troncales de la narrativa breve de O'Hara, junto al sexo y el alcohol. Lean en este volumen «Exactamente ocho mil dólares exactos», «El hombre de la ferretería» o «El pelele».

O'Hara escribió un total de quince novelas, trece colecciones de cuentos, cinco obras de teatro, y dos recopilaciones de sus columnas de prensa. A esto hay que sumarle *Pal Joey*, que apareció en forma de relatos breves en el *New Yorker* y posteriormente como libreto, tras su presentación en los escenarios de Broadway como musical en 1940, con Gene Kelly como protagonista y con música de Rodgers y Hart, y que tuvo un éxito de público clamoroso (posteriormente sería adaptado al cine, con Frank Sinatra como Joey).

O'Hara se casó tres veces y tuvo una hija. Murió en su residencia de Princeton, Nueva Jersey, el 11 de abril de 1970, a los sesenta y seis años y treinta y un libros. En su máquina dejó una novela que ya nunca finalizaría, justo en este punto: «Edna no había sospechado de él, y ahora su aventura con Alicia era cosa del pasado».

En la actualidad, es difícil que encontremos un libro de John O'Hara en los anaqueles de las librerías de España y, por extensión, de Latinoamérica. ¿Por qué el que fuera una de las grandes voces de la narrativa norteamericana, para algunos a la altura de Hemingway o Faulkner, no ha sido reeditado y reivindicado, y por qué esta flagrante ausencia de bibliografía en castellano? Por lo que se refiere a sus novelas, solo seis han sido vertidas al español: la más reciente es *Appointment in Samarra* (1934), *Cita en Samarra*, publicada por Lumen en 2009, aunque actualmente está fuera de circulación. Del resto, tenemos que remontarnos a la década de los setenta: *BUtterfield 8* (1935), publicada con el infame título de *La venus del visón* por Plaza & Janés en 1971; *Ten North Frederick* (1955), *Diez Calle Frederick*, Plaza & Janés, 1970, la más reeditada; *From the Terrace* (1958), *Desde la terraza*, Plaza & Janés, 1969; *Ourselves to Know* (1960), traducido como *Oculta verdad*, Plaza & Janés, 1969; y *Lovey Childs: A Philadelphian's Story* (1969), *Una historia de Filadelfia*, ediciones Picazo, 1976. Pero en el caso de los relatos, género en el que fue un maestro indiscutible, el vacío es casi total: con anterioridad, solo se había traducido el cuento «Are We Leaving Tomorrow?», incluido en el extenso y apasionante compendio, seleccionado y prologado por Richard Ford (cuyos relatos, por cierto, deben mucho a O'Hara), *Antología del cuento norteamericano* (Galaxia Gutenberg, 2002), con traducción de Javier Calvo. Pero nada más. ¿Por qué un autor que en vida vendió millones de ejemplares —en 1975, la editorial Bantam, que publicaba las ediciones de bolsillo de sus obras, reportó una venta acumulada de veintitrés millones de libros— ha sido tan injustamente ignorado durante los últimos años, sobre todo en nuestra lengua? Las razones de tan exigua presencia y vigencia pueden ser varias*.

En primer lugar, puede haberle pasado factura su vocación de historiador, su intención de dar cuenta de la vida social de su tiempo, digamos su vertiente más costumbrista. Esta quizá ha

* Parece que The Library of America prepara una edición de los relatos de O'Hara para septiembre de 2016: *Stories*, ed. Charles McGrath, ISBN 978-1-59853-497-9. [*N. del E.*]

caducado y resulta hoy poco interesante si no es desde la óptica de la antropología. También sus últimos relatos han llevado mal el paso del tiempo: su obsesión por las conductas sexuales femeninas «desviadas», y más concretamente por el lesbianismo, produjeron algunas ficciones que hoy resultan algo risibles.

Está, también, su ausencia en el ámbito académico norteamericano, del que O'Hara es él mismo en parte culpable, dado que se negó a que sus relatos fueran reproducidos en los libros de texto, por lo que el acceso a su obra contó ya de entrada con algunas trabas. Además, su estilo, la forma-diálogo, no acaba de ser el privilegiado por la academia, que se ha decantado tradicionalmente más hacia lo prosaico. El diálogo, por tanto, es considerado una forma menor, casi espuria, más próxima al relato cinematográfico, aunque en realidad no tiene nada que ver: la prueba es que, como guionista, O'Hara apenas tuvo éxito. Se podría objetar que Hemingway también cultivó la forma-diálogo, y que su obra ha tenido una trascendencia incuestionable. Pero, sin embargo, de este han perdurado obras como *El viejo y el mar* y *Adiós a la armas*, y además escribió solo cincuenta relatos, número mucho más manejable a la hora de editarlo y difundirlo. Asimismo, las antologías de los relatos de O'Hara no siempre han hecho justicia a su talento, y a veces se han compilado con criterios algo arbitrarios o que obligaban a incluir cuentos a nuestro entender menores: este es el caso de las antologías de sus relatos de Hollywood, o las de Nueva York y Gibbsville.

También influyó su reacción a las críticas y la recepción de su obra: O'Hara no dudaba en arremeter contra sus críticos más duros. Su actitud, a veces soberbia y afectada, producto de una sensibilidad enfermiza, le llevó a enemistarse con gran parte del *establishment* literario. Sin ir más lejos, una de sus biografías se titula *El arte de quemar puentes*. Tampoco ayudaron sus declaraciones grandilocuentes, fruto de una confianza desmesurada en su trabajo, como cuando afirmó que, de los escritores de relatos, «yo soy el mejor». Y recordemos cómo reaccionaba con unas copas encima... Algunos incluso afirman que él mismo compuso el epitafio que se puede leer sobre su tumba, lo que sería un acto de soberbia posmórtem inaudito: «Él, mejor que nadie, contó la verdad acerca de su época, la primera mitad del siglo xx. Fue un profesional. Escribió bien y con sinceridad».

Finalmente también está la ambigüedad de sus relatos, sobre todo de sus finales, que dejaban perplejos a muchos de sus lectores, y también a sus editores, que quizá hubieran preferido una conclusión más acomodaticia, más confortable. Sin embargo, ahí reside en parte la grandeza del autor, en la posibilidad de que el lector recomponga la verdadera historia en su cabeza, de que permita que los personajes cobren vida —y lo hacen—. Porque ¿cuál es al fin y al cabo el tema que subyace en, por ejemplo, un relato de trama en apariencia intrascendente —la visita de la hija de un antiguo amante de una actriz a la residencia de esta— como «¿Puedo quedarme aquí?»? ¿No oímos al final cómo tiembla el suelo? ¿No es en última instancia la estremecedora revelación de que quizá ya sea demasiado tarde para volver atrás —para recomponer la vida de uno, o rehacer el camino, enmendar errores, volver a enamorarse— el tema nodal que atraviesa todos estos relatos? Lo dejamos en manos del lector. ¿Hemos dicho ya que John O'Hara crea adicción?

En esta antología se presenta por primera vez en lengua castellana una muestra de la narrativa breve de O'Hara. Es inevitable la sensación de que muchos —muchísimos— relatos han quedado fuera. Los aquí reunidos abarcan un espacio temporal de cuarenta años: desde el primero, cronológicamente, «El niño del hotel» (1934), al más tardío, publicado póstumamente, «El martes es tan buen día como cualquiera» (1974). De las colecciones de relatos que O'Hara publicó en vida, este volumen incluye al menos uno de cada compendio (excepto de uno), así como de los dos que aparecieron póstumamente. La selección responde a criterios subjetivos, pero atendiendo sobre todo a la intención de ofrecer una panorámica completa de sus temas principales y de la evolución de su estilo a lo largo de las décadas. Se ha partido de las principales antologías de relatos de O'Hara, esto es, *Collected Stories of John O'Hara* (ed. Frank MacShane, Vintage, 1986), *Gibbsville, PA. The Classic Stories* (ed. Matthew J. Bruccoli, Carroll & Graf, 1992), *John O'Hara's Hollywod* (ed. Matthew J. Bruccoli, Carroll & Graf, 2007), *Selected Stories* (Vintage, 2011) y *The New York Stories* (ed. Steven Goldleaf, Penguin, 2013); así como de la lectura del alucinante archivo del *New Yorker*, donde recordemos que O'Hara publicó más que ningún otro autor.

Con respecto a la secuenciación de los cuentos, hemos querido agruparlos por afinidades temáticas o geográficas (por ejemplo los cuentos «de actores», que abren este volumen, o los cuentos de Gibbsville, que lo cierran, con los dos últimos en primera persona), confiando quizá en que la sucesión entre relatos explique otra historia no escrita, y en que los temas que resuenan en relatos contiguos den cuenta de cómo O'Hara podía trabajar un mismo motivo con sutiles variaciones y tonos. El tema de «la despedida» o «el regreso», por ejemplo, está tanto en «Adiós, Herman» como en «Las amigas de la señorita Julia»; el tema del amor está tratado de manera muy diferente en tres relatos que presentamos consecutivamente: «Your fah neefah neeface», «Ahora ya lo sabemos» o «El hombre ideal». Lo mismo ocurre con el tema de «la juventud», que está en «El niño del hotel», «Demasiado joven» y «Día de verano». En cualquier caso, el lector puede fácilmente restituir la ordenación cronológica, si atendemos a la secuencia de la lista que sigue:

«El niño del hotel» [«Hotel Kid»] (*Vanity Fair*, septiembre de 1933; recogido posteriormente en *The Doctor's Son and Other Stories*, Harcourt, Brace, 1935)

«La carrera pública del señor Seymour Harrisburg» [«The Public Career of Mr. Seymour Harrisburg»] (*Brooklyn Daily Eagle*, 5 de noviembre de 1933; recogido posteriormente en *The Doctor's Son and Other Stories*, Harcourt, Brace, 1935)

«Deportividad» [«Sportsmanship»] (*The New Yorker*, 12 de mayo de 1934; recogido posteriormente en *The Doctor's Son and Other Stories*, Harcourt, Brace, 1935)

«Adiós, Herman» [«Good-Bye, Herman»] (*The New Yorker*, 4 de septiembre de 1937; recogido posteriormente en *Files on Parade*, Harcourt, Brace, 1939)

«¿Nos vamos mañana?» [«Are We Leaving Tomorrow?»] (*The New Yorker*, 19 de marzo de 1938; recogido posteriormente en *Files on Parade*, Harcourt, Brace, 1939)

«El hombre ideal» [«The Ideal Man»] (*The New Yorker*, 29 de abril de 1939; recogido posteriormente en *Files on Parade*, Harcourt, Brace, 1939)

«Demasiado joven» [«Too Young»] (*The New Yorker*, 9 de septiembre de 1939; recogido posteriormente en *Pipe Night*, Duell, Sloan and Pearce, 1945)

«Día de verano» [«Summer's Day»] (*The New Yorker*, 29 de agosto de 1942; recogido posteriormente en *Pipe Night*, Duell, Sloan and Pearce, 1945)

«Ahora ya lo sabemos» [«Now We Know»] (*The New Yorker*, 5 de junio de 1943; recogido posteriormente en *Pipe Night*, Duell, Sloan and Pearce, 1945)

«¿Dónde hay partida?» [«Where's the Game?»] (recogido en *Pipe Night*, Duell, Sloan and Pearce, 1945)

«Una etapa de la vida» [«A Phase of Life»] (recogido en *Hellbox*, Random House, 1947)

«Exactamente ocho mil dólares exactos» [«Exactly Eight Thousand Dollars Exactly»] (*The New Yorker*, 31 de diciembre de 1960; recogido posteriormente en *Assembly*, Random House, 1961)

«La chica de California» [«The Girl from California»] (*The New Yorker*, 27 de mayo de 1961; recogido posteriormente en *Assembly*, Random House, 1961)

«Llámame, llámame» [«Call Me, Call Me»] (*The New Yorker*, 7 de octubre de 1961; recogido posteriormente en *Assembly*, Random House, 1961)

«Your fah neefah neeface» [«Your Fah Neefah Neeface»] (recogido en *The Cape Cod Lighter*, Random House, 1962)

«Las amigas de la señorita Julia» [«The Friends of Miss Julia»] (recogido en *The Hat on the Bed*, Random House, 1963)

«El hombre de la ferretería» [«The Hardware Man»] (*The Saturday Evening Post*, 29 de febrero de 1964; recogido posteriormente en *The Horse Knows the Way*, Random House, 1964)

«¿Puedo quedarme aquí?» [«Can I Stay Here?»] (*The Saturday Evening Post*, 16 de mayo de 1964; recogido posteriormente en *The Horse Knows the Way*, Random House, 1964)

«Atado de pies y manos» [«All Tied Up»] (*The New Yorker*, 3 de octubre de 1964; recogido posteriormente en *The Horse Knows the Way*, Random House, 1964)

«Fatimas y besos» [«Fatimas and Kisses»] (*The New Yorker*, 21 de mayo de 1966; recogido posteriormente en *Waiting for Winter*, Random House, 1966)

«El caballero orondo» [«The Portly Gentleman»] (recogido en *Waiting for Winter*, Random House, 1966)

«El pelele» [«The Weakling»] (recogido en *Waiting for Winter*, Random House, 1966)

«En el Cothurnos Club» [«At the Cothurnos Club»] (publicado póstumamente en *Esquire*, julio de 1972; recogido posteriormente en *The Time Element and Other Stories*, ed. Albert Erskine, Random House, 1972)

«Un hombre de confianza» [«A Man to Be Trusted»] (recogido póstumamente en *Good Samaritan and Other Stories*, ed. Albert Erskine, Random House, 1974)

«El martes es tan buen día como cualquiera» [«Tuesday's as Good as Any»] (recogido póstumamente en *Good Samaritan and Other Stories*, ed. Albert Erskine, Random House, 1974)

Finalmente, se puede optar también por la ordenación alfabética, la que el propio O'Hara prefirió para sus colecciones de relatos de los sesenta, desde *The Cape Cod Lighter* (1962) hasta su última colección publicada en vida, *And Other Stories* (1968), en cuyo caso el orden sería este: «All Tied Up»; «Are We Leaving Tomorrow?»; «At the Cothurnos Club»; «Call Me, Call Me»; «Can I Stay Here?»; «Exactly Eight Thousand Dollars Exactly»; «Fatimas and Kisses»; «The Friends of Miss Julia»; «The Girl from California»; «Good-Bye, Herman»; «The Hardware Man»; «Hotel Kid»; «The Ideal Man»; «A Man to Be Trusted»; «Now We Know»; «A Phase of Life»; «The Portly Gentleman»; «The Public Career of Mr. Seymour Harrisburg»; «Sportsmanship»; «Summer's Day»; «Too Young»; «Tuesday's as Good as Any»; «The Weakling»; «Where's the Game»; «Your Fah Neefah Neeface».

No queda más que agradecer a David Paradela, el traductor de estos relatos, su talento y paciencia a la hora de verter con esmero a nuestro idioma todas las voces que estos contienen y que a veces se resistían a cobrar otra forma que la que su autor les otorgó.

Didac Aparicio
Barcelona, febrero de 2016

LA CHICA DE CALIFORNIA

Y OTROS RELATOS

JOHN O'HARA

La chica de California

La limusina se detuvo, y el chófer pagó el peaje y esperó la vuelta. El empleado de la garita miró a la joven pareja que iba en la parte trasera del coche y sonrió.

—Ey, Vince. Hola, Barbara —dijo.

—Ey, muchacho —dijo Vincent Merino.

—Hola —dijo Barbara Wade Merino.

—¿Vais para Trenton, Vince? —dijo el empleado.

—Sí.

—Sabía que eras de Trenton. Que te vaya bien, Vince. Hasta la vista, Barbara —dijo el empleado.

—Gracias —dijo Vincent Merino. El coche siguió su camino—. Sabía que soy de Trenton.

—Por Dios, qué ganas tenía de salir del túnel —dijo su mujer—. Los túneles me dan claustrofobia.

—Pues a mí me pasa lo contrario. Yo no soporto ir en avión.

—Ya lo sé —dijo Barbara—.Tú no tragas los aviones, yo no trago los túneles.

—Hablando de tragar, hoy vamos a hincharnos. Más vale que te olvides de las calorías. *Y no estés nerviosa.* Tómatelo con calma. Mis padres no son distintos de los tuyos. Mi madre ni siquiera es italiana.

—Ya lo sé. Me lo habías dicho.

Vincent trató de distraerla.

—¿Ves esos chamizos medio caídos? Antes era una granja de cerdos, ¿y sabes qué? El dueño se presentó a presidente de Estados Unidos.

—¿Y?

—Pues que tus padres siempre hablan de que si América, la tierra de las oportunidades. Ahora puedes decirles que has visto una granja de cerdos en los humedales de Jersey y que el dueño se presentó a presidente de Estados Unidos. No sé de ningún caso así en California.

—Gracias por intentar que piense en otra cosa, pero ya tengo ganas de que se acabe el día. ¿Qué más vamos a hacer, aparte de comer?

—No lo sé. Puede que mi viejo se agarre a la botella y no la suelte. Si está tan nervioso como tú, es probable. A lo mejor ya ha empezado. Aunque espero que no. Como empiece con la *grappa*, puede que para cuando lleguemos ya se haya desmayado.

—¿Cuánto tardaremos?

—Hora y media, supongo.

—Creo que voy a echar un sueño.

—¿Ahora?

—Sí. ¿Pasa algo?

—No, no pasa nada, si eso sirve para que te calmes...

—Pareces molesto.

—No es eso, pero es que si te pones a dormir no vas a ver Nueva Jersey. Yo me conozco California de cabo a rabo, pero tú solo has visto Nueva Jersey desde diez mil pies de altura.

—Y desde el tren de Washington el año pasado, para asistir a esas galas.

—Ya. Si cogiste el tren, fue porque había niebla en toda la zona este. Anda que debiste de ver mucho. En fin, ponte a dormir si eso te relaja.

Ella le puso la mano en la mejilla.

—Puedes enseñarme Nueva Jersey a la vuelta.

—Claro. Entonces el que querrá dormir seré yo.

—Ojalá estuviéramos en la cama ahora mismo —dijo ella.

—Corta con eso, Barbara. Te estás aprovechando injustamente.

—Oh, vete al cuerno —dijo ella y, dándose la vuelta, se echó el abrigo por encima del hombro.

Al poco se quedó dormida. Podía quedarse dormida en cualquier parte. En el plató, mientras hacía una película, era capaz de acabar una toma, irse al camerino y echarse una siesta ahí mismo. O cuando estaban en casa y habían discutido, ella cerraba la puerta del dormitorio de un portazo y a los cinco minutos dormía profundamente. «Para Bobbie es una forma de evasión —decía su hermana—. Tiene mucha suerte en ese sentido.» «Tengo la constitución de una vaca, así que me viene natural», decía Barbara. «Que te dure esa constitución —decía Vincent—. Te renta doscientos de los grandes por película. Y gracias a eso me tienes a mí. Si fueras de esas que parecen un chico, no me habría fijado en ti. No te habría ni mirado.»

El olor del humo o el sonido de la radio podían despertarla, así que Vincent dejó el cigarrillo para luego y se quedó sentado en silencio mientras el coche aceleraba por la autopista... Al rato cayó en la cuenta de que él también se había quedado dormido. Miró a ambos lados, pero no reconocía el paisaje. Tras mirar el reloj hizo un cálculo rápido; estaban a diez o quince minutos —más o menos— de la salida de Trenton. Puso la mano sobre la cadera de su mujer y la sacudió con cuidado.

—Bobbie. Barbara. Vamos, despierta, pequeña.

—¿Eh? ¿Eh? ¿Qué? ¿Dónde estamos? Ah, hola. ¿Ya hemos llegado?

—Creo que falta poco.

—Pregúntale al chófer —dijo ella.

Vincent pulsó el botón que bajaba la divisoria.

—¿Chófer, cuánto queda?

—Estaremos en Trenton dentro de cinco minutos, señor Merino. Luego, usted dirá.

—Gracias —dijo Vincent—. ¿Un café?

—De acuerdo —dijo ella—. Yo lo sirvo.

La mujer vertió café de un termo. Echó un terrón en la taza de él y se bebió el suyo sin leche ni azúcar. Vincent le pasó un cigarrillo encendido.

—Bueno, ya casi estamos —dijo.

—¿Estará el tipo ese de *Life*?

—No estoy seguro. Lo dudo. Cuando les dije que no iban a estar todos los italianos del condado de Mercer se les pasó el interés.

—Gracias a Dios, al menos eso —dijo ella mirándose al espejo—. Tienen la costumbre de mandar a un fotógrafo a tocarle las narices a todo el mundo y luego, si te he visto no me acuerdo.

—Ya. De hecho ni siquiera estoy seguro de si mi hermano vendrá desde Hazleton. Mis hermanas sí estarán, eso seguro. Aunque me juego lo que sea a que sus maridos tienen que trabajar. Y mi otro hermano, Pat, él y otro chico de Villanova. A esos no hay quien se los quite de encima.

—Espero acordarme de quién es quién.

—Pat es el universitario y se parece un poco a mí. Mi hermana mayor es France. Frances. La pequeña es Kitty. Tiene más o menos tu edad.

—Frances la mayor y Kitty la pequeña. Y Pat es el universitario y se parece a ti. ¿Y tus cuñados? ¿Cómo se llaman?

—Hazme caso y no preguntes cómo se llaman. Así, si no sabes su nombre, mis hermanas no se pondrán celosas. Además, me juego lo que quieras a que no estarán.

—¿Quién más?

—El cura. El padre Burke. Y a lo mejor Walter Appolino y su mujer. Walter es senador. Senador del estado. Si quiere sacarse una foto con nosotros, más vale complacerlo.

—¿Y qué pinta ahí el cura?

—A lo mejor no viene, como nos casó un juez de paz...

—Espero que no armen un número por eso. Porque si no, doy media vuelta y me vuelvo a Nueva York. No pienso aguantarle ni así a nadie.

—No será necesario. El marido de Kitty no es católico y sus hijos tampoco. Por esa parte no me preocupa, así que a ti tampoco. El único problema que veo venir es que mi viejo haya bebido y que Pat trate de tirarte los tejos. Como lo haga pienso partirle la puta boca.

—Mira quién habla.

—Eso es, tú lo has dicho. Mira quién habla. Trata de imitarme porque resulta que es el hermano de Vince Merino. Pues bien, Pasquale Merino, a la mujer de Vincent Merino ni tocarla si no quieres volverte a Villanova con un par de dientes menos. Y tú no le des pie. No te le acerques demasiado. Lo último que necesita es que le den pie para algo.

—¿Estará alguna de tus exnovias?

—No, salvo que mi hermano Ed venga de Hazleton. Salí con su mujer antes que él.

—¿Te la tiraste? Supongo que es absurdo preguntártelo.

—Si es absurdo, ¿por qué me lo preguntas? ¿Qué sentido tiene preguntar algo si sabes la respuesta de antemano? Sí, me la tiré, pero no después de que empezara a salir con Ed. Solo que Ed no se lo cree. No creo que venga.

—Seguramente le echa en cara que podría haberse casado contigo.

—Qué lista eres. Sí, se lo dice. Pero se equivoca. Aunque me hubiera quedado en Trenton nunca me habría casado con ella.

—¿Por qué no?

—Porque se creía que tenía derechos de propiedad sobre mí, y no era cierto.

—Yo sí tengo derechos de propiedad sobre ti, ¿no?

—Supongo, pero eso fue por voluntad propia. Yo te quería en exclusiva para mí, así que me dejé. Pero a ella nunca la quise de esa manera. Qué coño, podría haber hecho lo que quisiera con ella, pero yo nunca quise nada. En esa época ya me iba bien, pero no estaba dispuesto a pasarme toda la vida encerrado en Trenton. Espero que no vengan. Espero que solo estén mis padres y mis hermanas sin los idiotas de sus maridos, y mi hermano pequeño, si se comporta. Ah, y Walter Appolino. Walter está más acostumbrado a alternar con famosos. Siempre que va a Nueva York, va al

Stork Club. Walter es el primer tipo que conocí que iba al Stork Club, cuando yo tenía dieciséis o diecisiete años.

—Menudo honor.

—Déjate de ironías, Bobbie. ¿A cuánta gente conocías tú que fuera al Stork Club cuando tenías dieciséis años?

—Cuando tenía dieciséis, bueno diecisiete, iba yo solita.

—Sí, ya me lo imagino.

Vincent tenía puesta toda la atención en dirigir al chófer por las calles de Trenton. Por fin, pararon frente a una casa de paredes blancas con un porche, jardín delantero y trasero, y un garaje de una plaza en la parte posterior.

—Es aquí —dijo—. ¿Es mejor o peor de lo que te esperabas?

—La verdad es que mejor.

Vincent sonrió.

—Mi padre trabaja de albañil en Roebling's. Seguro que gana más que el tuyo.

—Nadie ha dicho lo contrario. ¿La de la puerta es tu madre?

—Sí, es mamá. Eh, mamá, ¿qué tal? —dijo Vincent saliendo del coche y abrazando a su madre. Barbara iba tras él—. Adivina quién ha venido conmigo.

—¿Qué tal está, señora Merino?

—Encantada de conocerte, Barbara —dijo la señora Merino estrechando la mano de su nuera—. Pasa, te presentaré a los demás.

—Mamá, ¿quién ha venido? —dijo Vincent—. Y papá, ¿ya está dándole a la botella?

—¿Qué forma de hablar es esa? No, no está dándole a ninguna botella. ¿Así es como hablas de tu padre?

—Déjalo. ¿Quién más hay dentro?

—Los Appolino. Walter y Gertrude Appolino. Es el senador del estado, el senador Appolino. Pero es un buen amigo de la familia. Y su esposa. Y mis dos hijas. Las hermanas de Vince, Frances y Catherine. Casadas las dos. Barbara, ¿quieres ir arriba a refrescarte o prefieres que te presente?

No fue necesario responder; los demás habían salido al porche y la señora Merino se ocupó de las presentaciones. En cuanto hubo terminado de decir nombres, de repente se hizo un silencio absoluto.

—Bueno, no nos quedemos aquí como una panda de pasmarotes —dijo Vincent—. Vamos adentro o saldrá todo el vecindario.

Dos chicas y un chico adolescentes se acercaron y les tendieron a Barbara y a Vincent unos cuadernos de autógrafos.

—Pon: «Para mi viejo amigo Johnny DiScalso» —dijo el chico.

—Y qué más, hombre —dijo Vincent—. ¿Y quién eres tú? ¿El hijo de Pete DiScalso?

—Sí.

—Tu padre me arrestó por conducir sin permiso. Tienes suerte de que te firme un autógrafo. ¿Y tú quién eres, pequeña?

—Mary Murphy.

—¿Murphy? ¿Tu padre es el que vende lavadoras?

—Ya no vende lavadoras.

—¿Es tu hermana?

—Sí, soy su hermana. Monica Murphy. Nuestro padre vendía lavadoras, pero ya no las vende.

—Leo Murphy, Vince —dijo el senador Appolino—. Le conseguí un puesto de ujier en la Casa del Estado. Es muy buen hombre, Vince, ya sabes a qué me refiero.

—Sí, claro. Leo es buena persona. Saludad a vuestro padre de mi parte, chicas.

—Gracias, Vince —dijo el senador—. Muy bien, pequeñas, ahora marchaos. Por cierto, Vince...

—¿Qué?

—Perdona y olvida. Escribe: «Para mi viejo amigo Johnny DiScalso». Te estaría muy agradecido.

—¿Son votos? —dijo Vincent.

—Dieciséis garantizados, a veces más —dijo el senador—. Barbara, tú también, si no es molestia. Algo personal para Johnny. «Para mi amigo» o algo así. Gracias. Muchas gracias, Barbara.

—De nada —dijo Barbara.

—Vaya, vaya —dijo el senador—. Vince, lo siento, Gert y yo tenemos que ir a un funeral negro, pero luego volveremos y tus padres me han dicho que no pasa nada si traigo a unos amigos, ¿te parece?

—No sé hasta qué hora nos quedaremos, Walt.

—Ya, pero te lo agradecería *mucho*, Vince. Medio se lo prometí a esa gente, ¿me entiendes?

—¿Cuántos son, Walt?

—Cuarenta o cincuenta. Solo quieren saludar y daros la mano a ti y a Barbara. Diez minutos de vuestro tiempo, solo eso, y un par de fotos para el periódico. Diez minutos, quince.

—Si todavía estamos por aquí… —dijo Vincent.

—De acuerdo. Te lo agradecería mucho, Vince. Lo digo de corazón. Se lo he medio prometido y no me gustaría que se llevasen una desilusión. Sería raro que volvieras a tu ciudad y no vieras a nadie. Ya sabes lo que dirían algunos, y no me gustaría que fueran diciendo esas cosas de Vincent Merino y de su encantadora esposa Barbara. No me despido, chicos. A la que os deis cuenta, ya estaremos de vuelta.

El senador y su mujer se marcharon, y el grupo del porche pasó al salón.

—Papá, ¿por qué has invitado a Walt?

—¿Yo? Yo no lo he invitado, se ha invitado él solo. Nada más ver en el periódico que tú y Barbara estabais en Nueva York, preguntó si vendríais a Trenton. Tu madre le dijo que sí. Y se ha presentado.

—¿Lo necesitas?

—No es que lo necesite. A lo mejor él me necesita tanto a mí como yo a él, pero tu hermano Pat es un inconsciente, nunca sabes por dónde va a salir, así que es mejor estar a buenas con Walt.

—Ya. ¿Y dónde está Pat?

—Ya vendrá, con su compañero de piso y su Jaguar de segunda o tercera mano. Su compañero de piso tiene el coche en Filadelfia. Un día se van a partir el cuello. En fin, el ejército no tardará en ir a por él. No estará mucho más tiempo en Villanova.

—¿Por qué no le das cuatro palos para que entre en razón?

—Espérate a que venga y verás por qué. No lo has visto desde que pegó el estirón. Ahora podría contigo o conmigo, y quizá hasta con los dos.

—Ya. ¿Y Ed qué tal está?

—¿Ed? Oh, él y Karen se llevan como el perro y el gato. Ella estuvo en Trenton hace un par de semanas, pero ni se nos acercó. El verano pasado estuvo aquí dos semanas y no nos visitó siquiera. Están en las últimas. Ed estuvo por aquí en marzo o en abril y se pasó dos días borracho. Tu madre y yo no logramos sacarle nada, pero no es difícil atar cabos.

—Anda, dame alguna buena noticia. ¿France y Kitty están bien?

—Ah, supongo que sí. Kitty estuvo tonteando con un hombre casado hasta que tu madre, France y el padre Burke tomaron cartas en el asunto. La culpa fue de Harry, él empezó, pero eso no le da derecho a Kitty a ir tonteando con alguien casado.

—¿Y France está bien?

—Sí. Aunque ahora nadie diría que cuando tenía dieciséis años era una chica guapa.

—Ya.

—Tú sí que te has buscado una mujer estupenda. En directo mejora más todavía. ¿Vais a tener niños?

—Por ahora no.

—Claro, te entiendo. Como gane kilos te costará Dios y ayuda que se los quite. No te culpo. Ahorrad un poco y luego id a por los niños. ¿Cuánto tiene? ¿Veintitrés? ¿Veinticuatro?

—Veinticuatro.

—Bueno, a lo mejor podría tener uno dentro de un par de años y luego esperar un poco.

—¿Y tú cómo estás, papá?

—¿Cómo voy a estar? Pues bien, supongo. ¿Por qué? ¿Me ves desmejorado?

—Te veo bien. ¿Qué edad tienes ahora?

—Tengo un día más que ayer a esta misma hora. ¿Cuántos años crees que tengo?

—No lo sé. ¿Cincuenta?

—Casi. Tengo cuarenta y ocho. El año pasado la hernia me estuvo dando la lata, ¿recuerdas que me operaron? Luego me hicieron capataz, así que ya no tengo tanto trabajo pesado.

—¿Todavía bebes?

—Oye a este. Hace cinco años no habrías tenido narices de hacerme esa pregunta. No, ya no bebo. Alguna cerveza, un poco de vino, pero nada de tragos fuertes. Eso lo he dejado. Los lunes por la mañana me mareaba nada más subirme al andamio, así que lo dejé todo menos un poco de vino y cerveza. Aunque Ed lo compensa, y Pat lo mismo. Un día de estos lo recogerán de una cuneta. Se cree que se las sabe todas, no se le puede decir nada. ¿Ese Chrysler es tuyo?

—Alquilado.

—¿Qué coche tienes ahora?

—Me compré un Austin-Healey, pero ya tiene dos años y estoy pensando en cambiármelo. Paso tanto tiempo fuera haciendo películas que solo tiene veintidós mil kilómetros.

—¿Qué hace Barbara cuando te vas?

—Bueno, desde que nos casamos solo me he ido una vez, y ella actuaba en la misma película.

—Ya, pero cualquier día te irás a Portugal y ella no va a ir. ¿Qué harás entonces?

—No lo sé. Desde que nos casamos todavía no se ha dado el caso.

El padre de Vince lo señaló con el dedo.

—Tened un hijo. Hazme caso y tened un hijo lo antes posible. Puede que así sientes la cabeza. A ella no la conozco, pero a ti sí. Y tú no sentarás la cabeza hasta que tengas un crío. Quizá. Olvídate del dinero, Vince. Olvídate de eso.

—Papá…

—¿Qué?

—¿Cómo os va a ti y a mamá?

—¿Qué clase de pregunta es esa? ¿Quién coño te has creído que eres?

—Uy, uy, uy. He dado en la llaga. Sin querer, pero he dado en la llaga. ¿Te estás viendo con alguien, papá?

—¿Te ha dicho algo?

—¿Cuándo iba a decírmelo?

—Podría habértelo dicho por teléfono.

—No, no me ha dicho nada. Pero te he preguntado cómo os va y tú has empezado a sulfurarte. Si no es la bebida, tiene que ser cosa de mujeres o de dinero. Y por dinero nunca te has quejado, eso hay que admitirlo.

Los azules ojos tiroleses de Andrew Merino reflejaban turbación.

—Ya eres un hombre, Vince —dijo apoyando la mano sobre la rodilla de su hijo—, pero para algunas cosas todavía no tienes edad. No me apetece hablar de eso.

—¿Quién es? ¿Es mayor o es más joven? ¿Está casada?

—Te voy a decir una cosa, y a Dios pongo por testigo de que es la verdad: nunca me he ido a la cama con ella.

—Vamos, papá, eso cuéntaselo a otro. Todavía eres un tipo bastante apuesto.

—Sí, y cuando tenía veinte años era peor que Pat y tú.

—¿Mamá la conoce?

—No lo digas así, Vince. Lo dices como si hubiera algo, y no hay nada. Tomamos café de vez en cuando.

—¿En su casa?

—Nunca he pisado su casa.

—¿Siente algo por ti?

Andrew Merino titubeó y acabó asintiendo.

—Pero no quiere verme después del trabajo. Es de la oficina.

—¿Y qué tiene de malo mamá?

—¿Que qué tiene de malo? Espera a que lleves casado tanto tiempo como nosotros. Cuando nos casamos teníamos veinte años. Ya lo descubrirás.

—Vengo aquí para que mi mujer vea cómo es una típica familia italiana, cómo es mi gente. Mi padre, italiano, y mi madre, irlandesa, pero de apellido Merino. El señor y la señora Merino, de Trenton, Nueva Jersey. ¿Y sabes qué? En cuanto he bajado del coche, mamá me ha mirado y lo he sabido al instante, *al instante*. Tú te has quedado atrás y apenas has abierto la boca. Y entonces he pensado que sería cosa de la operación del año pasado.

—No, no es cosa de la operación.

—Ya, ahora no hace falta que me lo digas, pero es lo que he pensado. Hace cinco años no habrías dejado que Walter Appolino fuera por ahí con esos aires de preboste, al menos no en tu casa. Papá, ¿seguro que no tienes cargo de conciencia?

—Tengo cargo de conciencia por mis pensamientos. Pero ¿qué quieres, Vince? ¿Quieres que le diga a mi propio hijo que no quiero a su madre? Eso queda para mi conciencia, pero no tengo que decirlo en confesión.

—¿Vas a confesarte?

—No.

—Conque no, ¿eh?

—No, y por eso tu madre cree que pasa algo. Llevo más de dos años sin comulgar. Cada domingo me dice que es mi última oportunidad para comulgar. Y yo le digo que se meta en sus asuntos. Por eso cree que me voy a la cama con Violet Constantino.

—Oh, Violet Constantino. La mujer de Johnny. ¿Es ella? Era una mujer muy guapa.

—Era y es. Pero Violet no tiene que ir a comulgar. Ella es metodista, por ahí tu madre no tiene a qué agarrarse.

—Papá, tienes que arreglar esta situación.

—Ya lo sé. Ya lo sé, Vince. A decir verdad, tenía la esperanza de poder hablarlo contigo. No tengo a nadie más con quien hablar.

—¿Y qué piensa Johnny Constantino de todo esto?

—Johnny Constantino —dijo Andrew Merino negando con la cabeza—. Él y yo jugamos a los bolos todos los miércoles.

—Papá, eso no responde a mi pregunta.

—No pretendía responderla. Solo digo que él y yo jugamos a los bolos todos los miércoles, y una vez al mes lo llevo a casa en coche después de la reunión de la logia. Estoy hecho un lío. Toda la vida hemos sido amigos, desde críos, y entonces, a los cuarenta y seis, voy y me enamoro de Violet, su mujer desde hace veinte años. De todos modos, no hacemos nada, un café por la mañana y «Hola, qué tal».

—¿Qué querías decir con lo de que nunca has pisado su casa?

—Pues que nunca he pisado su casa. Ella y tu madre no se llevan bien. ¿Recuerdas que alguna vez hayamos ido a casa de los Constantino? No, nunca.

—Bueno, ellos siempre han vivido en la otra punta de la ciudad.

—Si hubieran vivido en la casa de al lado, habría sido lo mismo.

—¿Por qué le tiene ojeriza mamá?

—En los últimos dos años, puedes figurarte por qué. Pero ya antes de eso a tu madre no le caía simpática ninguna mujer que trabajase. Violet tenía un diploma de la escuela de comercio y siempre podía buscar trabajo en alguna oficina. Tu madre nunca pasó de camarera o de vendedora de refuerzo en Navidad. No era culpa suya. No tenía estudios. Decía que Violet la miraba por encima del hombro. Pero si no hubiera sido eso, se habría buscado otra excusa. Johnny tampoco le cae bien. A tu madre no le cae bien casi nadie que no sea de la familia. Los Appolino y el padre Burke. Pero la gente corriente, no. Me sorprende que los niños de los Murphy y Johnny DiScalso hayan tenido los arrestos de venir hoy aquí. Tu madre se pone a perseguir a todos los niños que ponen los pies en nuestro césped.

—Cuando yo era pequeño, no.

—Oh, pero eso era cuando eras pequeño. Quería que todos los niños vinieran a jugar aquí. Así sabía dónde estabas. Y France. Y Kitty. Y Ed. Pero cuando crecieron, se acabó. Los niños dejaron de venir a jugar por aquí. Me cuesta creer que France y Kitty hayan encontrado marido. «Baja y diles que es hora de irse a casa», decía cuando tus hermanas venían con algún novio. ¡A las once! Era muy estricta con las niñas. Ni que las hubiera criado el padre Burke. Puede que tú no te dieras cuenta, pero yo sí. Pero ¿qué podía hacer? Cuando protestaba me decía que muy bien, que la culpa sería mía. ¿Te acuerdas de la joven Audrey Detmer?

—¿La de la calle Bergen?

—La conocimos cuando tenía quince años, y tuvo cinco hijos

de los que no sabía ni quién era el padre. «¿Quieres tener a una Audrey Detmer en la familia?», decía tu madre. Con Kitty fue por un pelo. Tuvo el primero seis meses después de casarse.

—Mira, papá, yo podría contarte un par de cosas sobre Kitty.

—Seguro que sí. Bueno, ahí vienen. ¿Quieres tomar algo? ¿Un cóctel? ¿Qué cóctel le gusta a Barbara?

—Le sientan mal. Tomará *un po' di vino*, y yo lo mismo.

Andrew Merino sonrió.

—¿Todavía tienes el estómago tan delicado?

—Para el licor.

—Uno también puede emborracharse con vino, aunque no a la irlandesa, como Ed y Pat.

—No me digas. ¿Y qué ha sido de ti y tu *grappa*?

—No bebía porque me gustase, Vince. Bebía por el efecto.

—Para olvidarte de mamá, ¿eh?

—Anda, no digas estas cosas —dijo Andrew Merino.

—¿Que no diga qué? —dijo su mujer.

—Estaba hablando con él, Kate. No contigo —dijo Andrew Merino.

—Muy bien, quedaos con vuestros secretos —dijo Kate Merino—. Creo que tendremos que empezar a comer sin Pat y su amigo. Barbara, siéntate donde quieras.

—Debería sentarse a mi lado —dijo Andrew Merino.

—No tiene por qué, si no quiere.

—El puesto de honor es a mi derecha.

—Iba a ponerla al lado de Walt, pero ha tenido que irse a un funeral —dijo Kate Merino.

—Ya, ojalá fuera el suyo —dijo Andrew Merino—. Siéntate aquí, Barbara. ¿Te gusta la comida italiana?

—Me encanta.

—¿Hay algún restaurante italiano de verdad en Hollywood?

—Oh, por supuesto. Muchos.

—Mi mujer es irlandesa, pero tiene mano para la cocina italiana, así que aprovecha. ¿Sabes qué es eso? *Sono gamberi all'italiana*. ¿Te gustan *i gamberi*?

—Oh, corta con el italiano, papá —dijo Kitty.

—*Macchè italiano, sto* hablando *perfettamente*, ¿sí o no, Barbara?

—Claro que sí, perfectamente.

—Relájate, papá —dijo Vince.

Atacaron el almuerzo y, como todos eran de buen apetito, la conversación pasó a un segundo plano mientras disfrutaban de la comida.

—Permítame que la ayude a lavar, señora Merino —dijo Barbara.

—No, lo dejaremos para más tarde, pero gracias por ofrecerte —dijo Kate Merino.

—¿Te apetece un puro, Vince? Tengo buenos puros —dijo Andrew Merino.

—No, gracias, papá. Aunque a lo mejor Barbara sí quiere.

—Pero ¿qué van a pensar de mí? —dijo Barbara—. Me fumaré un cigarrillo, si me lo das.

—He comido tanto que no quiero levantarme de la mesa. No quiero ni moverme —dijo Vince encendiendo un cigarrillo para su mujer. Pasó la pitillera a los demás para que se sirvieran.

—Madre mía, es de oro macizo —dijo France—. ¿Puedo mirar qué pone dentro?

—Me la regalaron en el estudio. Me lo sé de memoria: «Para Vincent Merino, por el Oscar que se ha ganado y que algún día le darán. 1958». Es de cuando todo el mundo decía que iban a darme el Oscar.

—Eso significa que el estudio confiaba en ti, y eso es lo importante —dijo su madre.

—*Claro* que sí, eso es lo importante —dijo Vince.

—Esa noche estuvimos aquí sentados viendo la tele —dijo France—. Estábamos tan nerviosos como tú, si no más. Cuando la cámara te enfocó estabas como un flan.

—¿Con quién fuiste a la ceremonia, cariño? —dijo Barbara.

—Renée Remy, ¿con quién, si no? ¿Y tú?

—No me acuerdo.

—Brad Hicks —dijo France—. El director de televisión.

—Vaya, vaya —dijo Vince.

—Por entonces no te conocía.

—¿Han llamado a la puerta? —dijo Kate Merino—. Será Pat, justo ahora que hemos terminado de comer.

Kitty Merino se levantó y fue a la puerta del vestíbulo. Los demás se quedaron mirándola, y entonces ella se llevó la mano a la boca y susurró:

—Es *Karen*.

—Vaya por Dios —dijo Andrew Merino.

—¿Hay alguien en casa? —dijo la voz de Karen.

—Estamos aquí, Karen —dijo Kitty—. Entra.

—¿Eres tú, Karen? —dijo Kate Merino—. Estamos en el comedor. —Y dirigiéndose a los demás agregó—: No le deis cuerda, puede que así no se quede. Pero con educación.

Karen apareció en el umbral del vestíbulo.

—Hola a todos. Reunión familiar, ¿eh? Hola, señora Merino. Papá. Kitty. France. Oh, hola, Vince.

—Hola, Karen —dijo Vince—. ¿Vienes con Ed?

—No, tenía que trabajar, pero os manda saludos.

—Te presento a mi mujer. Barbara, esta es Karen, la mujer de mi hermano Ed.

—Hola, Karen —dijo Barbara tendiéndole la mano.

—En realidad ya sé quién eres, pero es un placer conocerte en persona.

—Karen, ¿has comido? —dijo Kate Merino—. Hemos guardado un poco para Pat y un amigo suyo, pero me da que no van a presentarse.

—Oh, he comido hace una hora, pero gracias. En casa de mi familia.

—¿Cómo está tu madre? —dijo Kate Merino.

—Parece que está mejor.

—A la madre de Karen la operaron de un cáncer —dijo Kate.

—Parece que se lo extirparon del todo —dijo Karen.

—Llamamos cuando estaba en el hospital —dijo France.

—Sí, ya me lo dijo. Os lo agradece.

—¿Qué tal está Ed? —dijo Vince.

—Oh, como siempre.

—Ojalá hubiera venido contigo. No lo veo desde que os fuisteis a vivir a Hazleton.

—¿Tanto? Bueno, todavía lo reconocerías.

—Karen, ¿quieres beber algo? —dijo Andrew Merino.

—No, gracias. Ed se ocupa de esa parte —dijo Karen.

—Así que le ha pillado gusto al bebercio —dijo Vince.

—¡Vincent! —dijo su madre.

—Eso, dígale algo, aunque sea la gran estrella de cine —dijo Karen—. Ed es tu hermano.

—Solo era una pregunta.

—Ya, claro —dijo Karen—. ¿Habías estado antes en Trenton, Barbara?

—No, solo de paso con el tren.

—Claro, como todo el mundo —dijo Karen—. ¿De dónde eres?

—Pues nací en Montana, pero mis padres se fueron a Los Ángeles cuando tenía dos años.

—Yo tenía un tío que trabajaba en Montana. ¿Has oído hablar de Missoula, Montana? Suena a marca de aceite de cocina, pero existe de verdad.

—Me suena el nombre, pero me fui de ahí cuando tenía dos años.

—Azusa. En California también tenéis nombres raros. ¿De verdad existe Azusa o se lo inventaron para hacer un chiste?

—Existe —dijo Barbara.

—Cerca de Hazleton, donde yo vivo, también hay sitios con nombres raros. ¿Te suena Wilkes-Barre? Y antes había un pueblo que se llamaba Maw Chunk. M-o-c-h-a-n-k. Yo lo pronuncio mal, pero hace un tiempo se lo cambiaron a Jim Thorpe. De Maw Chunk a Jim Thorpe.

—Sentémonos en el salón —dijo Kate Merino—. Estaremos más cómodos.

—¿Qué tiene de malo el comedor? Me gusta estar sentado en torno a la mesa —dijo Vince.

—Los platos están sucios. Vamos, levantaos. Andy, trae un par de sillas para los Appolino.

—Ah, ¿Walt va a venir? —dijo Karen.

—Y también Gert. Han venido antes, pero tenían que ir a un funeral —dijo Andrew Merino.

—¿Qué te ha parecido Walt, Barbara? Aquí es un pez gordo, o eso cree él.

—Parecía simpático.

—¿Quién más ha venido? ¿El padre Burke? —dijo Karen—. Generalmente está por aquí.

—¿Tratas de insinuar algo con eso, Karen? —dijo Vince.

—No has cambiado.

—No, y tú tampoco —dijo Vince—. Siempre que has venido a esta casa ha sido para meter cizaña.

—Tengamos la fiesta en paz —dijo Andrew Merino.

—Bueno, adiós a todos —dijo Karen.

—¿Cómo que adiós? Pero si acabas de llegar —dijo Kate Merino.

—Sé cuándo molesto —dijo Karen mirando a los presentes uno a uno, salvo a Vince. Luego volvió al vestíbulo y salió por la puerta.

—Vaya —dijo Vince.

—Me pregunto cuándo ha llegado de Hazleton —dijo Kitty—. Me juego lo que sea a que lleva por aquí una semana o más.

—¿Para qué habrá venido, si iba a marcharse tan rápido? —dijo Kate Merino—. Para ver a Vince y Barbara, ya lo sé, pero por pura educación tendría que haberse quedado más tiempo.

—En fin, llámalo educación o como quieras, pero Bobbie y yo deberíamos irnos —dijo Vince.

—¿Tan pronto? —dijo Kate Merino.

—Mamá, en ningún momento he dicho cuánto rato nos quedaríamos. Tengo una entrevista en el hotel a las cinco, y Bobbie tiene que grabar una cosa para la tele.

—Vaya, qué visita tan corta, pero supongo que más vale esto que nada. No sé qué le voy a decir a Walt —dijo Kate Merino.

—Vince no le ha prometido nada a Walt —dijo Andrew Merino.

—No le he prometido nada a nadie. No sabía ni si vendríamos —dijo Vince.

—Ojalá se me hubiera ocurrido traer la cámara —dijo Kitty.

El chófer estaba durmiendo en el coche y una docena de mujeres y niños aguardaban en silencio en la acera cuando Vincent y Barbara salieron de la casa. Como en cumplimiento de un tácito acuerdo, la familia se quedó en el porche diciendo adiós con la mano.

—¿Volvemos a Nueva York, señor Merino? —dijo el chófer.

—Y rápido —dijo Vince—. Ve hasta el final de la calle y tuerce a la derecha, después la primera a la izquierda y salimos a la US1. A partir de ahí, busca las señales de la autopista.

Luego pulsó el botón que levantaba la divisoria.

—Si tienes algo que decir, déjalo para luego —dijo Vince—. No me apetece hablar de ellos.

—Bueno, ahora ya sabes algo.

—¿Qué sé?

—Tú siempre me dices que por qué no vamos a visitar a mis padres. Que solo son cincuenta kilómetros.

—¿Sabías que iba a ir así?

—Podría haber sido mucho peor —dijo Barbara—. Has sido muy astuto al decir que nos íbamos. Nos odian, todos nos odian. Hagamos lo que hagamos, nos odian. Y si somos simpáticos, nos odian aún más que si los tratamos como basura.

—Menos papá.

—Sí, supongo que tu padre no, pero él no tiene nada que ver con el resto.

—¿Tú crees? ¿Por qué no?

—No me preguntes por qué. Lo compadezco —dijo Barbara tomándolo de la mano—. ¿Por qué sonríes?

—Por Pat. Espera a que llegue y se entere de que estamos a medio camino de Nueva York.

—La familia... —dijo ella—. Son como todo el mundo. Nos

desprecian. En fin, a mí Ava Gardner también me caía antipática antes de empezar a trabajar en el cine. Y Lana Turner. ¿Quién se creían que eran?

—Y ahora a ti te pasa como a ellas, ¿verdad?

—Sí.

—¿Quieres dormir?

—Espera a que salgamos de la ciudad. Podrían pensar que estoy borracha.

—Me gustaría ver qué cara se le queda a Walt, con sus cincuenta políticos.

—Bórralos de tu cabeza, cariño. Es lo mejor —dijo ella.

¿Puedo quedarme aquí?

La actriz famosa se acercó a la ventana y contempló Central Park cubierto de nieve. Por la mañana la radio lo había advertido, y efectivamente, los árboles y el suelo tenían tres dedos de nieve, lo que la hacía sentirse tanto más cómoda y segura en su cálido apartamento. No tendría que salir en todo el día. La hija de veintiún años de John Blackwell iba a almorzar con ella y probablemente se quedaría una hora y media; luego no tendría nada que hacer hasta el cóctel de Alfredo Pastorelli, y el tiempo ofrecía una buena excusa para saltárselo. En cuanto a la cena en casa de Maude Long, de un momento a otro recibiría la llamada de Maude. De un momento a otro... y el momento había llegado.

—La señora Long al teléfono, señora —dijo la sirvienta.

—Lo cogeré aquí, Irene.

—Sí, señora —dijo la sirvienta.

—Hola, Maudie. Apuesto a que sé por qué me llamas.

—Oh, Terry, ¿has mirado afuera? No me parece justo pedirles a George y Marian que salgan con este tiempo. Podría mandarles mi coche, pero entonces O'Brien no volvería a casa hasta medianoche. Y últimamente se ha portado tan bien.

—Así que cancelas la fiesta. No pasa nada, Maudie —dijo Theresa Livingston.

—¿Seguro que no te importa? Si quieres venir a cenar, solas tú y yo... Podemos jugar a la canasta. O al gin.

—Maudie, ¿no prefieres darte un buen baño caliente y que te sirvan la cena en una bandeja? Yo es lo que pienso hacer, a menos que te mueras por tener compañía.

—Bueno, si estás segura de que no te importa —dijo Maude Long.

—En absoluto. Es en días como hoy que agradezco quedarme calentita en casa. Ah, la de veces que me he levantado en días así deseando no tener que salir. Pero tenía que levantarme para actuar en la matiné del Nixon. Está en Pittsburgh, o estaba.

—Sí, es agradable quedarse en casa remoloneando, ¿verdad? —dijo Maude Long—. ¿Qué te vas a poner?

—¿Hoy?

—Sí, siempre me gusta saber qué llevas. ¿Qué te pones para estar en casa y no hacer nada?

—Pues hoy me voy a poner el vestido de encaje negro. Suena elegante, pero es que tengo una invitada a almorzar. Una chica a la que no conozco, pero su padre fue pretendiente mío, y hoy viene a verme.

—Puede ser divertido. Pero también puede ser un incordio.

—Sé cómo quitármela de encima, y como sea un incordio, no dudes que lo haré.

—Te creo, Terry. En fin, llamémonos mañana o así, y siento lo de la cena.

Ahora que había dicho lo del vestido negro de encaje, Terry Livingston lo reconsideró. Por pura deferencia hacia John Blackwell, su hija no podía llevarse la impresión de que la amiga de su padre se había vuelto un vejestorio. No es que el vestido de encaje negro fuera anticuado, pero *era* negro y de encaje, y por consideración hacia John era mejor elegir algo más alegre, sobre todo un día como ese.

—Irene, voy a cambiarme el vestido. ¿Qué tengo que sea más alegre?

—El vestido de punto de seda azul, señora. Si se lo pone, puede estrenar los zapatos de salón azules.

—Dudo con las joyas. Nunca he visto a la joven que va a venir a comer, pero su padre fue uno de mis mayores admiradores, allá por la guerra de Cuba.

—Oh, vamos, señora.

—No te creas, tampoco era la Segunda Guerra Mundial —dijo Theresa Livingston—. Y no hacía mucho de la Primera Guerra Mundial.

—Póngase algo bueno —dijo Irene—. A mí me gusta el broche de diamante con la filigrana de oro.

—¿Con el vestido de punto de seda azul, tú crees?

—Póngaselo a un lado, que no destaque mucho.

—Muy bien. Has resuelto el problema. Y supongo que va siendo hora de que estrene los zapatos.

—No han salido de ahí desde que se los compró, y los viejos ya están un poco gastados —dijo Irene—. ¿Piensa ofrecerle un cóctel a la muchacha?

—Oh, ya tiene edad para eso. Sí. Saca un poco de ginebra y vodka. Los jóvenes beben vodka.

—Y a la una mandaré a buscar a un camarero.

—Un poco antes. Que esté aquí para tomar la nota a la una en punto.

—No le prometo nada. A esa hora es cuando tienen más trabajo, pero lo intentaré. En caso de que quiera librarse de ella, ¿qué hacemos?

—Lo de siempre —dijo Theresa Livingston—. A las dos y cuarto te pido que me traigas la pitillera. Tú finges buscarla. La encuentras, me la traes y me recuerdas que tengo que ir a cambiarme para la cita.

—¿Dónde se supone que es la cita?

—A las tres en el centro, en el despacho de mi abogado.

—Es para asegurarme —dijo Irene—. La última vez que la señora Long estuvo aquí metí bien la pata.

—Oh, con la señora Long no pasa nada. Me pregunto si debería regalarle algo a la señorita Blackwell. Su padre era muy generoso conmigo. Algún detallito que no vaya a echar de menos.

—Tiene varios mecheros que apenas usa.

—¿Hay alguno de plata? Uno de oro sería algo excesivo, pero uno de plata iría bien.

—Tiene uno o dos de plata, y un par en piel de serpiente.

—Uno de piel de serpiente. Llena uno de los de piel de serpiente y ponle el pedernal, si es necesario. Lo tendré en la mano. Será un gesto espontáneo que seguro sabrá apreciar, justo antes de que se vaya. «Quiero que te quedes esto. Un pequeño *souvenir* de nuestro primer encuentro.»

—Elegiré uno bonito. De serpiente o de lagarto, uno u otro.

—¿Te encargas de la bebida? Zumo de tomate, por si pide un Bloody Mary. Veamos, ¿qué más? Pondremos la mesa en el centro del salón. Yo me sentaré en la silla de espaldas a la luz. No es que a esta hora del día importe mucho, pero ella es joven y podrá soportar el reflejo. Tú presta atención a lo que pida y asegúrate de que el camarero ponga el melón o lo que sea en ese lado de la mesa.

—Sí, señora.

—Cuando ella llegue yo estaré en el dormitorio. La anunciarán desde abajo y la esperaré en el dormitorio. Tú déjala que pase. Lo normal es que se gire hacia la derecha, supongo, y tú le dirás que voy enseguida. No me gusta cómo queda ese cuadro del presidente Eisenhower. Quitémoslo de encima del piano y pongámoslo donde ella pueda verlo. A Moss Hart no creo que lo reconozca, así que podemos dejarlo ahí. ¿Y Dwight Wiman? No, no sabrá quién es. A Noel Coward puede que sí lo conozca, así que no lo toquemos. Esa foto en la que estoy con Gary Cooper es estupenda. Tengo que acordarme de mandar que la amplíen. Gary. Dolores del Río. Un escritor que no recuerdo cómo se llama. Fay Wray. Este es Cedric Gibbons. Estuvo casado con Dolores del Río. Frances Goldwyn, la señora de Samuel. El encantador Bill Powell y Carole Lombard. Estamos todos, mi primer año en Hollywood. En realidad el segundo, pero no tengo fotos del primero. Era domingo y estábamos en una fiesta en Malibú. Fíjate en Gary, ¿a que es un amor? La verdad es que yo no le interesaba lo más mínimo. Esto es de cuando él y aquella chiquilla mexicana, Lupe Vélez, causaban sensación. Hacía años que no miraba esta foto. Me hace vieja, ¿verdad? Y este. ¿Sabes quién es? Seguro que te lo he contado.

—Nunca me acuerdo de su nombre.

—Es H. G. Wells. Uno de nuestros *grandes* escritores. No nuestro en el sentido de americano. Era británico. Creo que había ido a visitar a Charlie Chaplin o a alguien. Antes o después todo el mundo pasaba por Hollywood. No me hagas caso. Hice mucho dinero en el cine, y gracias a eso me conoció mucha gente que nunca me habría conocido si me hubiera limitado al teatro. En fin, va siendo hora de ponerse el vestido azul.

—Tiene más de una hora —dijo la sirvienta.

Fueron al dormitorio. Irene preparó el vestido azul y tres mecheros.

—Será mejor que no le dé el que tiene el reloj —dijo Irene—. Veo que es de Cartier.

—No, le daré este más pequeño. Diría que es de lagarto. Es bonito, ¿no crees? Y no queda mal con el vestido. No tengo ni la más remota idea de quién me lo regaló.

—Mientras no fuera el padre de la chica...

—Oh, no. No fue John Blackwell. Sus regalos los tengo guardados abajo, en la caja fuerte. O al menos la mayoría, pero nunca me regaló ningún mechero. Es el presidente de la Compañía Estadounidense de Accidentes e Indemnizaciones, como su padre antes de él. Una de esas empresas de las que no se oye hablar mucho, pero ya me gustaría tener su dinero. Son de Baltimore. ¿Te suena un caballo que se llamaba *Sin Triunfo*? Fue un caballo *muy* famoso. No sé si ganó el Derby de Kentucky. El padre de esta chica era el dueño. Y te contaré otro secreto para la colección. Para cuando escribas tus memorias. El señor Blackwell, John, siempre quiso ponerle mi nombre a un caballo, pero, claro, estaba casado, y yo también, por entonces, y los dos éramos *muy* discretos. Me pregunto qué sabe de mí la chica. El caso es que John sabía que no podía ponerle mi nombre a un caballo, pero tenía una potra muy prometedora que creía que podía ganar el Derby de Kentucky. Solo ha habido una potra que haya ganado el Derby de Kentucky,

¿lo sabías? Una yegua con el desafortunado nombre de *Aflicción*. Total, que John quería ponerle mi nombre a la potra, pero en lugar de ponerle mi nombre, le puso mis iniciales. La llamó *Tres Leguas*. T. L. Fue nuestro secreto. *Uno* de nuestros secretos, mejor dicho. Ay, Señor, recuerdo todas las mentiras inocentes que dijimos para proteger a otra gente. Incluida la chica que va a venir hoy. *Listo*. ¿Cómo me queda?

—Déjeme que le alise la falda aquí, debajo de la cadera —dijo Irene.

—Tiende a subirse. No sé si debería ponerme una enagua.

—Estará casi todo el tiempo sentada. Apenas se nota. Tenga, el broche —dijo Irene.

—¿Aquí queda bien?

—Sí. A lo mejor un dedo más abajo.

—¿Aquí? —dijo Theresa Livingston.

—Perfecto.

—Listo. Ahora ya podemos recibir a la señorita Evelyn Blackwell.

—Debería llegar en quince minutos.

—Espero que sea puntual.

—Lo será, si sabe lo que le conviene —dijo Irene.

—A ver si ha salido a su padre. El hombre más bien educado que he conocido.

Theresa Livingston encendió un cigarrillo y fue a verse en el biombo de espejos. Ahora estaba sola; Irene se había ido a la cocina. La soledad no era mala. Desde que había conseguido que le dieran un camerino privado —y de eso hacía un buen puñado de años—, Theresa siempre había insistido en quedarse sola los últimos cinco minutos antes de salir a actuar. Eso le daba tiempo para serenarse, reunir fuerzas, vomitar si era necesario, enjuagarse la boca con un sorbo de champán que no se tragaba, prepararse para el aviso del director de escena, salir y matar a todos esos hijos de puta a base de encanto, belleza y talento. Irene había demostrado gran agudeza al percatarse de que ese era uno de esos momentos, aunque el público consistiera en una sola joven. Muy aguda. La propia Theresa se había engañado con toda aquella cháchara sin lograr ni por un segundo engañar a Irene.

Quería quedarse de pie para que el vestido de punto de seda azul no se levantara, pero pasados diez minutos ya estaba cansada. Sonó el timbre, y Theresa oyó que Irene se dirigía a la puerta del vestíbulo. Era el camarero con los menús. Irene, siempre leal, estaba molesta por la tardanza de la chica.

—¿Por qué no pide usted por las dos? —dijo—. ¿O prefiere que lo haga yo?

—Tampoco es que me muera de hambre —dijo Theresa—. Pide tú, Irene.

—Bien, de acuerdo. Huevos a la florentina. Antes el melón. Los huevos a la florentina. Usted no querrá ensalada, así que para ella tampoco pediremos. Y para terminar, sorbete de limón. Ligero, pero suficiente. Y usted va a querer su Sanka. Café para ella. ¿Qué le parece?

—Perfecto. Tardarán media hora en traerlo. Sin duda ya estará aquí para entonces.

—Y si no, no pienso dejar que suba.

—Oh, será cosa del tráfico. Debe de haber una buena razón.

—¿Y qué pasa con el teléfono? Podría avisar —dijo Irene—. Pasaré la nota y *usted* se tomará una copa de champán.

—De acuerdo —dijo Theresa.

—Le daremos hasta la una y media en punto —dijo Irene.

Faltaban diez minutos para la una y media cuando la chica llegó.

—Ya está aquí —dijo Irene—. Pero juzgue usted misma en qué estado viene.

—¿Quieres decir que está borracha? —dijo Theresa.

—Está algo, no sé el qué.

—¿Cómo es? ¿Es guapa?

—La verdad es que no se le ve mucho la cara. El pelo se la tapa en gran parte.

—¿Qué te hace pensar que está borracha?

—«Hola», ha dicho. «Hola. ¿Está la señorita Livingston? Soy

su invitada. Su in-vi-ta-da.» Yo le he dicho que sí, que la estaba usted esperando. ¿Acaso no habían avisado desde abajo? «Ah, sí, claro», ha dicho. «Oh, míralo, Ike», ha dicho al ver al presidente Eisenhower. «Qué monada, ¿verdad?» Ike. Monada.

—Cielo santo. En fin, acabemos con esto —dijo Theresa—. Dile que salgo enseguida.

—Le diré que está al teléfono —dijo Irene.

—Quizá sea mejor no dejarla sola. Vigílala para que no empiece a servirse vodka. ¿Es de esas?

—No lo descartaría —dijo Irene—. No descartaría nada con ella. Y recuerde que tiene que ir al centro a ver a su abogado.

—Sí, podemos ahorrarnos la comedia de la pitillera.

Theresa Livingston dejó pasar unos minutos y luego entró a paso ligero, y al instante cayó en la cuenta de que Irene no había exagerado. La muchacha estaba de pie, y detrás de su perezosa sonrisa se adivinaban problemas de toda especie. Theresa Livingston la saludó como suelen hacer las damas de sociedad.

—¿Qué tal estás, querida? ¿Le has dicho a Irene qué te apetece beber?

—No me lo ha preguntado, pero me tomaré un Martini con vodka. Por no mezclar.

—Irene, ¿eres tan amable? —dijo Theresa Livingston—. Para mí nada. He pedido el almuerzo por las dos. Así ganamos tiempo. La comida aquí es buena, pero el servicio puede demorarse un poco.

—Ya lo sé.

—Oh, ¿has estado aquí antes?

—No, siempre nos quedamos en el Vanderbilt, pero estuve con unas amigas en el salón No-Sé-Qué ese de abajo.

—Ya veo —dijo Theresa.

—Supongo que llego un poco tarde, pero he venido lo más rápido que he podido.

—Bueno, no hablemos de eso —dijo Theresa—. ¿Por qué no te sientas ahí? Yo me sentaré aquí. Qué alegría recibir noticias de tu padre. No sabía que tenía una hija de tu edad. ¿Ya te han presentado en sociedad y todas esas cosas?

—Oh, hace dos años. La presentación completa.

—Por la nota de tu padre entiendo que has dejado los estudios. ¿De verdad quieres ser actriz?

Irene sirvió el cóctel y la muchacha tomó un sorbo.

—No lo sé. Supongo. Me apetece hacer algo, y en cuanto dije lo del teatro, papá dijo que la conocía. Supongo que si es amiga de papá, sabrá cómo hace las cosas. Si le hubiera dicho que quería ingresar en el Cuerpo de Paz, lo habría arreglado con el presidente Johnson, o al menos lo habría intentado.

—Vaya, eso no lo sé, pero tu padre era muy amigo mío cuando éramos jóvenes. Aunque no lo he visto en... ay, pobre de mí, desde que naciste.

—Sí, ya lo sé. Desde que tengo memoria ha sido la señora Castleton.

—¿Qué ha sido la señora Castleton?

—La amiga de papá.

—Pero tu padre y tu madre todavía están casados, ¿verdad?

—Por supuesto. Mamá no piensa soltar el botín, ¿por qué iba a hacerlo? ¿Podría tomarme otro de estos? Yo misma lo preparo, no se moleste.

—Claro que sí, pero puede que tengas que terminártelo en la mesa.

—¿Qué apostamos? —dijo la muchacha yendo con la copa hacia el mueble-bar—. Al principio mamá dijo que seguirían casados hasta mi presentación en sociedad, aunque no sé qué importancia puede tener eso, ni siquiera en Baltimore. Pero luego me presentaron y no volvió a hablarse de divorcio. Si tía Dorothy quisiera que se divorciase, se divorciaría, pero, socialmente, llamarse Dorothy Castleton todavía está mejor visto que llamarse Dorothy Blackwell. Y ya están viejos.

—Sí, todos lo estamos.

—No quería decir eso, señorita Livingston.

—No sé qué más puedes haber querido decir, teniendo en cuenta que tengo la misma edad que tu padre y tu madre. De la señora Castleton no puedo hablar, claro.

—La misma edad. Todos están entre los cincuenta y muchos y los sesenta y pocos, creo. Vamos, que no están precisamente en la *jeunesse dorée*.

—No. Y veo que en Baltimore se cuecen habas como en todas partes. El caso es que tu padre quería que tuviera una charla contigo sobre lo del teatro. Cosa que hago encantada. Aunque *tú* no pareces arder en deseos de ser actriz.

—Me da bastante igual, francamente. Fue papá el que, nada más mencionar lo del teatro…

—¿Y por qué lo mencionaste?

—¿Que por qué lo mencioné? Pues supongo que porque me apetecía hacer *algo*, pero a la hora de pensar en qué podría hacer, agotamos todas las opciones excepto la equitación y hacer de modelo.

—Y naturalmente pensaste en los escenarios.

—No, no lo pensé. La idea fue de papá. Todo esto ha sido idea suya. Creo que solo quería presumir de conocerla. Yo no me hago ilusiones de llegar a ser actriz, lo que me faltaba.

Irene fue a la puerta para dejar entrar al camarero con la mesa de ruedas.

—Habría perdido usted la apuesta —dijo la chica—. No tendré que acabarme la copa en la mesa.

—Bueno, entonces no se trata de utilizar mi influencia para que entres en la Academia ni nada por el estilo —dijo Theresa—. Debo decir que eso me alivia. La verdad es que no me gustaría quitarle su oportunidad a alguien a quien de verdad le importe el teatro.

—Olvídelo. Siento haberle hecho perder el tiempo, pero no ha sido culpa mía. Papá es como una apisonadora, y cuando se le mete algo en la cabeza insiste hasta que te rindes.

—¿Vamos a sentarnos? ¿Por qué no te sientas ahí? Yo me sentaré aquí —dijo Theresa.

Tomaron asiento en la mesa, pero era evidente que la muchacha no tenía intención alguna de tocar el melón.

—¿Prefieres otra cosa? —dijo Theresa—. ¿Jugo de tomate o algo así? No hay ni que pedirlo abajo.

—No, gracias.
—Tenemos huevos a la benedictina —dijo Theresa.
—Huevos a la florentina, señora —dijo Irene.
—No se preocupe por mí —dijo la chica.
—¿Has desayunado algo, aparte de Martinis con vodka? —dijo Theresa—. ¿Por qué no te tomas un café?
—¿Dónde está el baño? —dijo la chica.
—¿La acompañas al baño, Irene?
—Sí, señora.
—Solo dígame dónde está, no me acompañe —dijo la chica.
—Pasada esa puerta que va al dormitorio. Ahí está el baño —dijo Theresa.
—Los huevos a la florentina —dijo la chica—. Huevos lo que sea.
Salió del salón a toda prisa.
—Espero que llegue —dijo Irene.
—Sí —dijo Theresa—. Creo que será mejor que te lleves la mesa al vestíbulo. Deja el café. Voy a tomarme uno ahora; tú puedes ir haciendo más, Irene.
—¿No piensa usted comer *nada*?
—No.
—Nueve dólares tirados por el desagüe.
—Ya lo sé, pero no tengo apetito, así que no insistas.
Theresa se tomó dos tazas de café y se fumó varios cigarrillos.
—Creo que debería ir a ver cómo se encuentra —dijo.
—¿Quiere que vaya yo? —dijo Irene.
—No, ya voy yo —dijo Theresa.
Fue al dormitorio y se encontró a la chica tendida en la cama, envuelta con la enagua y con la mirada fija en el techo.
—¿Quieres algo, Evelyn?
—Sí —dijo la chica.
—¿Qué?
—¿Puedo quedarme aquí un rato?
—Puedes quedarte todo el tiempo que quieras, criatura —dijo Theresa Livingston.

El caballero orondo

Todas las noches, antes de ir al teatro, se comía lo que para cualquier hombre habría sido una cena, solo que Don Tally lo llamaba un tentempié. A veces consistía en un *filet mignon* recubierto con salsa bearnesa, acompañado de patatas al horno con nuez moscada; otras, en cuatro chuletas dobles de cordero que agarraba con las manos y roía hasta el hueso. Cuando pedía las chuletas le ponían en la mesa un cuenco para que se limpiase los dedos, y sus abluciones eran una pequeña representación teatral aun cuando con él no hubiera nadie. Sus manos no olvidaban nunca que pertenecían a un actor, y así era siempre: él no hacía ningún esfuerzo consciente por mojarse y secarse las manos de aquella forma tan elaborada. Las manos lo hacían solas, con un instinto propio.

Tanto si pedía el *filet mignon* como si pedía las chuletas o un bistec al punto, e independientemente del acompañamiento consumido, el postre era siempre el mismo: helado de chocolate bañado en kirsch con media docena de cerezas al marrasquino en el fondo del plato. Incluso en Palmedo's, que no era un restaurante caro, el postre le costaba dos con cincuenta.

—¿No te parece que podríais ajustar un poco el precio? ¿Dos cincuenta por un helado de chocolate? —le preguntó un día a Palmedo.

—Nunca te costará menos —dijo Palmedo—. Hasta te cobraría más, si creyera que así dejarías de pedirlo.

—Podría ser, aunque lo dudo —dijo Don Tally.

—Yo también lo dudo. Lo que no dudo es que esto te va a matar. Incluso a ti, Don. Por el amor del cielo, amigo mío, un día te encontrarán diabetes. Me gusta ver comer a la gente, incluso cuando piden esas patatas a la crema y mis contundentes salsas. Pero no puedes darte estos atracones siete días por semana.

—No solo puedo, sino que lo hago, Alfredo Palmedo. Solo peso ciento treinta kilos, exactamente cinco kilos más que hace un año. ¿Sabes qué me como después de cada función?

—Sí, un filete bien grueso. Te sienta bien.

—Lo que tú no entiendes, mi querido chef, es que en el teatro quemo muchas energías. Un hombre de mi talla necesita mucho combustible para representar dos bailes y una canción ocho veces por semana. La carne y las patatas me ayudan a no desfallecer, pero el helado y el kirsch son lo que me pone a tono. En fin, no sabes ni de qué te hablo.

—Lo que sí sé es que te zampas esa porquería también cuando no actúas. Eso es lo que sé.

—Sé que me quieres, Alfredo. Cuando el pelo se te acabe de poner blanco nos haremos novios.

—La madre que te... Un día te pegaré una torta, Don. De verdad te lo digo.

—Si lo haces, lloraré. Y cuando lloro armo un drama.

—Aah, me das asco —dijo Palmedo, y se marchó.

Cuando Palmedo llegaba al insulto personal se quedaba en la cocina hasta que Don Tally se iba al teatro, y en esas ocasiones, cuando Don Tally pedía la cuenta, el camarero le decía: «No hay cuenta. Paga la *maison*. El jefe dice que no le haga la cuenta, señor Tally».

—No puedo insultar a un hombre y aceptar su dinero —explicó una vez, y solo una, Alfredo.

—Deberíamos llegar a algún tipo de acuerdo —dijo Don Tally—. Yo dejo que me llames hijo de puta, y tú me dejas el postre a... hmm... sesenta centavos. ¿Qué me dices?

—No cuela.

—¿Un dólar?

—No, tampoco. Te conozco, me obligarías a insultarte para que no te cobrase. Ni hablar, que nos conocemos. A otro hueso con ese perro.

—La expresión es: «A otro perro con ese hueso», amigo mío. Si quieres puedo enseñarte más dichos.

—Yo sí que te voy a enseñar. La diferencia entre un *gourmet* y un *gourmand*.

—Cuidado, amigo. Te estás acercando al insulto. Estás muy cerca. Más vale que te vayas o tendrás que traerme otra cena a cuenta de la casa.

Don Tally trabajaba casi siempre. Sabía cantar y bailar, sabía recitar sus partes de tal modo que agradase tanto al director como al autor, interpretaba a gordos simpáticos y a gordos siniestros, se defendía con el piano y con el saxo tenor, y era miembro de la Sociedad de Ilusionistas Americanos. Toda la vida había sido gordo; había hecho de niño rechoncho en cortometrajes, de secundario en películas mudas y habladas sobre la vida universitaria en instituciones llamadas Haleton, Calford y Midwest State. En los tiempos de la cadena Balaban & Katz, cuando las funciones consistían en una banda, un grupo de claqué y una cantante a la que los músicos de refuerzo siempre llamaban Esa Chica (daba igual quién fuera, los músicos se referían a ella como Esa Chica), Don Tally figuraba a menudo en el cartel. El grupo de claqué se ponía furioso cada vez que él se colaba en su número, generalmente durante la parte de la «competición», y se marcaba los mismos pasos que tanto esfuerzo les costaba a ellos. La sangre no llegaba al río, porque el productor del espectáculo sabía muy bien que el público lo pasaba en grande viendo cómo un gordo hacía el *nerve roll* y la rueda tan bien como aquellos bailarines escuálidos cuya actuación había reventado. Por todo Estados Unidos y Canadá había bailarines, cantantes y patinadores que odiaban a Don Tally. Bastaba mencionar su nombre para que empezaran a proferir ruidos desagradables y crueles epítetos, y más de un artista lo habría matado de buena gana. Pero le tenían miedo. Si un bailarín perdía los estribos hasta el punto de agredirlo, Tally movía su robusto brazo izquierdo cual tenista conectando una volea de revés y dejaba al bailarín descalabrado en el suelo. Tally no usaba los puños: se guardaba las manos para los instrumentos musicales, los juegos de cartas y los aspavientos de las escenas dramáticas. Una vez, en Detroit, Tally se metió en un lío con un bailarín, un solista al que le había robado la abertura de piernas. El bailarín, a pleno pulmón y delante de la banda de Ted FioRito y los tramoyistas, le soltó a Tally un insulto incestuoso. Tally se acercó despacio al bailarín, que buscaba pelea y lanzó un puñetazo a la cara de Tally. El puño dio en el blanco, pero Tally siguió avanzando hasta que su barriga entró en contacto con la del bailarín. Entonces, usando el cuerpo a modo de ariete, Tally empujó al bailarín hasta que este dio con la espalda en la pared de ladrillo desnudo. Tally tenía al tipo aplastado contra la pared y se reía y le llamaba cosas desagradables, mientras el otro trataba de lanzar ganchos contra su cara. Al fin, cuando hubo acabado con los insultos y las injurias, Tally levantó el pie derecho y con todo el peso de sus ciento cinco kilos dejó caer el talón sobre el empeine del bailarín. El tipo no pudo seguir actuando esa semana. Las amenazas de demanda quedaron en nada; Tally tenía como testigos a todo el personal de escena y a dos docenas de músicos, que podían declarar que la pelea había empezado por culpa del bailarín.

Tally trabajaba siempre, aunque su salario variaba entre los trescientos y los mil a la semana, en ocasiones de una semana para otra. Necesitaba el dinero para comer, y necesitaba comer más que la mayoría de las personas. Los trabajos de mil dólares, claro está, tenían una duración limitada, y él no siempre estaba disponible para aceptarlos. Eran trabajos de secundario en los estudios de Brooklyn, Harlem y Fort Lee, que producían películas de dos rollos de duración. Los protagonistas de esas cintas eran estrellas como Ruth Etting y Lee Wiley, pero necesitaban a alguien como Don Tally para que les diera las réplicas. Tally procuraba no enemistarse con las grandes estrellas, y ellas le ayudaban a conseguir trabajos. Sin embargo, las obras que pasaban mucho tiempo en cartel en Broadway y la política de las productoras a menudo le impedían aceptar papeles en cortometrajes, por lo que los trabajos de mil dólares eran más bien escasos. Pese a todo, podía considerarse un actor de cincuenta mil dólares anuales, y durante toda la década de los treinta y los cuarenta —Tally había nacido con el siglo— comió, bebió y se gastó el dinero en chicas, que si bien no eran de la misma categoría que la comida y el alcohol, eran jóvenes y bonitas y no muy orgullosas. Una estrella, o una actriz joven verdaderamente ambiciosa, jamás se habría dejado ver a su lado; Tally estaba bien para echarse unas risas en grupos de cuatro o más, pero no tenía nada que ofrecer a las arribistas desalmadas ni a las mujeres nerviosas que no querían perder su sitio en la cima. Además, los rumores que corrían sobre él y sus relaciones con las mujeres podían hacer que una chica quedase asociada con sus excentricidades, y Tally no era tan importante como para correr semejante riesgo. En Broadway todo el mundo sabía que de él se decían cosas, pero nadie sabía exactamente qué cosas. Aunque solo había que verlo para saber que suscitaba habladurías.

Sin embargo, en 1952 todo cuanto se había dicho hasta entonces quedó sujeto a una amable revisión gracias, como suele decirse, a una segunda oportunidad.

Tally interpretaba el papel de mayordomo gracioso en una comedia musical de segunda fila, ganaba seiscientos dólares a la semana y empezaba a preguntarse cuándo anunciarían la bajada de cartel. La taquilla había caído en picado después de las funciones benéficas, y ahora la obra se programaba junto con otra en sesión doble. Cuando ocurrían estas cosas, Don Tally nunca perdía los nervios. Otros actores habrían empezado a recortar gastos, a frecuentar menos a menudo los locales caros, a beber marcas de alcohol más baratas; pero Don Tally nunca se preocupaba por el futuro, ni por el inmediato ni por el remoto. Cuando una obra tocaba a su fin, lo invadía un estado de ánimo literalmente vacacional; como un niño al que le gusta el colegio pero que agradece que se acabe el curso.

La semana que se anunció la bajada de cartel estuvo en los locales de siempre, y una noche, terminado el espectáculo, estaba con una chica y otra pareja en un club nocturno del East Side, riéndose y divirtiéndose y contando chistes. Dos mesas más allá, estaba sentado Nigel Whaley, el director inglés, que curiosamente nunca antes había trabajado ni en Nueva York ni en Hollywood.

—¿Quién es ese caballero un tanto orondo? —le dijo Whaley a su compañero.

—Un tipo llamado Don Tally —dijo Al Canton, el agente neoyorquino.

—Alguien del mundo del espectáculo, obviamente, pero ¿qué hace? —dijo Whaley.

—Un poco de todo. Cantar, bailar, juegos de cartas. Nada del otro mundo. Actúa en un espectáculo que está a punto de bajar el telón.

—Llevo rato fijándome en sus manos —dijo Whaley—. ¿Cómo se llamaba? La de las películas mudas. Empezaba con zeta. ¡Za-Su Pitts! Era de tu quinta, Al.

—¡Mira quién habla! Mi quinta. Era de mi quinta tanto como de la tuya.

—¿El señor Tally nunca ha hecho cine?

—Empezó haciendo películas de niño, comedias del estilo de *La pandilla*. Pero desde entonces solo ha hecho algún corto y de figurante, que yo sepa.

—Con esa figura solo podría hacer de figurante. De hecho, es bien poco atractivo, ¿no te parece? Aunque podría ser útil. ¿Sería posible pedirles a los del estudio que busquen algunos de esos cortos y que me los proyecten mañana o pasado?

—A ti te proyectarían hasta *El nacimiento de una nación* ahora mismo —dijo Canton.

—No hace falta. Ya la he visto seis veces. Pregúntales tan solo si tienen alguna copia de los cortos del señor Tally.

Tres días después, Al Canton presentó a Nigel Whaley y Don Tally, y luego se excusó para que el director y el actor pudieran conversar en privado.

—Sabía que estaba en la ciudad —dijo Tally—. De camino a la costa, supongo.

—Sí, será mi primera película en Hollywood, aunque he hecho una o dos para compañías americanas en mi país. Dígame, señor Tally, ¿dónde aprendió a usar las manos? Vi su espectáculo anoche y me parece mentira que todavía esté vivo.

—¿Por qué?

—Porque si yo fuera esa tal Wayne o ese No-sé-qué Williams, lo habría envenenado hace meses. Es usted tremendo... Pero eso ya lo sabe, ¿verdad?

—Yo sí, pero ellos no —dijo Don Tally—. Son demasiado nuevos para saber lo que se cuece por aquí. Ella era cantante, y a él lo expulsaron de Hollywood. Son ingenuos e inexpertos.

—Estoy seguro —dijo Whaley—. Su obra baja de cartel el sábado, si no me equivoco. En fin, iré directo al grano: hay un papel para usted en mi película.

—Sabía que algo se traía entre manos, pero no sé qué pinto yo en su película. Leí el libro cuando salió, y no recuerdo ningún papel en el que yo pueda encajar.

—En el libro no hay nada, tiene razón. Pero es bien sabido que nos tomamos ciertas libertades con las novelas y las obras, así que sí, *hay* un papel para usted. La pregunta es, ¿podemos trabajar juntos? Usted y yo. Es un buen papel, señor Tally, pero no tiene un gran protagonismo, y no me gustaría ver cómo la producción se retrasa porque usted quiere hacer las cosas a su manera cuando yo ya tengo la mía. Como ve, señor Tally, conozco bien a los actores, yo también lo he sido, y vengo de familia de teatro, al menos tres generaciones. Así que la pregunta es, ¿se comportará usted como es debido? Se lo pregunto con franqueza porque cuando empiezo a rodar me vuelvo impaciente y en el plató mi palabra es ley. Soy un déspota, y no de los benevolentes.

—No tendrá que preocuparse por mí. Siempre y cuando el dinero, las garantías y demás sean adecuados. Déjeme que le pregunte una cosa: no será un papel de comediante, ¿no?

—Nada más lejos que un papel de comediante.

—Entonces trato hecho. Quiero dejar los papeles de comediante. No para siempre, pero es que ya tengo cincuenta y dos años, y estoy harto de recibir batacazos.

—Descuide. Dígale a su agente que vaya a ver al señor Lipson mañana y que ellos se entiendan con las condiciones. Sé que generalmente le pagan mil a la semana en los largometrajes, pero estoy seguro de que el señor Lipson puede mejorar la oferta en este caso.

—Vaya si puede —dijo Don Tally.

Whaley lo miró.

—Por cierto, señor Tally, usted hace de americano, así que, por favor, no cambie de acento por mí.

—Lo que mande su alteza.

—Muy gracioso, gracioso de verdad —dijo Whaley.

A partir de ese momento se llevaron estupendamente, y cuando Whaley vio todo lo que Don Tally podía dar de sí lo colmó de elogios con generosidad y entusiasmo.

—Esperen a ver a Don Tally —les dijo a los periodistas antes del estreno—. Es lo que ustedes llaman una interpretación digna de Oscar.

—¿Es cierto que le ha hecho firmar un contrato exclusivo?

—No, no es cierto. Pero tengo intención de contar con él siempre que pueda.

—¿Cree de verdad que se llevará el premio de la Academia?

—Creo que no he dicho eso. Aunque cosas más raras se han visto, demasiadas.

De vuelta en Nueva York, vestido con una de las americanas cruzadas más grandes de la ciudad, una con los botones adornados con el emblema de la casa de los Estuardo (los Stewart, como el apellido de su madre), Don Tally se convirtió en la punta de lanza no oficial, y no retribuida, de la nueva película de Nigel Whaley. A medida que se acercaba el estreno, volvieron a ponerlo en nómina para que hiciera publicidad entre la prensa escrita y radiofónica. Se pasó dos semanas hablando de la película de Whaley con la gente de la radio y con las firmas menores del periodismo metropolitano: corresponsales extranjeros, editores de periódicos estudiantiles, extrañas criaturas de la prensa de barrio. Los reporteros importantes se reservaban para Nigel Whaley y las estrellas de la cinta, pero Don Tally estaba encantado con el bombo que estaban armando los pequeños medios.

—He salido en todas las cabeceras y emisoras de aquí a Hackensack —le dijo a su agente, Miles Mosk—. No sabía que hubiera tantos periódicos.

—Ya, uno nunca sabe —dijo Miles Mosk—. Apuesto a que podrías ir una noche a El Morocco y hacer un sondeo. A ver cuántos han oído hablar de Red Foley.

—¿Red Foley, el de los conciertos de Grand Ole Opry?

—Sí, esos que graban en Nashville, Tennessee —dijo Miles Mosk—. Apuesto a que no encontrarías seis personas en El Morocco que hubieran oído hablar de Foley. Sin embargo, yo preferiría tenerlo a él que a Sinatra.

—Eso no es verdad —dijo Don Tally.

—No, pero casi. Hay gente que se chupa mil kilómetros en coche, y digo *en coche*, para ver un concierto de Red Foley. *Mil* kilómetros *solo* de ida. Vende dos millones de discos al mes.

—¿Tratas de ablandarme para que me vaya de bolo a East Garter Belt, Dakota del Sur? Si es así, estás perdiendo el tiempo, amigo.

—¿Me tomas por idiota? Ahora todo el mundo está pendiente de ti. Yo solo digo que te hagas toda la publicidad que puedas con esto. Como si te vienen de un periódico turco. Tú acepta. Esa es la gente que hace ruido el día del estreno, no tus amigos con pajarita y esmoquin de El Morocco.

—¿Por qué crees que llevo dos semanas soportando su aliento a ajo?

—Creía que te gustaba el ajo.

—Solo cuando me lo como —dijo Don Tally—, no cuando sale de boca ajena.

—¿Recibiste los recortes de prensa que te envié? —dijo Mosk—. ¿Los del *Newsweek* y el *Time*?

—Me los sé de memoria. El del *Time* dice que soy una mezcla entre Sydney Greenstreet y Peter Lorre. No es mala compañía, ¿no?

—Eso es un disparate. Vamos a hacer publicidad en las revistas del gremio y no pienso decir una palabra sobre Lorre ni Greenstreet. Haremos como si los hubieras superado hace tiempo.

—De acuerdo, pero asegúrate de que Whaley se lleve el mérito.

—Ahí estará la gracia, en que tú le darás las gracias a Nigel Whaley por haber tenido la oportunidad de trabajar con él en su último triunfo, etcétera. Tú y Whaley. Agradecido, pero con dignidad. Nada de quedar como un baboso, como se ve a veces en algunos anuncios. ¿Has sabido algo más sobre su próxima película? ¿Quién hará de coronel nazi?

—Le he preguntado, y me dice que ha pensado en Leo G. Carroll. Ni siquiera me ha tenido en cuenta.

—Perro inglés, pero si prácticamente te lo había prometido.

—No, *tú* me lo prometiste, solo que nunca encontraste el momento de confesarle el secreto a Whaley. Las cosas como son, amigo, la única vez que has estado cerca de Nigel Whaley fue el día que te lo presenté. No parecía acordarse de que fuiste el representante de las Mulas de Fink.

—Yo nunca tuve nada que ver con ese número. Nada.

—Bueno, pues de esos saltimbanquis y xilofonistas que se veían por tu despacho.

—¿Sabes lo que pareces, Don? Pareces un cliente que ha decidido irse a otra agencia. Dime si voy desencaminado.

—Un poco, sí. Tú me conseguiste trabajo cuando yo no sabía salir a ganarme el pan por mí mismo. Pero recuerda una cosa, Miles. Nigel Whaley me vio una noche en un local, uno de esos locales que tú no frecuentas porque eres un agarrado. Nigel Whaley no te reconocería aunque ahora mismo entrase por la puerta. Conseguiste que me contrataran en algunos de esos locales de mala muerte en Nueva Jersey y Long Island. Gané algún dinero, una vez deducida tu parte. Pero nunca peleaste para que ganara un sueldo digno cuando hacía cinco funciones al día con B. & K. Siempre aceptabas la primera oferta.

—No sigas, Tally. Ya me sé este discurso. Que si tenía miedo de pelear por ti porque tenía que vender otros números. ¿Quién crees que quiere contratarte? ¿La MCA?

—Todo el mundo quiere contratarme.

—Sí, claro, ahora sí. Pero hace cinco, diez años, bien que te comías tus helados de chocolate con kirsch. ¿Y gracias a quién, a la MCA o a mí? ¿Dónde estaba la agencia de William Morris cuando metiste a aquel chaval en apuros en Pittsburgh? Te informo, Tally, de que tengo una buena casa en Great Neck, un hijo haciendo la interinidad en el hospital Mount Sinai y otro en su segundo año de derecho en Columbia. Solo con las rentas, la señora Mosk y yo podríamos vivir bien lo que nos queda de vida. Y todo esto ha salido del diez por ciento que me he ganado contigo y otros muchos artistas con talento para los que he ido encontrando trabajos. Solo hacía falta que estuvieran dispuestos a trabajar con constancia. Gracias a mi experiencia, mi saber hacer y mis contactos, podía levantar el teléfono y cerrar un trato en tres o cuatro minutos. ¿Que por qué acepto la primera oferta? Porque la persona que está al otro lado de la línea respeta a Miles Mosk y sabe que el año que viene y dentro de dos años y de tres voy a seguir en activo, y que si no me tratan como es debido, lo tendré en cuenta el día que mi cliente sea famoso. Siempre consigo un precio justo, y no pierdo amigos.

—¿Adónde quieres ir a parar, Miles?

—Te diré adónde quiero ir a parar. Si te vas con otro agente, ni mi hijo mayor se quedará sin su estetoscopio ni el pequeño dejará de comprarse sus libros de derecho. A la señora Mosk tampoco le faltará de nada. Si quiere ver un espectáculo, le conseguiré asientos reservados, los más buscados de la ciudad, y se irá a verlo con el visón que le regalé por su cumpleaños. Quizá no puedo conseguir una buena mesa en El Morocco. Pero ahí tampoco saben quién es Red Foley, que podría comprarse al setenta y cinco por ciento de tus amiguitos de El Morocco.

—Vamos, que eres rico, que si sigues en esto, es por diversión, y que no me necesitas.

—Permíteme que te corrija. Rico, no. Acomodado, sí. Todo lo demás es correcto. Nunca he mendigado clientes y nunca me he aferrado a nadie que quisiera cortar su relación conmigo. Toma, diez dólares por el café. Y no me llames, ya te llamaré yo a ti. Si todavía estás vivo para entonces.

—Te enviaré el cambio del billete de diez —dijo Don Tally.

No había previsto que la confrontación con Miles Mosk se produjera tan pronto, aunque era tan inevitable como otros cambios en su vida personal y profesional. Recientemente Miles Mosk había dejado de vestirse con camisa de cuello diplomático y se sentía mucho más en casa en el Hunting Room del Astor que en Sardi's. Nunca había volado ni a Hollywood ni a ninguna otra parte, aunque su ortodoxia religiosa era tan absoluta que trataba de no viajar en sábado, y el avión ofrecía ventajas en este sentido. Era anticuado y tenía ese carácter sentimentaloide que seguramente le permitía disfrutar de Red Foley a pesar de que no fuera cliente suyo. Don Tally llevaba casi veinte años siendo cliente de Mosk, pero nunca había visto a la señora Mosk ni a sus hijos. En el mundo en el que Don Tally estaba entrando, un agente como Miles Mosk estaba tan fuera de lugar como un sedán de la marca Franklin. Don Tally se había comprado un Bugatti, y lamentaba que no pudieran entregárselo a tiempo para la *premiere*.

Lo único que lo disuadió de ponerse frac y lazo blanco fue saber que Nigel Whaley, el protagonista masculino, el productor de la película y el cónsul general británico iban a ir de esmoquin. Otro problema del que no debía preocuparse era de a qué mujer invitar para que lo acompañase al estreno. Aquellos pendones encantadores con los que acostumbraba a salir de noche por la ciudad quedaban casi automáticamente descartados. Una semana antes del estreno lo informaron de que el departamento de publicidad ya había decidido que fuera con la señora Townsend Bishop. Nunca había coincidido con Mollie Bishop, pero sabía vagamente que era una mujerzuela de la buena sociedad que acudía a estrenos de cualquier cosa: obras de teatro, películas, ballets, exposiciones de arte, desfiles de moda, carreras de caballos en Belmont, óperas y restaurantes finos. Tenía fortuna propia y un sustancial acuerdo de divorcio con Asa Bishop, el regatista y antiguo campeón de tenis, que se había retirado a su granja de la Costa Este de Maryland para pasar el tercer tercio de su vida adiestrando labradores en Chesapeake. Mollie Bishop no era ninguna belleza y nunca lo había sido, pero podía gastarse treinta mil dólares al año en ropa y era una auténtica *socialite* cuyo nombre y fondo de armario vestían las ocasiones que atraían su presencia. De ella se decía que se había inventado la palabra «guateque», aunque negaba haberla utilizado para referirse a la Conferencia de San Francisco de las Naciones Unidas.

Mollie estaba a partir un piñón con los directores de varios departamentos publicitarios. Sus acuerdos *quid pro quo* resultaban satisfactorios para los agentes de prensa, que valoraban su nombre, y para ella, que a cambio obtenía entradas gratuitas y un acompañante adecuado. Cuando tímidamente se sugirió que Don Tally estaba disponible para llevarla a la nueva película de Nigel Whaley, ella exclamó: «¡Divino! ¡El otro día vi la película en una proyección privada y lo amo *con pasión*!».

Consiguientemente, Don Tally se presentó en su dúplex de la calle Setenta y Uno a las siete en punto, y tomaron un tazón de sopa y delicias de filete los dos solos. Tally no sabía que la resplandeciente sonrisa de ella tenía otros motivos aparte de él, que se debía al entusiasmo que Mollie sentía las noches de estreno.

—Será la segunda vez que vea su película, ¿sabe usted? —dijo ella.

—¿En serio? ¿Cuándo la ha visto?

—El domingo por la noche, en casa de unos amigos —dijo Mollie.

—¿Quiere decir que tiene amigos con sala de proyección privada?

—Sí, casi todos los domingos pasan películas.

—El problema de eso es que no se aprecia la reacción del público como en un cine —dijo Don Tally.

—Oh, ya lo creo que sí. Es como estar en un cine pequeño. No solo van cinco o seis personas, ni todos los que van son bribones adinerados. También va el servicio y la familia del servicio. Cincuenta personas, o quizá más. Lo llaman el Locust Valley de Loew.

—Está usted muy *in* —dijo Don Tally.

—¿De verdad? Gracias. Quería preguntarle por qué no había hecho películas antes. Sé que lo he visto en comedias musicales de Broadway, pero no entiendo por qué no había hecho cine. ¿Es verdad que Nigel Whaley lo descubrió en Sardi's sin haberlo visto nunca antes?

—Más o menos, sí. ¿Conoce a Nigel Whaley?

—Oh, de toda la vida. Conocí a Nigel... ay, por Dios. Ya no estaba en Oxford, pero hacía poco. Mi exmarido y yo pasábamos mucho tiempo en Inglaterra, pero a él el teatro le daba bastante igual, y yo lo adoraba. Por eso es que tenía un montón de amigos como Nigel. Era una pandilla estupenda, y fue muy divertido conocerlos antes de que se hicieran *mundialmente* famosos.

—¿Como Gertie Lawrence y Noel Coward?

—Desde luego. Gertie y yo nos conocemos desde *Charlot's Revue*. Y Bea. Y Noel era un amigo muy, muy querido, y espero que lo siga siendo. No lo vi en su último viaje, estaba ocupado haciendo cosas para la televisión. Ojalá no hiciera televisión. ¿Usted piensa hacer televisión? No permita que lo contraten para esa bazofia. Tiene que andarse con mucho ojo con su próximo trabajo, señor Tally. Yo en su lugar, no trabajaría con nadie más que con Nigel, al menos durante una temporada.

—Yo ya firmaría, pero no voy a estar en su próxima película, y él solo rueda una o dos al año, si llega.

—Bueno, después de esta noche tendrá a todo el mundo llamando a su puerta. Pero no acepte lo primero que le ofrezcan. Tengo *muchos* amigos que aceptaron lo primero que les ofrecían después de un gran éxito. Ándese con cuidado sobre todo con esa gente de Hollywood. Estoy segura de que querrán hacerle hacer este mismo papel una y otra vez, y otra y otra y otra.

—Tampoco hay tantos villanos gordos —dijo Don Tally.

—Pero fíjese en Sydney Greenstreet. Madre del amor hermoso.

—Usted está muy puesta en el mundo del espectáculo.

—Oh, sí, muy puesta, y tan puesta —dijo ella—. Me están avisando. El coche nos espera y no podemos llegar tarde por nada del mundo.

—¿Quién la está avisando?

—El mayordomo. Es muy discreto, pero firme. Nigel, por cierto, es uno de los pocos directores que no cree que todos los mayordomos tienen que ser Arthur Treacher. ¿Qué divino, verdad, trabajar con Nigel?

En los reportajes sobre el estreno dos de los columnistas de sociedad pensaron lo mismo: la fina y elegante señora Townsend («Mollie») Bishop se había adelantado a Broadway y a Hollywood al ir de acompañante del actor que se había anotado el mayor triunfo personal en la película de Nigel Whaley. Los jefes del departamento de fotografía agradecieron especialmente que las imágenes mostraran algo novedoso, y estas tuvieron un papel importante en todos los rotativos. Aparecieron instantáneas de Mollie Bishop y Don Tally bajando del coche, y de ambos abandonando el cine, y bailando juntos en la fiesta celebrada en el St. Regis tras la *premiere*.

Con las últimas ediciones de los periódicos de la mañana y las primeras ediciones de los de la tarde esparcidas por el dormitorio, Don Tally recordó que no le había pedido el número de teléfono a Mollie Bishop. Sin embargo, recordaba la dirección de su apartamento y le envió flores por valor de veinte dólares. Al cabo de poco más de una hora ella le telefoneó.

—Muchísimas gracias por las flores —dijo.

—Quería llamarla, pero no sabía su número —dijo él.

—¿Por qué no ha intentado buscarlo en la guía? —dijo ella.

—Daba por hecho que tendría un número privado —dijo él.

—Y así es, pero también salgo en la guía —dijo ella—. ¿Le apetece *terriblemente* venir el martes a cenar? Ocho en punto, corbata negra, creo que seremos dieciséis en total. Nigel va a venir, y sir

George y lady Repperton, y unos amigos un poco raros a los que creo que no conoce. Puede que le caigan mal, pero otro día puedo ser yo la que tenga que soportar a los suyos. Dígame que puede venir.

—Trate de impedírmelo —dijo él.

La fiesta fue un fiasco, un error rayano en lo catastrófico. La mayoría de los hombres habían ido porque sus mujeres querían ver a Don Tally de cerca o porque Mollie Bishop las había hecho acudir a la fuerza. Las mujeres no habían hecho ni caso a Don Tally y parecían haber decidido por tácito acuerdo que si Mollie Bishop tenía pensado patrocinar a un actor gordo, que no contase con ellas. A medianoche los únicos invitados que no se habían ido eran Don Tally, Nigel Whaley y una mujer que sentía inclinaciones amorosas hacia Whaley y que no hacía el menor esfuerzo por disimular su impaciencia.

—Nancy, no tienes por qué estropear la fiesta más de lo que ya está —dijo Mollie Bishop.

—Tendría que esforzarme mucho —dijo Nancy.

—Anda, vete a casa —dijo Mollie Bishop—. Buenas noches, Nigel. Si te apetece tirar a esta criatura delante de un taxi, por mí que no sea.

—Buenas noches, Mollie, querida. Buenas noches, Tally. No creo que nos veamos antes de que regrese a Inglaterra. Buena suerte.

—Gracias, Nigel —dijo Don Tally—. Gracias por todo.

—No hay de qué, campeón —dijo Nigel Whaley.

Cuando se hubieron marchado Don Tally miró a Mollie.

—En fin, parece que le he caído gordo a todo el mundo.

—Nunca se sabe —dijo Mollie Bishop—. A veces estas fiestas salen maravillosamente. No tenía que haber invitado a más de diez. El martes es mal día para la gente de Wall Street. Tienen la cabeza en los negocios y aburren hasta a las piedras.

—No eran solamente los de Wall Street. Nigel Whaley ha venido porque se sentía obligado. No por mí, sino por usted.

—Sí, me temo que es verdad. Puede que le repatee un poco

que su actuación haya recibido tan buenas críticas. Nunca lo había visto así antes, pero si fuera usted, no contaría con volver a trabajar para él. ¿Ocurrió algo durante el rodaje?

—Sí, que lo hice bien. Demasiado bien, supongo.

—Sí, supongo que sí. Me imagino que hay más gente a la que le repatea, aparte de Nigel. Es lo que pasa cuando un actor de reparto recibe mejores críticas que las estrellas.

—En fin, ya tuve mi momento de gloria —dijo Don Tally.

—¿Cree que seguirán así las cosas?

—Podría ser. Ya he visto otros casos, y también usted, por lo que me ha dicho. Aunque estaba pensando, ¿qué le parecería si nos casáramos?

—¿Si usted y *yo* nos casáramos? ¿El uno con el otro? —dijo ella.

—Eso es.

—¿Por qué demonios íbamos a casarnos?

—¿No se siente sola?

—No tan sola —dijo ella.

—Espere a oír mis razones. Usted lleva una vida que le permite ir a todos los espectáculos, inauguraciones y demás, pero cada vez tiene que buscarse a alguien con quien ir. Generalmente un marica de quien todo el mundo sabe que es marica. Pues bien, si algo no soy yo, es marica, eso se lo garantizo.

—Pero lo que es usted no es necesariamente lo que yo quiero, ¿no lo ve?

—Escúcheme un segundo. Soy un exactor de vodevil atorrante y gordo. Llevo toda la vida en la farándula. No tengo estudios. No tengo contactos familiares, ni para bien ni para mal. No encontraría usted en todo el país a nadie menos indicado para casarse. Pero esa es mi gran baza.

—¿Cómo? ¿Por qué?

—Veámoslo desde otro ángulo. Pensemos en usted. Usted es una mujer de sociedad cargada de millones y con montones de amigos de la *jet set* y el mundo del espectáculo a los que, seamos sinceros, usted les importa un rábano. Esta noche los he estado observando. Usted cree que son sus amigos, y *ellos* también se creen amigos suyos. Pero no lo son. Y en el fondo, pequeña, usted también lo sabe. El tipo ese con el que estuvo casada, Bishop, le dio una montaña de pasta porque usted era una buena chica y porque venían del mismo estrato social, pero no soportaba la vida que a usted le gustaba. Por eso ahora está casado con una tipa a la que le gustan los perros tanto como a él. Lo sé. He preguntado por ahí. ¿Y eso cómo la deja a usted? La deja rica y sola y pendiente de que los agentes de prensa de las productoras le busquen a alguien que la saque de casa. Y cuando no, llama a alguno de sus maricas. Tal y como lo veo, a usted el sexo no le interesa. Solo le interesa ir de estreno en estreno, toda emperifollada. Ni siquiera trataré de adivinar cuánto hace que no se acuesta con alguien. Pero no pasa nada: usted no quiere eso. Para usted no es un problema. Para mí sí, pero para usted no. Por lo tanto, si se casara conmigo, yo vendría a vivir aquí, y las noches que quisiera salir me tendría aquí y no tendría que peinar cielo y tierra para encontrar a alguien. El resto del tiempo no le daría problemas.

—Me promete usted el paraíso —dijo ella.

—Se está poniendo sarcástica, pero espere a que haya terminado.

—Oh, ¿es que hay más?

—Sí. Solo hace una semana que la conozco y solo nos hemos visto dos veces en ese tiempo, pero creo que la tengo bien calada. Usted es lo que se suele decir una exhibicionista. Va a todas esas fiestas y se gasta todo ese dinero en ropa porque quiere llamar la atención. Pero no quiere que los hombres le tiren los tejos. Lo que quiere es que le saquen fotos y salir en el periódico, y que todas las mujeres se queden mirando su nuevo traje de noche. Eso es lo que la pone cachonda. Pero si quiere causar sensación cada vez que salga, cásese conmigo. Ahora la miran porque es una mujer de sociedad y porque se gasta un dineral en ropa. Pero si de verdad quiere dejarlas patidifusas, cásese conmigo. Toda esa gente, tanto la gente bien como la chusma que le hace corro las noches de estreno, cuando nos vea juntos pensará: «Madre mía, vaya par de viciosos. La ricachona y ese gordo seboso y mediocre». Ahora no lo dicen porque siempre va con maricas. Pero yo tengo una de las peores reputaciones en este negocio. Ninguna mujer decente, si es que queda alguna, saldría conmigo. Tengo esa reputación desde los dieciséis años, y no me sorprendería si la tuviera para el resto de mi vida. Todos sus amigos famosos querrían sonsacarla, y usted podría mirarlos con suficiencia y reírse de ellos. Y entretanto algunas de esas señoronas tratarían de hablar conmigo, solo por mera curiosidad. Así que estas son mis razones. Si lo que quiere es darle un giro a su vida, tendríamos que pasar por el altar.

—¿Puedo coger aire?

—Adelante —dijo él.

La mujer se puso a golpetear un cigarrillo con tanta fuerza que se le dobló. Él le alargó su mechero, pero ella negó con la cabeza.

—En realidad —dijo—, muchas de las cosas que ha dicho son ciertas. No estaría dispuesta a admitirlo si no supiera lo ciertas que son. Ha sido duro conmigo, pero no más de lo que yo soy conmigo misma. Y sería divertido llevarlo por ahí con una correa como si fuera un centauro y ver cómo reaccionan mis amistades. Además, conozco su reputación. No entiendo cómo no lo han metido en la cárcel. Pero ¿no sería más fácil si nos saltáramos la parte de la boda?

—Todo esto no va a ningún lado si yo tengo que irme a casa por las noches —dijo él—. Tengo que vivir aquí veinticuatro horas al día, siete días por semana. Si no, sería lo mismo que ahora.

—Sí, me temo que tiene razón —dijo ella.

La mujer se quedó en silencio tanto rato que a él le dieron ganas de decir algo, lo que fuera, pero en el rostro de ella había aparecido una suave tristeza que quería respetar, y así lo hizo. A pesar de las arrugas que los años habían dejado en sus ojos y su barbilla, Don Tally pudo ver cómo había sido cuando era una muchacha de veinte años. Respiraba con regularidad, aunque superficialmente, y en un par de ocasiones se humedeció los labios con la lengua. Por fin habló.

—Verá —dijo—. Yo todavía quiero a mi marido. —Lo miró con un ademán de súplica—. Y creo que usted lo entiende.

—Sí, vaya si lo entiendo —dijo él.

Se acercó a ella y la dejó apoyar la cabeza sobre su hombro. Con mucha delicadeza le atusó el pelo.

Llámame, llámame

Sus pasos cortos, que siempre habían llamado la atención sobre su pequeña estatura, servían ahora para disimular el hecho de que sus andares eran más lentos. Ahora, finalmente, ya no quedaba nada de esa juventud que tanto había durado, hasta bien entrada la mediana edad. Su sombrero era pequeño y negro, un turbante cortado a medida que solo marcaba la diferencia entre ir con la cabeza cubierta o sin cubrir, pero que no llamaba ninguna atención sobre su portadora, y que en ningún caso proclamaba con espíritu de desafío o de alegría que la portadora era Joan Hamford. El borrego persa, adquirido en tiempos mejores, era ahora una prenda funcional y práctica que le daba calor y nada más. Llevaba unos zapatos de esos que —recordando las palabras de su madre— ella llamaba «de correa». Eran muy cómodos y le permitían pisar con seguridad.

El saludo del portero estaba meticulosamente estudiado. Nada de «Buenos días», sino «¿Necesita un taxi, señora Hamford?». Si quería un taxi, ahí estaba él para buscárselo; esa era una de las cosas para la que le pagaban; aunque ahora no podía esperar propina, y en Navidad tampoco es que le diera gran cosa. Joan Hamford era uno de los huéspedes permanentes del hotel, esos a los que él clasificaba como gente de salario porque le pagaban un salario por facilitarles determinados servicios. Gente de salario. Gente sencilla. No gente dada a la propina, a tirar de cartera y de cuenta para gastos. Gente de salario. Gente de presupuesto. Gente de café-instantáneo-y-botella-de-cuarto-de-litro-de-leche-comprada-en-el-*delicatessen*. Gente de cinco-dólares-en-un-sobre-con-su-nombre-por-Navidad. El hotel iba a ser demolido al año siguiente, y en el que edificarían en su lugar no habría sitio para gente de salario. Solo para gente con cuenta para gastos.

—¿Taxi? Sí, por favor, Roy. Claro que también podría ir caminando, ¿no?

—No lo sé, señora Hamford. No sé adónde va.

—Queda un poco lejos —dijo Joan Hamford—. Sí, un taxi. *¡Ahí viene uno!*

Siempre hacía lo mismo. Siempre veía llegar el taxi para que pareciera que lo había encontrado ella sola, sin ayuda, y que por tanto no le debía nada. Él ya se conocía el cuento. Se conocía todos sus trucos y astucias, sus artimañas para ahorrarse unas monedas, sus cuartos de litro de leche del *delicatessen*. Debía de ir al despacho de algún representante. La mayoría de días no iba en taxi. «Qué día tan bonito, creo que daré un paseo», decía, y el paseo duraba justo una manzana, hasta la parada del autobús. Sin embargo, ese día tomaría un taxi porque no quería llegar hecha un trapo cuando se trataba de optar a un trabajo. En efecto, era día de trabajo; llevaba los pendientes de diamantes y las perlas, que generalmente guardaba en la caja fuerte del hotel.

—El seiscientos treinta de la Quinta avenida, ¿se lo dices tú, Roy?

—El seiscientos treinta de la Quinta —le dijo Roy al taxista. Le podría haber dado la dirección ella misma, pero era una forma barata de quedar como una reina. Roy cerró la puerta tras ella y volvió a subir a la acera.

—Quinta avenida, número seiscientos treinta —dijo el taxista poniendo en marcha el taxímetro—. Espero que lleve algo para leer, señora, porque con el tráfico de Madison y la Quinta no puedo prometerle que lleguemos como el rayo. Si quiere, probamos por Park, llegaremos antes bajando por Park, aunque no sé qué nos encontraremos cuando giremos hacia el oeste.

—¿Cuánto tardaremos si bajamos por la Quinta?

—¿Por la Quinta? ¿Quiere bajar por la Quinta? Si quiere que le diga la verdad, calculo entre veinte y veinticinco minutos. Con los autobuses ya se sabe. ¿Alguna vez ha ido al circo y ha visto los elefantes, que se agarran con la trompa a la cola del de delante? Pues los autobuses, igual. Nunca hay menos de cuatro seguidos, ¡y congestionan el tráfico que da gusto! Si les metieran una multa, eso se arreglaba en dos horas, pero entonces el sindicato sacaría a sus hombres de los autobuses y se pondrían que si los poderes fácticos, que si el ayuntamiento... Pienso largarme de esta ciudad... Probemos por la Quinta... Oiga, usted es la señora Joan Hamford, ¿verdad?

—Pues sí. Qué atento es usted.

—Oh, ya la había llevado antes. ¿Se acuerda cuando vivía cerca del río? En el cuatrocientos... ¿Cuatrocientos cincuenta de la Cincuenta y Dos Oeste?

—¡Madre mía, pero de eso hace mucho!

—Sí, entonces tenía un Paramount que era el doble de grande que este cascajo. ¿Se acuerda de Louis?

—¿Louis?

—Soy yo. Louis Jaffe. La llevaba cuatro o cinco veces por semana desde su apartamento al Henry Miller, en la Cuarenta y Tres, al este de Broadway. Quince con cinco por aquel entonces, pero usted siempre tenía a bien darme un dólar. Yo sigo haciendo el taxi, pero usted ha hecho películas y televisión, y supongo que ahora va de camino a firmar otro buen contrato para la tele.

—No, en realidad es para una obra. En Broadway. Me temo que no puedo decirle qué obra, pero no es para la televisión. Todavía es secreto, ya me entiende.

—Oh, claro que sí. Luego me acuerdo que estuvo una buena temporada en Hollywood.

—Sí, y también hice unas cuantas obras en Londres.

—Eso no lo sabía. Solo recuerdo que usted pasó la cumbre de la Depresión en Hollywood. La cumbre de la Depresión para mí, no para usted. Usted debió de forrarse. ¿Qué siente al ver ahora sus películas en televisión? Por las películas no le pagan derechos, ¿no?

—No.

—Dicen que ahora todo el mundo va a porcentaje. No estaría mal tener un porcentaje de alguna de esas pelis antiguas. ¿Aún vive Charles J. Hall?

—No, el pobre Charles falleció hace años.

—Siempre se dijo que le daba a la botella que era un primor, pero el otro día lo vi en televisión. Usted hacía de su esposa y le decía que dejara la Armada para dirigir un astillero.

—*Gloria de azul.*

—*Gloria de azul*, eso es. ¿Qué edad tenía Charles J. Hall cuando hicieron esa película, se acuerda?

—¿Qué edad? Me imagino que Charles debía de tener poco más de cuarenta por entonces.

—¡Qué me dice! Ahora tendría unos setenta.

—Sí, más o menos.

—Yo ya he pasado la barrera de los sesenta, pero no me puedo imaginar a Charles J. Hall con setenta años.

—De todos modos nunca llegó a cumplirlos, pobrecillo.

—La bebida, ¿no?

—Oh, no me gusta hablar de eso.

—Cosas peores pueden decirse de ese hatajo de golfos que hay ahora. De ellos y de ellas. Lo que necesitan ahí es otro caso como el de Fatty Arbuckle, el problema es que la gente ya está acostumbrada a los escándalos.

—Sí, supongo que sí.

—Estaba pensando, me pregunto cómo no me enteré de que Charles J. Hall había muerto. ¿Murió en verano? En verano siempre me voy y me paso dos semanas sin ver un periódico.

—Sí, creo que sí.

—Seguro que salió en todas partes.

—No se crea, no tanto como él se merecía, teniendo en cuenta que era una gran estrella.

—Pero se pasó una buena temporada sin hacer nada. Fue

entonces cuando supe seguro que le daba a la botella cosa mala. ¿Dónde vivía en esa época?

—En Hollywood. No se movió de ahí.

—Supongo que solo aceptaba papeles de protagonista. Ahí es donde fue usted inteligente, señora Hamford.

—¿Qué quiere decir?

—Pues que nadie se acuerda de Charles J. Hall. La semana pasada mi hija me dijo que no sabía quién era. Pero a usted sí que la conocería. La reconocería al instante, de la tele, de cuando hizo de médico hace un par de años, en la serie esa.

—Lamentablemente solo duró veintiséis semanas.

—Da lo mismo. Su cara todavía les resulta familiar a las nuevas generaciones. La verdad es que no entiendo por qué a las actrices les entra esa manía de Broadway.

—A algunas nos encanta el teatro.

—Claro que sí, cómo no, pero me refiero desde el punto de vista del público. Podría salir en *My Fair Lady* y la vería menos gente que si hiciera una buena serie. Cuando vea a mi hija mañana, que vendrá a cenar, le diré que he llevado a Joan Hamford. Y enseguida dirá: «¿La doctora McAllister? ¿La doctora Virginia McAllister?». Puede que la quitaran a las veintiséis semanas, pero piense en la de millones de personas que la vieron *antes* de que la quitasen. Millones. Hoy en día, eso de Broadway es para aficionados y para los que, las cosas como son, no consiguen que les den empleo en la tele.

—Oh, no diga eso.

—Yo solo le digo lo que piensa el público, basándome en mis propias conclusiones. Ya estamos, el seiscientos treinta. Ochenta y cinco justos.

—Tenga, Louis. Quiero que se quede esto.

—¿Cinco?

—Por los viejos tiempos.

—Pues gracias. Muchas gracias, señora Hamford. Mucha suerte, pero debería volver a la televisión.

De camino al ascensor fue reuniendo fuerzas y, al llegar ante la recepcionista del despacho de Ralph Sanderson y Otto B. Kolber, desplegó una sonrisa esplendorosa.

—El señor Sanderson está esperándola, señora Hamford. Pase usted.

—Buenos días, Ralph —dijo Joan Hamford.

—Buenos días, Joan —dijo Sanderson levantándose—. Todo un detalle que hayas venido a esta hora, pero por desgracia era el único rato que tenía libre. ¿Sabes algo de la obra?

—Solo lo que he leído.

—Bien, entonces seguramente no sabes nada del papel.

—No, la verdad es que no. He leído el libro, la novela, pero entiendo que la han adaptado.

—Ah, demonio, la novela. De la novela solo quedan el chico y su tío.

—¿Y la tía? ¿No sale en la obra? Entonces ¿qué es lo que tienes para mí, Ralph? ¿O prefieres que lea la obra en lugar de decírmelo?

—No, prefiero decírtelo. ¿Te acuerdas de la maestra?

—¿La maestra? Déjame que piense. Salía una maestra en uno de los primeros capítulos, pero me parece que no tenía nombre.

—En la novela no. Pero en la obra sí tiene nombre.

—Sí que habéis cambiado el libro. ¿Cómo se desarrolla su papel?

—Bueno, la verdad es que no tiene desarrollo. Solo sale en una escena del primer acto.

—Vamos, Ralph, seguro que no me has hecho venir hasta aquí para eso. No es propio de ti. Por el amor del cielo, pero si, aunque solo fuera por eso, he sido la doctora Virginia McAllister para Dios sabe cuántos millones de personas, y me pagaron dos mil doscientos cincuenta por ese papel.

—De eso hace tres años, Joan, y no has hecho gran cosa desde entonces. Por eso he pensado en ti para la maestra. Prefiero dártelo a ti antes que a una desconocida. Te pagaremos trescientos cincuenta.

—¿Para qué? No puedes poner mi nombre encima de los demás, el papel no da para eso.

—De todos modos tampoco podría. El nombre principal es el del chico, y Michael Ware como coprotagonista. Tom Ruffo en *Sonata de Illinois*, con Michael Ware. Pero te pondríamos la primera en la lista del reparto.

—Ya sabes cómo funciona esto, Ralph. Ningún representante de la ciudad puede saber que estoy trabajando por trescientos cincuenta.

—Pero estarías trabajando, y yo me ocupo de la publicidad. En el teatro no se paga lo que pagan en el cine o en la tele, ya lo sabes.

—Creo que a Jackie Gleason le dieron seis mil.

—Y más que le habrían pagado, pero Virginia McAllister no era Ralph Kramden. Me gustaría que lo consideraras, Joan. Físicamente no es un papel muy exigente. No tienes que estar de pie ni hacer acrobacias.

—Ni actuar, supongo. No, me temo que no, Ralph, y me parece de muy mal gusto que me hayas hecho venir hasta aquí.

—Joan, la obra es buena, y con Ruffo estaremos diez meses en cartel, y puede que mucho más. Para ti serían como unas vacaciones pagadas, y volverías al teatro. No me seas cabezota y piensa en cuando te pagaba sesenta dólares a la semana por trabajar mucho más.

—En este aspecto no has cambiado, Ralph.

—Cuatrocientos.

—Limpio es poco más de trescientos. No, prefiero seguir siendo cabezota.

—Te daré cuatrocientos, y si después de los seis primeros meses encuentras un papel mejor, te dejo libre.

—¿Puedes ponerme en el segundo y el tercer acto?

—Imposible. El escenario cambia, y además sé que el autor no se prestaría a hacerlo. Y sinceramente, yo tampoco se lo pediría. La obra se queda como está hasta que estrenemos en Boston.

—En fin... Tan amigos como siempre, Ralph. Lo has intentado.

—Sí, desde luego lo he intentado.

—Dame cinco dólares para el taxi —dijo ella extendiendo la mano.

—¿Tan pelada estás, Joan?

—No, no estoy pelada, pero es lo que me ha costado venir aquí.

Sanderson separó un billete de un fajo sujeto con una pinza.

—Si te ha costado cinco venir, te costará otros cinco volver. Aquí van diez.

—Solo quería cinco, pero aceptaré los diez. En los viejos tiempos habrías gastado más que eso llevándome a almorzar.

—Teniendo en cuenta adónde íbamos después de almorzar, el precio no era alto.

—Supongo que eso es un cumplido.

—Tienes delirios, como Laurette Taylor en *El zoo de cristal.* Os pasa a todas las actrices maduras.

—Maduras. Bonito eufemismo.

—Cuando te enteres de quién se queda el papel te darás con la cabeza en la pared. No sé quién será, pero pienso elegir a alguien a quien detestes.

—Perfecto. No elijas a nadie con quien me lleve bien, porque si la obra funciona, la odiaré.

—Y te odiarás a ti misma.

—Oh... la verdad es que ya me odio. ¿Te crees que me hace gracia volverme al hotel, estando segura como estoy de que tienes un bombazo, *deseando* que sea un bombazo, y aun así aferrándome a mi obstinado orgullo? Pero tú sabes que no puedo aceptar este trabajo, Ralph.

—No, supongo que no.

—No harías una excepción y me llevarías a almorzar, ¿verdad que no?

—No, no puedo, Joan.

—Entonces, ¿me das un beso?

—Eso siempre.

Ralph Sanderson salió de detrás del escritorio y la rodeó con los brazos.

—En los labios —dijo ella.

Él se inclinó, ella se puso de puntillas y las bocas de ambos se tocaron.

—Gracias, querido —dijo ella—. Llámame, llámame.
—Eso espero —dijo él mientras ella salía.

En el Cothurnos Club

Aunque el Cothurnos Club lo fundaron actores, de vez en cuando admiten a un número limitado de escritores y pintores, por eso tengo la suerte de ser miembro. El lugar es de lo más agradable; en los salones de lectura y de trabajo reina un silencio tal que se oiría caer un alfiler, mientras que en el bar, la sala de billares y el comedor es difícil que uno pueda sentirse solo. Esto es especialmente cierto en el caso del comedor, donde la mayoría de los miembros comen en una gran mesa redonda. En cuanto tuve el honor de que me admitieran en el club, tomé la costumbre de almorzar ahí casi todos los días, y así fue cómo acabé reparando en el señor Childress. El señor Childress siempre comía solo en una mesita pegada a la pared. Parecía que nunca hablaba con nadie, pues el gesto que dirigía a los hombres reunidos en torno a la mesa redonda no podía considerarse un saludo. Hace unos días le pedí a Clem Kirby, que me había recomendado ante el club, que me hablara del arisco señor Childress.

—¿Hace mucho que es miembro? —dije.

—Oh, sí —dijo Kirby—. Unos treinta años, diría.

—¿Y siempre ha sido así? No entiendo por qué un hombre así ingresa en un club, es muy antisocial.

Kirby sonrió.

—Puede que parezca difícil de creer, pero hasta hace diez o doce años George Childress era justo lo contrario de lo que hoy ves. Lleno de vida. Ocurrente. Estaba aquí todos los días, en el bar, tomando copas con los chicos y tal.

—¿A qué se dedica? —pregunté.

—Pinta, o pintaba. Era lo que suele decirse un pintor de retratos de moda, hizo mucho dinero, y aunque no creo que nadie pueda llamarlo tacaño, sabía cuidar de su dinero. En los últimos años no ha hecho nada. Probablemente por eso no has oído hablar de él.

—Algo me suena —dije.

—Se casó con Hope Westmore —dijo Kirby.

—Ah, claro —dije—. Por eso había oído hablar de él. El marido de Hope Westmore. Era una de mis actrices favoritas. Así que ese es George Childress. ¿Todavía están casados?

—Casados están —dijo Kirby—, aunque claro... —Clem no terminó la frase. Sus ojos se volvieron tristes—. Te voy a hablar de George. No era exactamente un bromista, pero casi, sobre todo con, en fin, con gente como tú, miembros recién llegados. Se dedicaba a averiguar todo lo que podía sobre uno y entonces, antes de que te lo presentaran, se ponía a comentar tu trabajo, fuera lo que fuera, para que lo oyeras, y sus opiniones siempre eran demoledoras. Evidentemente lo hacía para fastidiar a los nuevos. Un truco cruel. Lo que hoy los jóvenes llamáis una novatada. Tenía muchas bromas como esa. Se inventó una parecida, pero con un giro distinto. Se reunía con un grupo de compañeros en el bar, todos ellos antiguos miembros, salvo uno. Todo el mundo estaba en el ajo, menos el nuevo. Cuando se lo presentaban, George se mostraba de lo más encantador y afable. Luego, poco a poco, hacía que la conversación derivara hacia el teatro y entonces decía: «¿Cómo se llamaba esa actriz que había hace unos años? Una actriz extraordinaria. Preciosa. Eso sí, siempre la acababan echando por borracha». Él fingía estrujarse la cabeza tratando de recordar el nombre. Los compañeros que estaban en el ajo también fingían hacer memoria, y al final, claro, lo que ocurría era que el nuevo, tratando de ayudar, decía un nombre. Según George, la respuesta nunca era la misma, con muy pocas excepciones. Bien, veo que adivinas lo que ocurrió. Así es. Un día estábamos en el bar y había un miembro nuevo, un tipo joven, y cuando George se puso a pensar en el nombre de la actriz, el muchacho soltó un nombre, y evidentemente el nombre era el de Hope Westmore.

—Ay, Señor —dije—. ¿Y qué ocurrió?

—Pues se hizo un silencio que pensé que no iba a terminar nunca —dijo Clem Kirby—. Tú mismo puedes ver que George es un hombre de constitución fuerte, y nunca he visto a nadie ejerciendo semejante dominio de sí mismo. Al final respiró hondo y dijo: «Ya lo ven, caballeros, siempre una respuesta distinta», y dicho esto se excusó. Que yo sepa, esa fue la última vez que George puso los pies en el bar.

—¿Y qué pasa con Hope Westmore? ¿Era verdad? —dije.

Kirby se quedó mirándome larga y fijamente.

—No creo que eso tenga la menor importancia —dijo.

Una etapa de la vida

La radio estaba sintonizada en un programa de noche en diferido, y el hombre sentado frente al piano de pared tocaba las canciones que iban sonando. No era muy original, pero se sabía todas las melodías y canciones, y estaba pasando un rato agradable. Llevaba una chaqueta de pijama a rayas que parecía haber usado para dormir, e incluso no habérsela quitado en varios días. Los pantalones, de franela gris, estaban arrugados y sucios, y se los sujetaba no con un cinturón, sino doblando la cintura para reducir la circunferencia. En la alfombra que tenía detrás había alineadas una copa medio llena, un par de botellas de cerveza y una botella de whisky de centeno, a suficiente distancia de la vibración del piano como para no derramarse. Daba la impresión de haber sido un hombre afable y orondo que hubiera perdido un peso considerable. Sus ojos eran grandes y tenían el brillo permanente de quien lleva consigo una cicatriz indeleble.

La mujer del sofá estaba leyendo una reedición barata de una novela de detectives, y o bien la estaba releyendo o bien otros la habían leído varias veces antes. Cada medio minuto se mordía las comisuras de la boca, cada cuatro o cinco minutos recogía una pierna y estiraba la otra, y a intervalos irregulares se frotaba los pechos con la mano, metiéndola por dentro del pijama de hombre que llevaba puesto.

Cuando anunciaron las noticias de la una, la mujer dijo:

—Apágala, ¿quieres, Tom?

El hombre se levantó y apagó la radio. Se sacó un cigarrillo del bolsillo de la cadera.

—¿Sabes qué voy a hacer con el primer dinero que gane? —preguntó.

Ella no dijo nada.

—Comprarme un coche —dijo. Se sentó a horcajadas sobre el taburete del piano y se rellenó la copa—. Podríamos habernos ido a pasar el fin de semana a las Catskill, o a ese sitio en Pensilvania.

—Y a estas horas estaríamos atascados en el tráfico. La noche del Día del Trabajo. De vuelta a la ciudad. Caminando llegaríamos antes.

—Pero, cariño, podríamos habernos quedado hasta mañana —dijo él.

—A mí me habría parecido bien, pero a ti no. No aguantas más de tres noches fuera de la ciudad. Siempre crees que van a cerrarlo todo y a apagar todas las luces si no vuelves.

—A mí Saratoga me gusta, cariño —dijo él.

—Dime qué diferencia hay entre el Broadway de Saratoga y el Broadway de Nueva York. Peggy, Jack, Phil, Mack, Shirl, McGovern, Rapport, Little Dutchy, Stanley Walden. Incluso los policías son iguales. ¿Es que no estás cómodo aquí, cariño? Si esta noche estuviéramos volviendo de Saratoga, estarías echando espumarajos por la boca por el tráfico.

—Pero habríamos respirado aire fresco —dijo Tom, que seguía a horcajadas sobre el taburete, tocando unos acordes suaves con la mano izquierda, mientras con la derecha sostenía la copa y el cigarrillo—. ¿Te acuerdas de esta?

—¿Hmm?

La mujer había vuelto a su novela de misterio.

—Era uno de los temas que tocaba cuando me mandaste la nota. Ese que dice: «Cuando alguien llora por otro, el otro soy yo». Ganaba tres billetes a la semana. El High Hat Box. Trescientos pavos a la semana por sentarme y beber.

—Mm-hmm. Y algún que otro pagaré —dijo ella.

—Ajá.

—Y aun así, endeudado —dijo ella.

—El jaco, cariño —dijo él.

—Si no hubieras estado metiéndote eso, habría sido otra cosa.

—Tienes razón —dijo él.

—¿Entonces? No digas que no estás mejor ahora, aunque no ganes trescientos dólares a la semana. Al menos no vas por ahí hecho un despojo.

—Oh, estoy satisfecho, cariño. Solo he comentado que ganaba tres billetes todos los jueves. ¿Te acuerdas del esmoquin azul?

—Mm-hmm.

—Tenía dos, y además tenía que tener dos de color blanco. Las flores que llevaba en el ojal de los blancos eran falsas. No recuerdo de qué coño estaban hechas, pero se prendían con una especie de botón. Eran de una especie de preparado de cera.

—Me acuerdo. Me las enseñaste —dijo ella.

Tom dejó la copa encima del piano y tocó un poco.

—¿Te acuerdas de esta?

—¿Hmm?

El hombre tarareó un poco.

—«¿Cuándo pedirás perdón por disculparte?» Me pagaron dos billetes por esa. A mí me gustaba. Pero a nadie más.

—A mí sí. Tenía gancho.

—Y esa tan loca. ¿Te acuerdas de esa tan loca? «¿Me estás diciendo que nunca has visto un partido de baloncesto?» ¿Dónde era que les gustaba? En Indianápolis.

—Sí —dijo ella dejando la novela de misterio y abandonándose al recuerdo—. Yo llevaba el traje aquel de lentejuelas. Y el de cuentas blancas, por supuesto. ¡Divina! ¡No podían ni verme!

—¡Pero si te adoraban! —dijo él.

—No me refiero a los pueblerinos esos. Me refiero al director de la compañía y los otros.

Él se rio.

—Bueno, cariño, lo único que hiciste fue dejarlos colgados con su espectáculo por un artista de tres al cuarto. —Y lanzando una mirada furtiva hacia ella añadió—: Seguro que siempre te has arrepentido.

—No empieces con eso esta noche —dijo ella retomando la novela de misterio.

Tom tocó los estribillos de media docena de canciones de las que a ella le gustaban, y estaba empezando a tocar otra cuando sonó el timbre de la puerta. Ambos se miraron.

—No ha sido abajo. Era el timbre *de la puerta* —susurró él.

—¿Te crees que no me he dado cuenta? —dijo ella—. ¿Estás seguro de que estamos en paz con la poli?

—Que se muera mi madre —dijo él.

—De acuerdo, ve a ver quién es.

—¿Quién coño puede ser esta noche? Es el Día del Trabajo —dijo él.

—Abre la puerta y averígualo —dijo ella cruzando de puntillas el pequeño pasillo.

Él agarró el atizador de la chimenea, se lo escondió detrás de la espalda y fue hacia la puerta.

—¿Quién es? —preguntó.

—¿Tom? Soy Francesca.

—¿Quién? —dijo él.

—Francesca. ¿Eres Tom?

Tom miró hacia el otro lado del pasillo y Honey asintió con la cabeza.

—Ah, de acuerdo, Francesca —dijo Tom.

Escondió el atizador, descorrió la cadenilla de seguridad y abrió la puerta. Entraron Francesca, su hermanastro Cyril y una chica y un hombre a los que Tom no había visto nunca.

—¿Hay alguien más? —dijo Francesca.

—No —dijo Tom.

—Honey está aquí, espero —dijo Francesca.

—Oh, sí —dijo Tom—. Pasad, sentaos —añadió saludando a Cyril con la cabeza a modo de bienvenida.

—Ella es Maggie, una amiga nuestra —dijo Francesca—, y Sid, otro amigo.

—Mucho gusto —dijo Tom. No hubo apretones de manos—. Conque amigos tuyos —dijo mirando fijamente a Francesca.

—Correcto. No tienes de qué preocuparte —dijo Francesca.

Se sentó, y su hermanastro le encendió un cigarrillo. La mujer iba con un vestido de noche y un chaquetón tres cuartos encima. La chica, Maggie, iba con un vestido de noche bajo la gabardina. Los dos hombres llevaban zapatos de charol, pantalón negro con franja a los lados y americana de lana. La americana de Sid le iba pequeña y probablemente había salido del armario de Cyril. Francesca y Sid parecían tener la misma edad —treinta y muchos—, Cyril era unos años menor, y Maggie no podía tener más de veintiuno.

—Sé que deberíamos haber llamado. Acabamos de llegar del campo. Pero hemos decidido arriesgarnos.

A Francesca le gustaba mostrarse altanera con Tom.

—No pasa nada. Hoy está tranquilo —dijo Tom.

—Precisamente iba a preguntarte si la cosa estaba tranquila —dijo Francesca.

—Pues sí, estábamos aquí escuchando la radio. Y yo estaba tocando el piano —dijo Tom.

—¿De verdad? ¿Tienes algo en plan whisky escocés? —dijo Francesca.

—Claro —dijo Tom, nombrando un par de buenas marcas.

Pidieron varios whiskies, todos dobles, y Tom le dijo a Francesca que Honey saldría enseguida. De camino a la cocina abrió la puerta del cuarto y vio que estaba casi vestida.

—¿Has oído todo eso? —dijo Tom.

—Sí —dijo ella.

—¿Qué quieres?

—Supongo que un brandi.

Siguió hasta la cocina, y cuando volvió con las copas Honey estaba sentada con la *beautiful people*, charlando como si fuera una más con Francesca y Cyril, y rompiendo el hielo con Maggie y Sid. Sid tenía a Maggie cogida de la mano, pero Tom les hizo separarlas al entregarles las copas.

—Oh, Von os manda recuerdos —dijo Francesca.

—¿Ah sí? ¿Qué ha sido de Von? No lo hemos visto desde principios de verano —dijo Honey.

—Ha estado fuera una temporada —dijo Francesca.

—Está pensando en casarse —dijo Cyril.

—Que Dios la pille confesada, sea quien sea —dijo Honey.

—Tienes toda la razón —dijo Sid riendo con ganas.

—¿Se refiere al Von que conocemos? —dijo Maggie.

—Sí, pero nada de apellidos aquí, Maggie —dijo Honey—. Salvo en los cheques —añadió riéndose con elegancia.

Maggie decidió seguir con la broma.

—¿Cómo sabes que no va a casarse *conmigo*? —dijo.

—Reitero lo dicho. Si vas a casarte con Von, que Dios te pille confesada. Aunque me da que no eres tú la que va a casarse —dijo Honey.

—No, no voy a casarme, no te preocupes —dijo Maggie.

—No estoy preocupada —dijo Honey.

—Debería levantarme y defender a mi amigo —dijo Sid, que seguía riéndose de su anterior comentario.

—¿Tú tienes amigos? —dijo Honey.

—Me has pillado —dijo Sid echándose a reír nuevamente.

—He oído que vais a mudaros —dijo Francesca.

—Queríamos, pero hemos tenido algún problema. Ya te contaré, Frannie —dijo Honey.

—Si puedo hacer algo… —dijo Francesca.

—Lo mismo digo —dijo Cyril.

—Bueno, viene a ser lo mismo, ¿no? —dijo Honey.

—No del todo —dijo Cyril—. Frannie es la que tiene pasta en esta familia.

—Ah, sí —dijo Francesca—. Pero tú vas a la oficina.

Todos pidieron más bebida, y Tom fue a por ella. Cuando volvió para servirles se habían cambiado de sitio. Honey, Francesca y Cyril estaban sentados en el sofá, y Maggie estaba sentada en el brazo de la silla de Sid. Dieron un sorbo a las copas y Francesca le susurró algo a Honey, y Honey asintió.

—¿Nos disculpáis? —dijo, y ella, Francesca y Cyril se fueron con sus copas por el pasillo.

Tom se sentó frente al piano y tocó un estribillo. Se dio la vuelta y preguntó a Maggie y a Sid si les apetecía escuchar algo.

—Nada en concreto —dijo Maggie.

—No. Dime una cosa, compañero, me han dicho que tienes películas aquí —dijo Sid.

—Ya lo creo —dijo Tom—. Tengo de todo. ¿Has estado en Cuba?

—Yo sí. ¿Y tú, Maggie?

—No. ¿Por qué?

—Bueno, entonces, cuidado con las primeras, ¿eh? —dijo Sid.

—Sentaos, que voy a montar las cosas. Tengo que ir a buscar la pantalla y el proyector. Por cierto, si queréis comprar alguna…

—Ya te lo diría —dijo Sid.

Sid y Maggie se sentaron en el sofá y entrecruzaron las piernas mientras Tom montaba el aparato.

—¿Queréis que os rellene las copas antes de empezar? —dijo.

—No es mala idea —dijo Sid.

Tom fue a preparar las copas y se las llevó.

—Tengo que apagar las luces, y hay gente que prefiere dejarlas apagadas entre películas. Por eso os he preguntado si queríais otra copa antes.

—Caramba, qué atento —dijo Sid—. ¿Cuándo vamos a ver las películas? ¿Eh, Maggie?

—Yo estoy lista —dijo ella.

Las luces se apagaron y el proyector de 16 mm empezó a hacer un ruido parecido al de las langostas. El hombre y la chica se pusieron a fumar en el sofá, y de vez en cuando se formaba tanto humo que se veía la sombra sobre la pantalla portátil. Sid hizo unos cuantos comentarios ingeniosos hasta que Maggie le dijo: «Cariño, no hables».

Al cabo de unos quince minutos, fue Tom el que habló.

—¿Queréis que siga con las demás? —dijo.

—¿Qué te parece, niña? ¿Te atreves con las demás o quieres volver a ver estas o qué? —dijo Sid.

La muchacha le susurró algo. Sid se volvió y dijo:

—Oye, compañero, ¿tienes algún sitio al que podamos ir?

—Por supuesto —dijo Tom—. La habitación al fondo del pasillo.

—Muy bien —dijo Sid.

—Voy a ver si está lista. Creo que sí, pero voy a asegurarme.

Volvió al cabo de un minuto, más o menos, y se quedó de pie en el umbral iluminado del pasillo.

—Tercera puerta —dijo tras asentir con la cabeza.

—Gracias, compañero —dijo Sid, y poniendo una de sus torpes manos sobre el hombro de Maggie se fueron hacia la tercera puerta.

Tom desmontó el equipo de proyección, y ahora que las luces estaban encendidas no tenía nada más que hacer excepto esperar.

La espera nunca había sido fácil. Conforme los años y luego los meses iban pasando, nada indicaba que fuera a hacérsele más fácil. El efecto del whisky y la cerveza era cada vez menor, y Honey solo se enfadaba cuando él se ponía a tocar el piano en momentos como ese. No se le permitía tocar el piano; podía, sí, tomarse una cerveza para matar el rato, pero no podía salir del apartamento porque su ropa estaba en una habitación, y la pequeña caja de hojalata de las aspirinas, de la que Honey nada sabía, estaba en otra habitación. Se alegraba de eso. Llevaba peleando con esa maldita cajita casi un año y no había perdido más de dos veces.

Lo que tenía que hacer un día de esos era llamar a Francesca y sacarle cinco de los grandes, solo por pedir. No gastárselo todo en un Cadillac. Un Buick, y dondequiera que corrieran los caballos en ese momento, ir ahí. ¿Y si Honey se hartaba de verdad? ¿Y qué había de lo de renunciar a los tres billetes a la semana por ella? Honey sabría espabilarse. ¿Y qué decir de esta noche? ¿No había estado a punto de utilizar el atizador por ella? ¿Qué habría hecho Honey si a él se le hubiera ido la mano con el atizador? Saltar por encima del cuerpo y salir para Harrisburg, y dejarlo a él dando explicaciones a los maderos bajo el agua fría.

—¿En qué estás pensando?

Era Francesca.

—¿Yo? Solo estaba pensando —dijo Tom.

—Mmm. Soñando despierto —dijo Francesca—. ¿Cuánto te debo?

—Tú misma —dijo Tom.

—No me refiero a Honey, me refiero a ti —dijo Francesca.

—Oh —dijo Tom—. Contando...

—Contando a mis amigos —dijo ella.

—¿Cinco mil? —dijo Tom.

Francesca se echó a reír.

—De acuerdo. Cinco mil. Aquí van treinta, cuarenta y cuarenta y cinco a cuenta. Cinco mil menos cuarenta y cinco son cuatro, cinco, menos uno, nueve y me quedan cinco. Cuatro mil novecientos cincuenta y cinco. No me había dado cuenta de que tenías sentido del humor, Tom. —Y bajando la voz—: Dile a Sid que te debe cien dólares. Se pondrá a gritar.

—Sin duda.

—Los tiene, así que haz que te pague —dijo Francesca—. Lleva como doscientos dólares. ¿Los esperamos, Cyril?

—Oh, por fuerza —dijo Cyril.

—Ahí vienen —dijo Francesca.

—Cien dólares, Sid —dijo Tom.

—¿Cien qué? —dijo Sid.

—Paga o será tu última vez —dijo Francesca.

—¡Cien pa-vos! —dijo Sid—. No llevo tanto encima.

—Que pagues, Sid —dijo Francesca.

A Maggie se le escapaba la risa.

—Espero que haya valido la pena —dijo.

—Oh, por supuesto que sí, pero... ¿es que soy yo el que da la fiesta? —dijo Sid.

—Si es así, me debes un pico —dijo Francesca.

—Yo llevo algo —dijo Maggie.

—Ya sabes en qué te convierte eso, Sid —dijo Francesca—. Ay, Tom, lo siento —añadió haciendo una inclinación.

—No pagues, entonces. Von no se queja nunca —dijo Tom.

Sid sacó la billetera y le tiró a Tom ciento veinte dólares y luego otros diez.

—Y ahora larguémonos de aquí —dijo.

Le desearon buenas noches a Tom, y Tom a ellos. Se puso a contar el dinero, y en contarlo estaba cuando apareció Honey.

—¿Queda alguna cerveza en la nevera? —dijo.

—Tres o cuatro —dijo Tom.

—Veo uno de cincuenta, dos de veinte y un montón de diez. Todo para ti, cariño. Por no haberte ido al campo. —Se desplomó en una silla—. Cuando he llegado tenías una expresión rara en la cara. ¿En qué estabas pensando?

—En Francesca.

Honey se rio un poco.

—En fin, de todos modos no tengo que estar celosa de esa golfa. La cerveza, Tommy, la cerveza.

Tom se fue encantado a buscar la cerveza. En adelante la espera no sería tan angustiosa.

El niño del hotel

Mi primer encuentro con Raymond tuvo lugar más o menos una semana después de llegar a aquella ciudad extraña. Bajaba en el ascensor, pensando en el amor y en la muerte, cuando sentí como si me arrancaran las entrañas y la cabina se paró en el piso octavo. El ascensorista abrió la puerta y un niño de unos siete u ocho años apareció en el umbral y dijo:

—Ey, Max, ¿has visto a mi hermano?

—No —dijo el ascensorista.

El muchacho se quedó mirando al suelo, meditabundo, y luego dijo:

—De acuerdo, Max. Puedes irte. Si lo ves, dile que estoy esperándolo.

El ascensorista cerró la puerta y seguimos bajando despacio, lo bastante despacio como para que le diera tiempo a girarse y decirme:

—Es Raymond. Si se va a quedar un tiempo, lo irá conociendo. ¡Menudo pillo!

—¿Ah, sí? —dije—. ¿Quién es?

—Se llama Raymond Miller. Vive aquí, en el hotel. Es un mal bicho, y durante un tiempo dejamos de pararnos en el octavo porque sabíamos que era Raymond, pero Joe, otro ascensorista, tuvo jaleo por eso, así que ahora paramos, tanto si sabemos que es Raymond como si no.

La segunda vez que vi a Raymond fue en circunstancias bastante parecidas. En esta ocasión también paró el ascensor y preguntó por su hermano, y luego le dijo a Harry, el ascensorista, que podía seguir.

—¿Es que este niño siempre está buscando a su hermano? —dije.

El ascensorista se rio.

—No tiene ningún hermano —dijo Harry—. Lo hace en broma. Como lo de Gracie Allen en la radio, que siempre habla de su hermano perdido. El chico lo habrá sacado de alguna parte, supongo.

Días después el ascensor volvió a pararse en el piso octavo, pero esta vez se subió una judía preciosa de unos treinta años, y Max dijo:

—Buenos días, señora Miller.

—Hola, Max —dijo ella. La cabina empezó el descenso—. ¿Raymond ha vuelto a darte la lata o ha sido a alguno de los otros chicos?

—A mí no —dijo Max—. Me imagino que habrá sido a otro. ¿Por qué?

—Porque esta mañana estaba echando pestes de ti. No de ti en concreto, sino de los ascensoristas de las narices, palabras suyas. Así que lo primero que he pensado es que quizá se ha pasado de fresco y alguien le ha echado un rapapolvo. No dejes de hacerlo si se pasa de la raya, sobre todo si quiere bajar al vestíbulo. No quiero que ande dando vueltas por ahí. Como si no tuviera espacio para jugar...

Más tarde ese mismo día había quedado en encontrarme con alguien en el vestíbulo, pero llegué muy pronto, así que me puse a leer el periódico, cuando de pronto levanté la vista y ahí estaba Raymond, delante de mí, aparentemente indeciso entre decirme algo y, sospecho, pegarle un manotazo al periódico.

—Hola, chico —dije.

Hola, señor Kelly —dijo exhibiendo una amplia sonrisa.

Sabía la parte que me tocaba, así que dije:

—¿Cómo sabes mi nombre?

—Preguntando —dijo—. Le he preguntado a la señorita McNulty. La señorita McNulty es la mujer de la recepción. Esa de ahí. —La señaló, y al mirar en su dirección vi que la señorita McNulty nos estaba mirando entre risas. Raymond le hizo un gesto de asentimiento y luego me dijo—: ¿Le gusta el hotel?

—Sí, no está mal —dije.

—Pues diga que sí con la cabeza. La señorita McNulty quiere saber si le gusta. Me ha dicho que se lo pregunte y que si le gustaba, dijera que sí con la cabeza.

Me pareció raro, pero lo complací asintiendo de forma enérgica. Raymond sonrió ampliamente y repitió el gesto de asentimiento en dirección a la señorita McNulty; luego me miró, se rio y se marchó corriendo.

Un tiempo después descubrí de qué iba toda aquella historia: Raymond le había dicho a la señorita McNulty que yo quería besarla, y cuando ella le había preguntado que cómo lo sabía, él había dicho que se lo demostraría.

La siguiente vez que vi a Raymond el muchacho había parado el ascensor y al verme echó a correr.

—Oye, tú —dije—. Quiero hablar contigo.

El chico dio la vuelta y se subió al ascensor.

—Mi madre no me deja bajar al vestíbulo —dijo.

—Ya lo sé —dije—. ¿A qué vino la ocurrencia de tomarme el pelo el otro día? Te tengo calado, señorito Miller.

—¿Se lo va a decir a mi madre?

—No —dije.

—Déjame bajar, Max —dijo Raymond.

Max paró la cabina en el piso tercero y Raymond se bajó.

Supongo que después de eso Raymond estuvo esquivándome, porque no volví a verlo en una semana o así, hasta que un día se me acercó y se sentó a mi lado en el vestíbulo.

—Vaya, vaya —dije—. Eres caro de ver.

—¿Qué?

—Digo que eres caro de ver. ¿Dónde te habías metido?

—Arriba. No podía salir de mi planta sin permiso. Mi madre no me dejaba.

—Oh —dije—. ¿Qué has hecho esta vez?

—Yo no he hecho nada —dijo él.

—Anda ya —dije yo.

—No fui yo —dijo—. Fue otro niño que se llama Nathan Soskin. A veces sube a jugar conmigo, y puso una aguja en el botón del ascensor y me echaron la culpa a mí. Alguien se chivó y dijo que lo había hecho yo. Me echan la culpa de todo. De no ser por mí, habría abierto la manguera de incendios.

—Bueno, supongo que alguna vez también te habrás librado porque a nadie se le ocurrió pensar que lo habías hecho tú.

—No muchas —dijo—. No muchas. Seguro que si alguien hubiera abierto la manguera de incendios, me habrían echado a mí la culpa.

—Entonces más vale que no se lo dejes hacer a tus amigos.

—Oh, no me refería a Nathan ni a ellos. Me refería a los borrachos. ¿Estaba usted aquí cuando hubo la convención?

—Sí —dije.

—Pues ellos. Hacen cosas de esas. ¡Buf, la que arman! Cuando tenía siete años una vez se mató un hombre. Se mató cayendo por la ventana, pero estaba borracho.

—¿Cómo lo sabes?

—¿Qué *cómo* lo sé? Me lo dijeron. Todos los botones lo decían, y Max y Harry y Joe y el señor Hurley y el señor Dupree y Lollie, la camarera. Todo el mundo decía que el hombre estaba borracho. ¡Buf, se ponen como locos! Cuando vivíamos en Chicago abrieron la manguera de incendios. Yo entonces solo era un niño.

—¿Cuántos años tienes ahora? ¿Ocho?

—¿Ocho? Qué gracioso. Nueve, casi diez. Usted es de Nueva York, ¿a que sí?

—Sí —dije.

—Qué asco de ciudad —dijo Raymond—. Eso dice mi madre. Pronto nos iremos ahí, puede que la semana que viene. Mi madre dice que en esta ciudad nadie se forra, así que nos vamos a Nueva

York. Supongo que nos veremos si usted vuelve por ahí. Mi madre dice que está llena de patanes como todas las ciudades, pero que están forrados.

—Supongo que es verdad —dije.

—Me gustaría ver a los Giants algún día —dijo Raymond—. Un amigo de mi madre me llevó a verlos un día que jugaban aquí. ¿Usted *conoce* a mi madre?

—De vista solamente —dije—. Nunca nos hemos presentado.

—Oh —dijo Raymond—. Bueno, supongo que tendría que ir subiendo. El señor Hurley sí que la conoce. Puede pedirle que los presente. Bueno, hasta la vista.

—Hasta la vista —dije.

Demasiado joven

Volvía a ser esa época del año que a Bud lo hacía sentirse muy joven. Le había ocurrido el año anterior, y le había ocurrido también el otro; parecía como si viniera ocurriendo desde hacía muchos más años aún. *Siempre* era como si hubiera vuelto a llegar el martes siguiente al Día del Trabajo; padre se quedaba en el apartamento de la ciudad, planeando venir dos o tres fines de semana, sin conseguirlo. Los padres de los otros chicos, lo mismo. Era como si en el club de playa no hubiera hombres adultos para fulminarte con la mirada o incluso acercarse a decirte que por qué no te ibas de una puñetera vez de la pista de tenis cuando querían echar una de sus torpes y oxidadas partidas de dobles mixtos. Durante el verano, con los tuyos, no te daba por pensar mucho en si eras joven o viejo o qué. Pero en cuanto los padres y los matrimonios jóvenes empezaban a volver a la ciudad, quedaban tan solo las madres y los chicos y las chicas, y eso te hacía recordar que eras joven.

Demasiado joven como para estar enamorado de Kathy Mallet.

Era el primer verano en que Bud se atrevía a dar el paso y llamarla Kathy.

—Ey, Kathy —le decía a menudo.

—Hola, Bud —decía ella—. ¿Cuándo echamos esa partida?

—Cuando tú digas —decía él.

Había empezado ella. Un día de junio había ido a verlo jugar, se había sentado y había visto cómo le daba una *paliza* a Ned Work. Una *monumental* paliza: 6-4, 6-2. Había sido emocionante saber que Kathy se había tomado la molestia de esperar y verlo antes de irse a jugar ella su partido. Era el mejor cumplido que jamás le hubieran hecho. Luego ella le había preguntado: «¿Te gustaría jugar conmigo algún día, Bud?». Y él le había dicho que cuando quisiera. A cada momento hablaban de eso, pero lo habían ido postergando todo el verano, y ahora Bud sentía un ligero alivio, porque podría haberla vencido. No quería hacerlo, pero tampoco podía jugar con ella e insultarla dándole ventaja.

Dentro de diez años él tendría veinticinco, y Kathy tendría veintinueve. Tampoco era tan grave. Veinteañeros ambos. Y para entonces ella ya no sería un poco alta para él. Bud había oído mil veces que por la parte de su madre nadie bajaba del metro ochenta y que todos daban el estirón en la adolescencia, de forma repentina.

Dentro de pocos días Bud volvería al colegio y, claro, Kathy, que iba a la universidad, estaría a todas horas en New Haven y en Princeton y en Nueva York, porque Kathy iba a una universidad donde les daban muchas libertades y se pasaba la mitad del tiempo en Nueva York. Tendría mucha suerte si volvía a verla antes del junio siguiente. Deseaba poder hacer algo o darle algo que le hiciera pensar en él de vez en cuando durante el año académico. En realidad sí había algo: podía ganarle al tenis. Así se acordaría de él. Años después se lo compensaría. Algún día, en el futuro, Bud le diría, como quien no quiere la cosa: «Cariño, recuerdo cuando solo era un crío (ah, en el año treinta y nueve) y se me ocurrió que la única manera de hacer que me recordases era ganarte sin conceder un set. ¿Recuerdas que casi te obligué a que jugaras conmigo?».

El reloj del vestíbulo daba las tres y veinte, y Bud se acordó de que a las tres empezaba un partido de *touch-football*, por lo que no habría muchos chicos en las pistas de tenis y la mayoría de las chicas de su pandilla estarían viendo aquel juego estúpido. Parecía un día ideal para desafiar a Kathy, si es que se presentaba en el club, cosa que por lo demás hacía casi todas las tardes. Se puso un pantalón de franela blanco, salió, tomó el coche de su madre y condujo hasta el club. Vio que el Ford descapotable de color pardo de Kathy estaba aparcado en la puerta principal de los Mallet. Eso quería decir que estaba en casa. Buena señal. De camino al club tuvo un susto al ver a Martin de pie junto a su motocicleta. Martin era inflexible. Watkins, el otro policía, era más afable, pero algunos de los chicos decían que Martin no perdonaba ni una. Si no tenías carnet de conducir, peor para ti. Los chicos decían que Martin llevaba una lista de quienes tenían carnet, y Bud no lo tenía. Sin embargo, ese día Martin ni siquiera se fijó en Bud. Bud miró por el retrovisor para asegurarse, pero Martin ya estaba mirando en dirección opuesta.

En el club, Bud paró el coche a la entrada del aparcamiento, detrás del seto alto, pero entonces pensó que era mejor quedarse dentro. Reclinaría el asiento, como si nada, y en cuanto Kathy llegase se incorporaría y diría: «Oye, Kathy, ¿te gustaría echar una partida? Ya falta poco para volver a la universidad». No, mejor «para volver a *clase*»; a veces la gente dice «ir a clase» refiriéndose a la universidad, pero si decía «universidad», ella pensaría que era una tontería decir eso cuando todo el mundo sabía que todavía le faltaban tres años para ir a la universidad.

Se reclinó, convencido de que eso le daba un aire despreocupado. Pasó un rato, un par de coches entraron y salieron, y aquella actitud impasible empezaba a incomodarlo cuando oyó que un coche se acercaba a gran velocidad, y detrás, más rápido aún, una motocicleta.

La motocicleta alcanzó al coche a pocos metros de la entrada del club. Sin necesidad de mirar, supo quién iba en la motocicleta: Martin. Levantó la cabeza y, cómo no, el coche era el Ford de color pardo de Kathy.

Bud se hundió en el asiento para que Martin no lo viera y oyó cómo este empezaba a decir lo típico que dicen los policías:

—Caramba, niña, sí que llevas prisa.

No pudo oír lo que decía Kathy, pero esperaba que fuera algo que pusiera a Martin en su sitio por haberla llamado «niña». Lo siguiente que oyó Bud fue algo inesperado. Martin dijo:

—No puedes andar evitándome de esta manera. ¿Por qué no fuiste ayer? Te esperé hasta las siete.

—Te dije que no iría —dijo Kathy.

—Sí, ya sé que me lo dijiste. Pero *yo* te dije que fueras y tú no fuiste. ¿Qué pasa, me estás dando calabazas?

—Te dije que no volvería a ir ahí. Eso pasa —dijo Kathy.

—¿Qué te ocurre? ¿A qué viene esto? Durante todo el verano has sido tú... la mitad del tiempo has sido *tú* la que quería verme.

—Ya lo sé, ya lo sé. Pero se acabó.

—De eso nada, quítatelo de la cabeza. No se acabó.

—No vamos a volver a vernos. No *quiero* volver a verte.

—Pues yo sí quiero verte a ti. Nos veremos. A las seis en punto ahí.

—No, no pienso ir, así que no me esperes —dijo Kathy.

—Escúchame bien, perra, te digo que vas a ir.

—No —dijo Kathy.

Hubo un momento de silencio, y entonces él dijo:

—¿Vas a ir?

—No —dijo Kathy. Y luego—: De acuerdo.

—Bien. No te he hecho daño en el brazo. Estaré ahí a las seis —dijo Martin.

La motocicleta soltó un par de rugidos y se alejó.

Bud oyó cómo el Ford de Kathy entraba en el aparcamiento, y a continuación oyó un portazo y el sonido de sus pasos sobre la grava. Esperó hasta oír el portazo de la puerta del bar y entonces salió del coche. Nadie debía verlo; podía decirle a su madre que se había olvidado del coche. En ese preciso instante lo que quería era caminar solo y tener pensamientos que odiaba y que arruinarían su vida para siempre. Y lo más espantoso era que no había nada, nada, nada que hacer, salvo lo que estaba haciendo.

—¡Que me dejes en paz! —dijo sin dirigirse a nadie.

Día de verano

No había mucha gente en la playa cuando llegaron el señor y la señora Attrell. Ese día en concreto, un miércoles, puede que más de la mitad de los bañistas matinales hubieran salido del agua y se hubieran ido a casa a almorzar, algunos en bicicleta, otros en el autobús, que casi siempre paraba donde le pidieran que parase, y un número mayor todavía conduciendo sus coches y camionetas. Las personas que se habían quedado a comer en el club, relativamente pocas, estaban sentadas con el traje de baño en grupos de entre dos y siete.

La señora Attrell bajó del coche —un Buick de 1932 de color negro brillante con neumáticos más que decentes y apenas cincuenta mil kilómetros— delante de la escalera del club de playa y esperó a que el señor Attrell aparcara en la plaza marcada «A. T. Attrell». El señor Attrell se reunió con su esposa, la tomó del brazo y ajustó la marcha a sus pasos ligeramente más cortos. Juntos caminaron hasta su banco. El banco, con espacio para seis, tenía un letrero con el nombre «A. T. Attrell» clavado en el respaldo y se encontraba a pocos metros del paseo marítimo. Ese día, sin embargo, lo ocupaban cuatro personas jóvenes, por lo que el señor y la señora Attrell cambiaron de dirección hacia un banco situado en una parte más baja de la duna. La señora Attrell se puso en el regazo el bolso de *tweed* azul y el libro, envuelto con la sobrecubierta de la biblioteca. Juntó las manos y miró el mar. El señor

Attrell se sentó a su izquierda, con el brazo derecho descansando sobre el respaldo del banco. De esta manera no estaba demasiado cerca de ella, pero no tenía más que levantar la mano para tocarle el hombro. De vez en cuando lo hacía, mientras ambos miraban el mar.

Hacía un día precioso, espléndido, y algunos de los hambrientos jóvenes en edad adolescente se olvidaban del almuerzo y continuaban nadando y salpicándose. Entre ellos estaba Bryce Cartwright, de doce años, nieto de T. K. Cartwright, amigo del señor y la señora Attrell, cuyo banco ahora ocupaban.

—Bryce —dijo el señor Attrell.

—Mm-hmm —dijo la señora Attrell, asintiendo dos veces con la cabeza.

Llenaron los pulmones con aquella maravillosa brisa y no hablaron durante un rato. Luego el señor Attrell miró hacia la zona de la playa situada a su izquierda.

—El señor O'Donnell —dijo.

—Oh, sí. El señor O'Donnell.

—Está con algunos de sus chicos. No todos.

—Creo que los dos mayores están en la guerra —dijo la señora Attrell.

—Sí, me parece que sí. Creo que uno está en el ejército y el otro, *creo*, en la Armada.

El señor O'Donnell era un hombre de constitución fuerte que había jugado de liniero en un equipo de segunda en Yale antes de la guerra. Con él iban, en formación, sus hijos Gerald, Norton, Dwight y Arthur Twining Hadley O'Donnell, de dieciséis, catorce, doce y nueve años. La señora O'Donnell se había quedado en casa con el bebé que nadie creía que fuera a tener hasta que efectivamente lo tuvo. El señor O'Donnell y los chicos habían estado paseando por la playa y ahora el orgulloso padre y sus hijos morenos y espigados caminaban por el paseo para irse a comer. A pocos metros del banco de los Cartwright el señor O'Donnell desplegó una amplia sonrisa en dirección a los Attrell, mirando primero a la señora Attrell, luego al señor Attrell y después, por fuerza, hacia la cinta del sombrero del señor Attrell, con la insignia de un club de Yale hacia el que el señor O'Donnell no tenía nada en contra, pese a no haber ingresado ni en ese ni en ningún otro.

—Señor y señora Attrell —dijo haciendo una inclinación.

—¿Qué tal está, señor O'Donnell? —dijo el señor Attrell.

—¿Qué tal está, señor O'Donnell? —dijo la señora Attrell.

—No se pierda hoy el agua, señor Attrell —dijo el señor O'Donnell—. Magnífica.

Pasó de largo, y el señor Attrell rio educadamente. El saludo del señor O'Donnell valía también para los chicos, que no habían dicho nada ni, como su padre, habían aminorado el paso de camino a los baños.

—Qué tipo tan agradable, Henry O'Donnell —dijo el señor Attrell.

—Sí, son una familia estupenda —dijo su mujer. Luego quitó la cinta que marcaba la página del libro y sacó las gafas. El señor Attrell cargó su pipa pero no hizo ademán de encenderla. En ese momento, una mujer joven y hermosa en avanzado estado de embarazo —nadie a quien conocieran— cruzó por el paseo en traje de baño. El señor Attrell se volvió hacia su mujer, pero esta ya estaba leyendo. Apoyó el codo sobre el respaldo del banco y a punto estaba de tocar el hombro de su esposa cuando una sombra se posó sobre su pierna.

—Hola, señora Attrell, señor Attrell. Solo me he acercado a saludar.

Era un joven alto con un uniforme blanco con el galón y medio de teniente de fragata en las hombreras.

—Caramba, Frank —dijo la señora Attrell—. ¿Cómo estás?

—Caramba, hola —dijo el señor Attrell levantándose.

—Estoy bien —dijo Frank—. Por favor, no se levanten. Iba para casa y he visto su coche en el aparcamiento, así que he pensado en acercarme a saludarlos.

—Ya veo —dijo el señor Attrell—. ¿Quieres sentarte? Siéntate y cuéntanos qué tal te va todo.

—Sí, estamos utilizando vuestro banco. Supongo que te has dado cuenta —dijo la señora Attrell.

—Padre les mandará la factura, como bien saben —dijo Frank—. Ya conocen a padre.

Los tres se echaron a reír.

—¿Dónde estás ahora? —dijo el señor Attrell.

—Estoy en un lugar llamado Quonset.

—Ah, ya —dijo la señora Attrell.

—En Rhode Island —dijo Frank.

—Oh, ya veo —dijo la señora Attrell.

—Sí, creo que sé dónde está —dijo el señor Attrell—. ¿Y luego te embarcarás?

—Eso espero. Los dos tienen muy buen aspecto —dijo Frank.

—Bueno, figúrate —dijo el señor Attrell.

—Cuando uno llega a nuestra edad no tiene mucho que hacer —dijo la señora Attrell.

—Pues yo los veo de maravilla. Siento tener que irme tan rápido, pero tengo a gente esperando en el coche, solo quería saludarlos. Me voy esta tarde.

—Bien, gracias por acercarte. Muy amable de tu parte. ¿Tu mujer está aquí? —dijo la señora Attrell.

—No, está con su familia en Hyannis Port.

—Bueno, dale recuerdos de nuestra parte cuando la veas —dijo la señora Attrell.

—Sí —dijo el señor Attrell.

Frank les dio la mano y se fue. El señor Attrell se sentó.

—Frank es un buen chico. Dice que ha visto nuestro coche, qué considerado. ¿Qué edad tendrá Frank?

—Cumple treinta y cuatro en septiembre —dijo la señora Attrell.

—Es verdad —dijo el señor Attrell asintiendo lentamente. Se puso a apretar el tabaco de la pipa—. ¿Sabes qué? Creo que me voy al agua. ¿Te importa si me doy un remojón?

—No, querido, pero creo que deberías ir rápido, antes de que empiece a refrescar.

—Recuerda que estamos en horario de verano, así que vamos una hora por delante del sol. —Se levantó—. Creo que voy a ponerme el traje de baño y me iré al agua. Si está demasiado fría, saldré enseguida.

—Es una buena idea —dijo ella.

En los baños el señor Attrell aceptó dos toallas del encargado negro y fue a cambiarse a su cabina, que estaba abierta y señalada con un letrero donde ponía: «A. T. Attrell». Por las voces no debía de haber más de media docena de personas en la parte de los hombres. Al principio no prestó atención a las voces, pero tras deshacer el doble nudo de los zapatos dejó que las palabras llegaran a él.

—¿Y quién es T. K. Cartwright? —decía una voz joven.

—Está muerto —dijo una segunda voz joven.

—No, no está muerto —dijo la primera voz joven—. Es el carcamal ese que está sentado delante de nosotros.

—¿Y qué te hace pensar que *no* está muerto, tanto él como la vieja?

—Os equivocáis los dos —dijo una tercera voz joven—. El que está sentado ahí no es el señor Cartwright. Es el señor Attrell.

—¿Y qué más da? —dijo la primera voz joven.

—Muy bien, si no queréis oír la historia del viejo señor Attrell y su mujer... Son la tragedia del pueblo. Pregúntale a tu madre; antes venía aquí. Tenían una hija o, no sé, quizá era un hijo. En fin, el caso es que el chaval se ahorcó.

—O la chavala —dijo la primera voz joven.

—Creo que era una chica. Llegaron a casa y se la encontraron colgando en el establo. Un amor desgraciado. No entiendo por qué...

—Eh, vosotros.

El señor Attrell reconoció la voz de Henry O'Donnell.

—¿Qué, señor? —preguntó una de las voces jóvenes.

—Parecéis una panda de mariquitas. Deberíais estar ahí, en la parte de las chicas —dijo el señor O'Donnell.

—Me gustaría saber qué le importa a usted que… —dijo una de las voces jóvenes, y entonces se oyó un fuerte bofetón.

—Porque me importa. Y ahora vestíos y largo de aquí —dijo O'Donnell—. Me la trae al pairo de quién seáis hijos.

El señor Attrell oyó la profunda respiración de Henry O'Donnell, que esperó un instante a que obedecieran su orden y luego pasó por delante de la caseta del señor Attrell con la cabeza mirando hacia el otro lado. El señor Attrell se quedó ahí sentado, probablemente muchos minutos, preguntándose cómo podría volver a mirar a la cara a Henry O'Donnell, preocupado por cómo podría volver a mirar a la cara a su esposa. Pero entonces, claro está, cayó en la cuenta de que no había nada, absolutamente nada que mirar.

¿Nos vamos mañana?

Hacía fresco, bastante fresco, como suele ocurrir cuando la temporada ha terminado en Florida pero en el norte aún no ha empezado la temporada de verano. Todas las mañanas el joven alto y su joven esposa bajaban los escalones del porche y salían a dar su paseo. Caminaban hasta la zona donde los jinetes montaban antes de dirigirse a los senderos. El joven alto y su mujer se quedaban de pie no demasiado cerca de la banqueta, sin hablar con nadie; solamente mirando. Sin embargo, puede que hubiera algo en la actitud de él, en su porte, de quien siente que está dando la señal de partir a los jinetes, como si fuera su presencia lo que diera carácter oficial a la salida. Permanecía ahí de pie, bronceado y sin sombrero, con la barbilla tocándole casi el pecho y las manos hundidas en los bolsillos de su elegante abrigo de *tweed*. La mujer se quedaba a su lado asida a su brazo, y cuando le hablaba ponía la cara delante de la suya y alzaba la mirada. La respuesta de él era casi siempre una sonrisa y un movimiento de cabeza, o acaso una única palabra que expresaba todo cuanto quería decir con palabras. Durante un rato contemplaban a los jinetes, y luego seguían paseando hasta el primer *tee* del campo de golf masculino para ver el principio del partido. Ahí, de nuevo lo mismo: pocas palabras y aquel porte o actitud de cierta superioridad. Una vez visto su cupo de golfistas regresaban al porche, ella subía a la habitación, y un botones negro le llevaba a él sus periódicos, el *Montreal Star* y el

New York Times. El joven se quedaba ahí mirando los periódicos con indolencia, nunca lo bastante interesado en un artículo como para no mirar a todas las personas que entraban o salían del hotel o que pasaban junto a su silla por el porche. Miraba todos los coches que entraban por la breve curva de acceso, miraba cómo la gente subía y bajaba, miraba cómo los coches se alejaban; luego, cuando había cesado toda actividad humana, volvía a su periódico, sosteniéndolo a considerable distancia, y en su cara y sus ojos tras las gafas de montura dorada había siempre el mismo atisbo de sonrisa.

Antes de almorzar se iba a la habitación, y bajaban los dos juntos. Luego de almorzar, como casi todo el mundo, se retiraban, aparentemente para echar una siesta, y no volvían a aparecer hasta la hora del cóctel. Por lo común eran los primeros en entrar en el bar, pequeño y alegre, y hasta la hora de cambiarse para la cena él no dejaba de sostener en la mano un vaso que se hacía llenar de continuo. Bebía despacio, a sorbos minúsculos. Ella tomaba dos copas ligeras en el tiempo que él se había bebido ocho. La mujer siempre parecía tener una de esas revistas de gran formato en el regazo, aunque en esos momentos era ella la que alzaba la vista, mientras que él apenas giraba la cabeza.

Al poco de llegar, ella empezó a hablar con la gente, a saludar con la cabeza para pasar las horas. Era una mujer menuda, agradable y amistosa, de menos de treinta años. Sus ojos eran demasiado hermosos comparados con el resto de la cara; cuando dormía no debía de ser gran cosa, y tenía la piel sensible al sol. Era de buena constitución —manos y pies maravillosos—, y cuando se ponía suéter y falda su figura siempre hacía que los golfistas y los jinetes se volvieran a mirarla.

Se llamaban Campbell, Douglas y Sheila Campbell. De todas las personas de más de quince años del hotel, ellos eran los más jóvenes. Había unos cuantos niños, pero la mayor parte de los huéspedes rondaban los cuarenta. Una tarde los Campbell estaban en el bar cuando apareció una mujer que, tras titubear en la entrada, dijo:

—Buenas tardes, señora Campbell. ¿No habrá visto usted a mi marido?

—No, no lo he visto —dijo la señora Campbell.

La mujer se acercó despacio y apoyó la mano en el respaldo de una silla cercana.

—Me temo que no lo encuentro —dijo sin dirigirse a nadie en concreto; luego, de pronto, dijo—: ¿Les importa que me siente con ustedes hasta que venga?

—En absoluto —dijo la señora Campbell.

—Por favor —dijo el señor Campbell levantándose y poniéndose muy erguido. Dejó su vaso sobre la mesita y se puso las manos detrás de la espalda.

—Me disculpará, pero no recuerdo su nombre —dijo la señora Campbell.

—Soy la señora Loomis.

La señora Campbell presentó a su marido, que dijo:

—¿Le apetece un cóctel de mientras?

La señora Loomis se lo pensó un instante y dijo que sí: un daiquiri seco. Luego Campbell se sentó, cogió su copa y empezó a dar sorbos.

—Creo que hemos llegado los primeros, como de costumbre —dijo la señora Campbell—, así que habríamos visto al señor Loomis.

—Oh, no pasa nada. Uno de los dos se retrasa siempre, pero no importa. Por eso me gusta venir aquí. La atmósfera de informalidad general. —Sonrió—. Nunca los había visto antes. ¿Es el primer año?

—Sí, el primer año —dijo la señora Campbell.

—¿De Nueva York?

—Montreal —dijo la señora Campbell.

—Ah, canadienses. Conocí a unos canadienses encantadores en Palm Beach el pasado invierno —dijo la señora Loomis. Mencionó su nombre, y la señora Campbell dijo que los conocían, y él sonrió y asintió con la cabeza. Luego la señora Loomis trató de recordar el nombre de algunas personas a las que conocía en

Montreal (y que resultaron ser de Toronto), y finalmente apareció el señor Loomis.

El señor Loomis, que tenía el pelo cano, algún kilo de más y unos cincuenta años, iba vestido con ropa juvenil. Estaba bronceado y tenía los párpados pesados. Tenía buenos modales. Fue él quien corrigió a su mujer acerca de las personas de Montreal que en realidad eran de Toronto. Era la primera vez que los Loomis y los Campbell hacían más que cruzar saludos, y esa tarde la señora Campbell estaba casi alegre.

Esa noche los Campbell no bajaron a cenar, pero a la mañana siguiente salieron a dar su paseo. El señor Loomis los saludó con la mano desde el primer *tee*, y ellos le devolvieron el saludo, ella con la mano, y él con la cabeza. Por la tarde no se dejaron ver a la hora del cóctel. Durante los días siguientes salieron a pasear, pero comían y cenaban en la habitación. La siguiente vez que bajaron al bar se sentaron en una mesita al lado de la barra, donde solo había espacio para la mesa y dos sillas. Nadie habló con ellos, pero esa noche había cine en el salón de baile, y al terminar la película los Loomis fueron adonde estaban e insistieron en invitarlos a una copa, la última antes de irse a dormir. Todo normal.

El señor Loomis sacó su cigarrera, le ofreció un puro al señor Campbell, que lo rechazó, y pidió las copas.

—Escocés, escocés, escocés y un cubalibre.

El cubalibre era para la señora Loomis. Mientras el camarero tomaba el pedido el señor Campbell dijo:

—Y traiga la botella.

Durante una fracción de segundo el rostro del señor Loomis reflejó cierta incredulidad; incredulidad, o más bien duda, ante lo que sus oídos acababan de oír. Pero al final dijo:

—Eso, traiga la botella.

A continuación hablaron de la película. Todos coincidían en que había sido horrorosa. Los Loomis dijeron que era una pena, porque dos años antes habían coincidido con la protagonista y les había parecido de lo más encantadora, contrariamente a lo que cabría esperar de una estrella de cine. Todos coincidieron en que Mickey Mouse estaba bien, aunque el señor Loomis dijo que empezaba a estar un poco harto de Mickey Mouse. Llegaron las copas, y la señora Loomis medio se disculpó por su bebida, pero es que desde que había estado en Cuba le había tomado gusto al ron y solo tomaba ron.

—Antes tomaba ginebra —dijo el señor Loomis.

El vaso del señor Campbell ya estaba vacío, así que llamó al camarero para que trajera más hielo y otro cubalibre, y rellenó el resto de vasos con la botella de whisky que estaba sobre la mesa.

—Pero esto ha sido idea mía —dijo el señor Loomis.

—Solo la primera —dijo el señor Campbell.

Lo dejaron así, y las señoras volvieron al asunto de la protagonista de la película, y enseguida el señor Loomis se sumó a la conversación. Se pusieron a discutir sobre el historial matrimonial de la protagonista, lo que inevitablemente sacó a colación el nombre de otras estrellas de cine y sus respectivos historiales matrimoniales. El señor y la señora Loomis recitaban las estadísticas, y la señora Campbell iba diciendo sí o no, en función de la afirmación o la opinión requerida. El señor Campbell siguió sorbiendo su copa sin decir palabra hasta que los Loomis, que llevaban muchos años casados, se percataron a la vez del silencio del señor Campbell y empezaron a dirigirle a él sus comentarios. Los Loomis no parecían satisfechos con el asentimiento constante de la señora Campbell. Puesto que la joven esposa había demostrado ser una oyente educada, dirigían a ella las primeras palabras de cada comentario, pero luego se volvían hacia el señor Campbell y casi todo lo que decían a continuación se lo decían a él.

Durante un rato, él no hizo sino sonreír y murmurar «Mmhmm» hacia su vaso. Al cabo de unos minutos, parecía como si no pudiera esperar a que terminaran de contar sus chismes y anécdotas. Asentía con la cabeza antes de tiempo y decía «Sí, sí, sí» a toda prisa. Finalmente, a mitad de una anécdota, sus ojos, cada vez más brillantes, comenzaron a relucir. Dejó la bebida y se inclinó hacia delante, agarrándose y soltándose las manos a cada momento. «Y... sí... y... sí», dijo, hasta que la señora Loomis terminó lo que estaba contando. Entonces se inclinó hacia delante un poco más y se quedó mirando a la señora Loomis con una sonrisa resplandeciente y la respiración acelerada.

—¿Me permite que le cuente una historia? —dijo.

—Por supuesto —dijo la señora Loomis sonriendo.

Entonces Campbell contó una historia. En ella aparecían un cura, la anatomía femenina, situaciones improbables, un cornudo, palabras impublicables, y no tenía sentido.

Mucho antes de que Campbell acabara de contar su historia, Loomis frunció el ceño y miró a su esposa y a la señora Campbell; parecía que seguía escuchando a Campbell, pero en realidad no dejaba de mirar a las dos mujeres. La señora Loomis no podía apartar la mirada; Campbell seguía contándole su historia sin mirar a nadie más. Por su parte, la señora Campbell, nada más empezar la historia, cogió su copa, dio un sorbo, volvió a dejar el vaso sobre la mesa y no le quitó los ojos de encima hasta que Campbell indicó riéndose que la historia había terminado.

Cuando hubo acabado siguió riéndose y mirando a la señora Loomis, y luego le lanzó una sonrisa al señor Loomis.

—Hmm —dijo este, forzando una sonrisa—. Bueno, cariño —dijo—. Me parece que va siendo hora de...

—Sí —dijo la señora Loomis—. Muchas gracias. Buenas noches, señora Campbell, y buenas noches.

Campbell se puso en pie, muy rígido, e hizo una inclinación.

En cuanto los Loomis hubieron salido del salón, se sentó y cruzó las piernas. Encendió un cigarrillo y siguió bebiendo mientras contemplaba la pared que tenía delante. Ella lo miraba. Los ojos de él ni siquiera se movían cuando se llevaba el vaso a la boca.

—Oh —dijo ella de repente—, me pregunto si todavía estará ahí el señor del mostrador de viajes. Me había olvidado de los billetes para mañana.

—¿Mañana? ¿Es que nos vamos mañana?

—Sí.

Él se levantó y retiró un poco la mesa, y en cuanto ella se hubo marchado se sentó a esperarla.

Adiós, Herman

Miller estaba poniendo la llave en la cerradura. Llevaba dos periódicos de la tarde doblados bajo un brazo, y un paquete: dos camisas que había recogido de la tintorería porque esa noche iba a salir. Justo cuando los dientes de la llave encajaron en su sitio, la puerta se abrió y apareció su mujer. Tenía el ceño fruncido.

—Hola —dijo él.

—Ven a la habitación —dijo ella levantando el dedo.

Estaba molesta por algo. Tras tirar el sombrero sobre una silla del vestíbulo, Miller la siguió a la habitación. Mientras dejaba el bulto y empezaba a quitarse el abrigo, ella se dio la vuelta y se quedó mirándolo.

—¿Qué pasa? —dijo él.

—Ha venido un hombre. Quiere verte. Lleva aquí una hora y me está volviendo loca.

—¿Quién es? ¿De qué va todo esto?

—Es de Lancaster y dice que era amigo de tu padre.

—¿Y qué pasa, ha hecho algo?

—Se llama Wasserfogel o algo así.

—Ahí va, claro. Ya sé. Herman Wasservogel. Era el barbero de mi padre. Sabía que iba a venir. Olvidé decírtelo.

—Conque te olvidaste. Pues gracias por esta hora tan agradable. En adelante, cuando esperes a alguien te agradecería que me lo dijeras antes. He tratado de llamarte a la oficina. ¿Dónde estabas? He intentado localizarte en todos los sitios que se me han ocurrido. No sabes lo que es tener de repente a un perfecto extraño…

—Lo siento, cariño. Me olvidé. Voy para allá.

Entró en el salón, donde estaba sentado un hombrecillo mayor. En el regazo tenía un pequeño paquete que cubría con las manos. Estaba mirando el paquete, y en su rostro había una sonrisa tenue en la que Miller reconoció la expresión habitual del hombre. Los pies, calzados con zapatos negros y altos, descansaban planos sobre el suelo paralelos el uno al otro, y Miller supuso que el viejo hombrecillo llevaba sentado así desde que había llegado.

—Herman, ¿qué tal estás? Siento llegar tarde.

—Oh, no pasa nada. ¿Cómo estás, Paul?

—Bien. Te veo bien, Herman. Recibí tu carta, pero me olvidé de avisar a Elsie. Supongo que a estas alturas ya os conocéis —dijo mientras Elsie entraba en el salón y tomaba asiento—. Mi mujer, Elsie. Este es Herman Wasservogel, un viejo amigo.

—Encantado de conocerla —dijo Herman.

Elsie encendió un cigarrillo.

—¿Te apetece una copa, Herman? ¿Un *schnapps*? ¿Una cerveza?

—No, gracias, Paul. Solo he venido… Quería traerte esto. Creía que quizá querrías tenerlo.

—Siento no haberte visto cuando fui para el funeral, pero ya sabes cómo son las cosas. Con tanta familia, no encontré el momento de pasar por la barbería.

—Henry sí que fue. Lo afeité tres veces.

—Sí, Henry se quedó más que yo. Yo solo estuve una noche. Tenía que volver enseguida a Nueva York después del funeral. ¿Seguro que no quieres una cerveza?

—No, solo quería traer esto para dártelo.

Herman se levantó y le entregó el pequeño paquete a Paul.

—Caramba, muchas gracias, Herman.

—¿Qué es? El señor Wasserfogel no ha querido mostrármelo. Cuánto misterio —dijo Elsie sin mirar a Herman, ni siquiera al mencionar su nombre.

—Oh, seguramente ha pensado que yo ya te lo había dicho.

Herman se quedó de pie mientras Paul abría el paquete, del que sacó un tazón de afeitar.

—Era de mi padre. Supongo que Herman lo afeitó cada día de su vida.

—Bueno, no cada día. Tu papá no empezó a afeitarse hasta los dieciocho años, me parece, y pasaba mucho tiempo fuera. Aunque supongo que lo afeité más veces que el resto de barberos juntos.

—Ya lo creo que sí. Papá siempre juraba por ti, Herman.

—Sí, supongo que sí —dijo Herman.

—¿Has visto, Elsie? —dijo Paul sosteniendo en alto el tazón. Leyó las letras doradas—: «Dr. J. D. Miller».

—Hmm. ¿Y por qué te lo quedas tú? No eres el mayor. Henry es mayor que tú —dijo Elsie.

Herman la miró a ella y luego a Paul, arrugando un poco el entrecejo.

—Paul, ¿puedo pedirte un favor? No quiero que Henry sepa que te he dado este tazón. Cuando tu papá murió, pensé: «¿A quién le daré el tazón?». A Henry le tocaba por derecho, por ser el mayor y eso. En cierto modo, debería ser suyo. Y no es que tenga nada en contra de Henry, pero... En fin, no lo sé.

—El señor Wasservogel te tiene más aprecio a ti que a Henry, ¿verdad que es eso, señor Wasservogel? —dijo Elsie.

—Oh, bueno —dijo Herman.

—No te preocupes, Herman, no diré nada. De todos modos, nunca veo a Henry —dijo Paul.

—La brocha no la he traído. Tu papá necesitaba una nueva desde hacía tiempo, y yo siempre le decía: «Doctor, ¿es usted tan pobre que no puede ni comprarse una brocha nueva?». «Así es», me decía. «Bueno», decía yo, «compraré una de mi bolsillo para regalársela.» «Como lo hagas», decía él, «dejaré de venir aquí. Me iré al hotel.» Lo decíamos en broma, señora Miller. Su papá siempre decía que dejaría de ir a verme y que se iría al hotel, pero yo sabía que no. Siempre estaba insinuando que mis navajas estaban mal afiladas, o que debería cambiar las luces del local, o que apuraba demasiado al afeitarlo. Se quejaba y se quejaba y se quejaba. Hasta que un día a principios del año pasado me llamó la atención porque llegó y no dijo más que: «Hola, Herman. Una pasada, y sin apurar», y no dijo nada más. Supe que estaba enfermo. Y él también lo sabía.

—Sí, tienes razón —dijo Paul—. ¿Cuándo has llegado, Herman?

—Hoy. He venido en autobús.

—¿Cuándo te vas? Me gustaría volver a verte antes de que te vayas. Elsie y yo vamos a salir esta noche, pero mañana por la noche...

—Mañana por la noche, no. Mañana por la noche es lo de Hazel —dijo Elsie.

—Oh, pero yo no tengo por qué ir —dijo Paul—. ¿Dónde te estás quedando, Herman?

—Pues, si he de decirte la verdad, en ningún sitio. Vuelvo a Lancaster esta noche.

—¡Ni hablar! No puedes irte. Acabas de llegar. Deberías quedarte, ir a ver cosas. Ven a la oficina, te enseñaré Wall Street.

—Creo que ya me conozco bien Wall Street; sé todo lo que hay que saber. Si no fuera por Wall Street, no estaría haciendo de barbero. No. Muchas gracias, Paul, pero tengo que volver. Tengo que abrir la barbería por la mañana. El sustituto solo estará un día. El joven Joe Meyers. Ahora es barbero.

—Qué puñetas, que se quede un día o dos más. Yo lo pago. Tienes que quedarte. ¿Cuánto hacía que no venías a Nueva York?

—En marzo hizo diecinueve años, cuando el joven Hermie se fue a Francia con el ejército.

—Herman tenía un hijo. Lo mataron en la guerra.

—Ahora tendría cuarenta años, todo un hombre —dijo Herman—. No. Gracias, Paul, pero creo que debería irme. Quería bajar andando hasta la estación del autobús. Hoy todavía no he dado mi paseo, y así tendré ocasión de ver Nueva York.

—Oh, vamos, Herman.

—No insistas así, Paul. Ya ves que el señor Wasservogel quiere volver a Lancaster. Os dejaré solos unos minutos. Tengo que empezar a vestirme. Pero no demasiado rato, Paul. Tenemos que bajar hasta la calle Nueve. Adiós, señor Wasservogel. Espero que algún día volvamos a verlo. Y gracias por traerle el tazón a Paul. Ha sido todo un detalle por su parte.

—Oh, no hay de qué, señora Miller.

—Bueno, ahora tengo que dejaros —dijo Elsie.

—Voy en un minuto —dijo Paul—. Herman, ¿seguro que no piensas cambiar de opinión?

—No, Paul. Gracias, pero tengo que ocuparme de la barbería. Y tú más vale que vayas a asearte o verás lo que vale un peine.

Paul ensayó una carcajada.

—Oh, Elsie no siempre es así. Es que hoy está un poco irascible. Ya sabes cómo son las mujeres.

—Oh, claro que sí, Paul. Es una buena chica. Muy guapa. En fin.

—Si cambias de idea...

—No.

—Salimos en la guía.

—No.

—De acuerdo, pero recuérdalo si *al final* cambias de idea; y de verdad que no sé cómo darte las gracias, Herman. Sabes que lo digo en serio, te estoy muy agradecido.

—Bueno, tu papá siempre se portó muy bien conmigo. Y tú también, Paul. Eso sí, no se lo digas a Henry.

—Prometido, Herman. Adiós, Herman. Buena suerte, y espero verte pronto. Puede que baje a Lancaster en otoño, y entonces seguro que pasaré a verte.

—Hmm. Muy bien, *auf Wiedersehen*, Paul.

—*Auf Wiedersehen*, Herman.

Paul se quedó mirando a Herman mientras este recorría la corta distancia hasta el ascensor. El hombre pulsó el botón, esperó unos segundos a que el ascensor llegara y entró en él sin mirar atrás.

—Adiós, Herman —dijo Paul, pero estaba seguro de que Herman ya no lo oía.

Las amigas de la señorita Julia

La señora esperaba de pie junto al mostrador de la recepcionista. La habitación era circular, con hornacinas en la pared, y en cada hornacina, bajo un pequeño foco, lucía alguna de las creaciones de belleza de Madame Olga's. Dos o tres mujeres estaban sentadas, aunque no juntas, en el banco curvo que había pegado a la pared. En lo alto, y detrás del mostrador de la recepcionista, se veían las manecillas de un reloj oculto, empotrado en la pared, con números romanos en el lugar del 12, el 3, el 6 y el 9, y con tachas de latón en sustitución del 1, el 2, el 4, el 5, el 7, el 8, el 10 y el 11. Según las manecillas del reloj, eran las diez menos cinco minutos.

La señora echó un vistazo al sillón vacío y se giró hacia el resto de mujeres, pero ninguna dijo nada. En ese momento se abrió una puerta curva y apareció una muchacha de aspecto sofisticado.

—Oh, la señora Davis —dijo la joven—. A usted le tocaba con la señorita Julia, ¿verdad?

—Sí, a las diez —dijo la señora Davis.

La muchacha consultó una voluminosa agenda de cuero blanco que estaba abierta sobre el mostrador.

—Solo marcar, ¿no?

—Sí, solo marcar —dijo la señora Davis.

—Verá... no sé cómo decirlo —dijo la muchacha.

—¿Le han dado mi cita a otra persona?

—No, no es eso —dijo la muchacha—. Estamos teniendo un lío

tremendo. —Bajó la voz—. El problema es… que la señorita Julia se ha encontrado mal de repente.

—Oh, cuánto lo siento. Espero que no sea grave.

—Pues… me temo que sí. Voy a tener que cancelar todas sus citas. Pero yo puedo ocuparme de su marcado, si no le molesta esperar. Lo que quiero decir es que, ya que está aquí, podría colarla. Ha ocurrido hace quince o veinte minutos. Ha venido el médico de al lado, está aquí dentro ahora mismo.

—Vaya, pues sí que parece serio. ¿El corazón?

—Supongo —dijo la muchacha—. Han pedido una ambulancia. La sacarán por detrás. La señorita Judith va como loca tratando de ocuparse de la señorita Julia y de las clientas y todo.

—Bueno, por mí no se preocupen —dijo la señora Davis.

—Oh, la colaré, pero tendrá que esperar un ratito. Siéntese, señora Davis, tampoco creo que tenga esperar *tanto*. Eso sí, no les diga nada al resto de clientas, por favor. No saben lo que ocurre, y la señorita Judith nos ha dado órdenes. Sé que la señorita Julia era amiga suya.

—¿Era?

—No tienen muchas esperanzas —dijo la muchacha. En el mostrador se encendió una lucecita, y la muchacha levantó el teléfono—. ¿Sí? —dijo. Escuchó, volvió a colgar y, dirigiéndose a las clientas, añadió—: Señoras, lo lamento de verdad, pero era la señorita Judith, nuestra encargada. Vamos a tener que cancelar todas las citas para hoy.

—Oh, venga ya —dijo una de las clientas—. He venido en coche desde Malibú. No pueden decirme esto.

—¿Pero qué es esto? —dijo una segunda clienta—. Pedí cita hace más de una semana y esta noche tengo *setenta* personas a cenar. ¿Y ahora qué hacemos? Vaya una gracia, si quieres que te diga la verdad.

—Lo lamento, señora Polk, pero *todas* las citas quedan canceladas —dijo la muchacha.

—Bueno, al menos danos un motivo, por el amor del cielo —dijo la primera mujer.

—El motivo es que... muy bien, les diré el motivo. La señorita Julia se ha muerto, espero que les parezca motivo suficiente. ¿Quieren entrar y comprobarlo ustedes mismas?

—Tampoco hay que ponerse grosera —dijo la primera mujer—. ¿Van a cerrar el resto del día?

—Sí, cerramos el resto del día —dijo la muchacha.

—Muy bien, pues espero que cuando vuelvan a abrir haya algún cambio por aquí —dijo la primera mujer.

—Oh, váyase al infierno —dijo la muchacha. Por puro instinto fue a abrazarse a la señora Davis, y el resto de las mujeres se marcharon. La muchacha estaba llorando, y la señora Davis la acompañó al banco—. Era tan buena, tan divertida, la señorita Julia.

—Siempre tan alegre —dijo la señora Davis—. Siempre contando chistecitos.

—Ha sido *tan* repentino —dijo la muchacha—. Cinco minutos antes yo estaba hablando con ella.

—Cuando es repentino es una bendición —dijo la señora Davis.

—Hoy iba a almorzar con ella —dijo la muchacha—. Los miércoles nos íbamos a almorzar juntas. Todos los miércoles desde que empecé a trabajar aquí, siempre íbamos al Waikiki. Es un hawaiano que está en South Beverly.

—Me suena —dijo la señora Davis, posando una mano en el hombro de la muchacha.

—Todos los miércoles sin excepción. Siempre nos sentábamos en el mismo reservado, y ella y Harry Kanoa, el barman, se ponían a hablar en hawaiano. Chapurreaba un poco. ¿Sabía que había sido peluquera del *Lurline*?

—¿El transatlántico? —dijo la señora Davis.

—No recuerdo cuántos viajes me dijo que había hecho —dijo la muchacha—, pero muchos. Siempre quiso volver a las islas. Iba a ir en octubre. Estuvo a punto de convencerme para que fuera con ella. Yo nunca he estado en las islas.

—No, yo tampoco.

—Ya me encuentro mejor, señora Davis. Es que de repente no he podido aguantarme.

—No pasa nada, querida. Es mejor desahogarse.

La muchacha sonrió.

—Me ha llamado «querida». Ni siquiera sabe cómo me llamo, ¿verdad, señora Davis?

—No, la verdad es que no.

—Me llamo Page. Page Wetterling. Siempre me cuesta convencer a la gente, pero es mi nombre de verdad. A mi madre siempre le gustó Page. Algunos clientes creen que la señorita Judith me lo puso porque llevo el pelo a lo paje, pero no es eso. Lo pone en mi certificado de nacimiento.

—Es un nombre bonito —dijo la señora Davis.

—Oiga, voy a ver si alguna de las chicas puede marcarla.

—Oh, ni hablar, Page, solo vengo por pasar el rato. Por hacer algo.

—Tiene un pelo muy bonito. Déjeme que hable con la señorita Frances. ¿Alguna vez la ha atendido ella?

—No, siempre me atendía la señorita Julia.

—La señorita Frances es la mejor. Ella es la que les corta a todas las chicas, pero le falta personalidad.

—Sí, ya sé a quién te refieres —dijo la señora Davis—. Pero de verdad que no hace falta.

—De acuerdo, ¿quiere que la apunte para el próximo miércoles, a la hora de siempre?

—Sí, mejor —dijo la señora Davis.

—¿Quiere que la ponga con alguna chica en concreto? —dijo Page Wetterling.

—No. La primera vez, hace dos años, me pusieron con la señorita Julia, y desde entonces he seguido con ella. Vengo por hacer algo.

—Le dejaré que pruebe con la señorita Frances.

—Mejor pregúntale primero. A lo mejor no quiere perder el tiempo con una vieja.

—Oh, oiga una cosa: ¿se cree que no saben lo que le regaló a la señorita Julia por Navidad? Podría decirle el nombre de unas cuantas estrellas de cine que nunca han sido tan generosas, ni de lejos. La atenderá.

—De acuerdo —dijo la señora Davis.

—Hoy ya no va a trabajar nadie, pero estarán encantadas de marcarla antes de irse a casa. Vamos a cerrar. Voy a escribir un aviso para colgar en la entrada.

—¿Luego se toma el resto del día libre?

—No. Tengo que quedarme para contestar el teléfono, cambiar las citas. Solo tengo la hora del almuerzo. Aunque mejor así, por hacer algo, como dice usted.

—Me parece que lo decimos en sentidos distintos.

—Oh, ya sé en qué sentido lo dice usted, señora Davis. Hay muchas señoras que vienen aquí solo por hacer algo. ¿Quiere que intente pedirle cita en otra parte? Conozco a la chica de Lady Daphne's. O si quiere probar en George Palermo's, solo que queda más lejos, al lado del Bullocks Wilshire.

—No hace falta —dijo la señora Davis—. Pero gracias, Page. Toma.

—¿Qué es esto? ¿Cinco dólares? No tiene que darme nada, señora Davis. No pienso aceptarlos. Ni hablar. Escuche, si no fuera por usted, habría perdido los nervios del todo. No es que me preocupe el trabajo. Si quisiera dejar Madame Olga's, no me faltarían ofertas.

—Entonces déjame que te lleve a almorzar. ¿Te gustaría comer en Romanoff's?

—Me encantaría, pero no tiene que hacer nada por mí, señora Davis.

—Será un placer. Supongo que deberíamos reservar mesa. ¿Puedes llamar desde ese teléfono? Diles que es para la señora Davis, la suegra de Walter Becker. O la madre de la señora Becker.

—¿De verdad? No sabía que fuera familia de Walter Becker. ¿Se refiere al productor de televisión Walter Becker?

—Sí, está casado con mi hija. Siempre quiere que vaya a Romanoff's, pero yo no voy nunca, salvo con él o con mi hija. Supongo que me conocen, pero di su nombre para asegurarnos.

Page Wetterling hizo la llamada y colgó.

—Un buena mesa para dos, han dicho —dijo—. Nos vemos ahí a las doce y media, ¿de acuerdo?

La señora estaba cansada cuando por fin se presentó en el restaurante. La acompañaron a su mesa —bien situada, pero no de las mejores— y pidió una copa de oporto. Sabía que debería haber pedido jerez, pero ya le daban igual esas cosas. El dueño se acercó a la mesa.

—Encantado de verla, señora Davis. Espero que disfrute de su almuerzo —dijo, hizo una inclinación y se alejó.

Si reparó en su preferencia por el oporto sobre el jerez, no dio signos de ello. Menos impasible se mostró, al igual que el resto de hombres en las mejores mesas, cuando Page Wetterling entró en el local. Era una muchacha bonita en un lugar frecuentado por mujeres hermosas, pero para los hombres del restaurante era una desconocida; una cara nueva, no más bonita ni atractiva que las otras, pero sí nueva y no identificada.

—¿Quiere que le diga una cosa? Nunca había estado aquí antes —dijo Page Wetterling—. Tomaré un… eh… un Dubonnet. —El camarero se fue por su bebida, y ella echó una rápida ojeada al comedor—. Algunas de las mujeres intentan ubicarme. No se acuerdan de qué me conocen.

—Creía que una chica como tú vendría por aquí a diario —dijo la señora Davis.

—Nunca en la vida había venido —dijo Page Wetterling—. Mi marido nunca habría podido permitírselo, cuando estaba casada, y desde entonces siempre que he salido con un hombre con dinero, hemos ido a otros sitios. Mi primera visita al famoso Romanoff's, y eso que nací en el Sur de California. Whittier. ¿Sabe dónde está Whittier?

—He oído el nombre, pero solo hace algo más de dos años que vivo aquí. Lo único que conozco es Beverly Hills y Holmby Hills y Westwood. Y Hollywood. He ido alguna vez a ver cómo hacen los programas.

—¿Qué ha hecho desde que se ha ido del salón? ¿Ha encontrado algo con que matar el tiempo?

—Me ha costado. He ido a la joyería, pero no tenía ninguna intención de comprar. Después he ido a la juguetería y ahí he gastado algo, para mis nietos. Luego he parado en un drugstore a tomarme una Coca-Cola. Pero sobre todo para sentarme. Luego he ido a sentarme en el banco de una parada de autobús, hasta que se ha hecho la hora de venir. ¿Tú qué has hecho? ¿Has estado ocupada?

—¿Yo? Las clientas de las once, las once y media y las doce han empezado a llegar una tras otra. Podría haberme sacado fácilmente cien dólares en propinas colando a unas cuantas. Pero la señorita Judith ha enviado a todas las chicas a casa. La gente no hacía ni caso del aviso de la entrada. Algunas ni siquiera se paraban a leerlo, y otras entraban y trataban de sobornarme para colarlas. Una mujer ha llegado a ofrecerme cincuenta dólares. Me pregunto qué planes tendrá esta noche. Una no se gasta tanto dinero para una reunión familiar en casa. Se han ido todas menos unas cuantas. Las clientas habituales de la señorita Julia. Pero incluso una de ellas se ha comportado como una perfecta zorra. Perdón por decirlo así, pero es que no hay otra palabra. Ni que la señorita Julia fuera una especie de máquina a la que le hubiera dado por romperse para fastidiarle el día a la señora. Si de vez en cuando no me alejara de las mujeres, acabaría odiándolas a todas. Menos mal que conmigo *tienen* que portarse más o menos bien. Yo tomo las citas, y si por ejemplo dos mujeres quieren hacerse la permanente a la misma hora, yo puedo decirle a una que a esa hora no puede. O puedo llamar a alguien y decirle que tiene que cambiar la cita, y no le queda más remedio que hacerlo. La señorita Judith no se preocupa de esos pequeños detalles. Oh, y esa que esta mañana ha amenazado con hacer que me despidan. Espérese a que necesite un favor. ¿A usted le caen bien las mujeres, señora Davis?

—La mayoría. No todas.

—Si tuviera mi trabajo, aprendería a apreciar a las que saben comportarse. Pero créame, no son la mayoría. Hoy ha visto usted dos de los peores ejemplos. Y *yo* he visto uno de los mejores. *Usted.*

—Gracias —dijo la señora Davis—. Me imagino que a muchas les gustaría parecerse a ti, Page.

—Y las que no pueden, ¿por qué no tratan de ser más amables?

—¿Cómo es que no eres modelo, con el aspecto que tienes?

—Lo fui, pero eso es para los pajaritos. A mí me gusta comer, no morirme de hambre. Como tanto como muchos hombres. Tres o cuatro noches a la semana me como un filete, y espérese a ver lo que me como ahora. Por eso la mayoría de las modelos que conozco son tan desagradables. No comen lo suficiente. Y mi médico me decía, cuando todavía estaba casada, me decía: «Desnutrida como estás y todo el día de pie, si te quedas embarazada, si *logras* quedarte embarazada, te desnutrirás tú y desnutrirás al bebé». Pues bien, embarazada no me quedé, a Dios gracias, pero sí dejé el modelaje.

—¿Desean pedir, señoras? —dijo el *maître*.

—Yo ya sé qué quiero, señora Davis —dijo Page Wetterling—. Quiero el pastel de pollo, con fideos. Es la primera vez que vengo, pero me han dicho que aquí es bueno.

—Yo pediré lo mismo —dijo la señora Davis.

La muchacha estaba animada y se lo pasó bien durante toda la comida. No fingió ningún tipo de indiferencia ante las estrellas de cine y televisión, y se comió hasta la corteza de hojaldre del pastel.

—¿Compota de frutas? —dijo el *maître*.

—Para mí sí —dijo Page Wetterling—. Pida una usted también, señora Davis. No se ha comido ni la mitad del pollo.

—De acuerdo —dijo la señora Davis—. Vas a pensar que quiero meterme a modelo, pero nunca como mucho.

La broma de la señora hizo reír a la muchacha.

—¿Sabe que tiene un sentido del humor estupendo? Ojalá hubiera más mujeres con sentido del humor. Si las mujeres que vienen al salón y a sitios como este tuvieran un poco de sentido del humor, no estarían siempre refunfuñando. Oh, oh, tenemos visita. Por las fotos, diría que es su yerno.

—Hola, mamá. —El visitante era un hombre robusto con un traje azul de solapas mínimas, corbata azul con nudo francés muy estrecha y camisa blanca con cuello americano. Se inclinó apoyando las palmas de las manos sobre la mesa.

—Oh, hola, Walter. Esta es mi amiga, la señorita Wetterling, y este es mi yerno, el señor Becker.

—Veo que por fin has venido aquí por tu propio pie —dijo Walter Becker—. ¿O quizá te ha traído la señorita?

—No, ha sido idea suya —dijo Page Wetterling.

—¿De qué se conocen, si no es mucho preguntar?

—Trabajo en el salón de belleza al que va la señora Davis.

—Ya veo. Entonces ¿no hace películas ni nada por el estilo? Por eso no la reconocía. Se lo estaba diciendo a Rod Proskauer. Bueno, mamá, solo he venido a saludar y a llevarme la cuenta. Encantado, ¿señorita?

—Wetterling. Page Wetterling.

—Ajá. Mamá, te veo esta noche, ¿no?

Walter Becker regresó a su mesa, una de las muy buenas.

—La llama «mamá» —dijo Page.

—Sí.

—¿Cómo es su hija? Nunca viene a nuestro salón.

—No. Antes sí, pero su peluquera abrió un local propio. Fui ahí cuando vine a vivir a California, pero costaba veinte dólares por prácticamente nada. Madame Olga's no es barato, pero no quiero gastarme veinte dólares cada vez. Diez ya duele suficiente, para alguien de mi edad. La mayor parte de mi vida nunca tuve dinero para gastármelo en un salón de belleza. Me lavaba con champú quizá una vez a la semana, quizá ni siquiera tanto. Y también con jabón. Nada que ver con los preparados especiales de Madame Olga. Pero aquí he tomado la costumbre, y la señorita Julia era encantadora.

—Sí. La echaremos de menos. Había mañanas en que llegaba y solo con oírla hablar de sus resacas... Podía estar pasando las penas del infierno, pero nos hacía reír a todas.

—Lo sé —dijo la señora—. Bueno, supongo que tendrás que volver a contestar el teléfono. Te llevaré en taxi, me viene casi de camino.

—No sabe cuánto le agradezco todo esto, señora Davis. ¿Qué le parecería ser mi invitada el miércoles próximo? Podemos quedar a las once y media, ¿le viene bien? Así no tendrá tanto tiempo entre medio.

—Bueno, yo encantada, pero ¿seguro que te apetece?

—Claro que me apetece. La llevaré al Waikiki. Tienen comida americana, si no le gusta la polinesia.

—Oh, no tengo muchas manías para comer —dijo la señora Davis.

A medida que se acercaba el miércoles siguiente, la señora Davis estuvo tentada de cancelar la cita y eximir así a la chica de la obligación de llevarla a almorzar. ¿Qué gusto podía encontrar una muchacha tan joven y guapa en llevar a comer a una vieja? Pero Page Wetterling era una muchacha afectuosa y afable, y si quería echarse atrás, tenía maneras de hacerlo, aunque fuera en el último minuto.

—He venido en coche. Cuando acabe con la señorita Frances, podemos ir juntas al Waikiki —dijo Page tras saludar a la señora—. Es decir, si todavía quiere ir.

—Oh, me parece bien —dijo la señora Davis.

El Waikiki estaba formado por varias salas pequeñas en lugar de un único comedor grande. El mobiliario y los decorados eran todos de bambú, y la iluminación, tenue. En los altavoces sonaba la canción «South Sea Island Magic», insistente pero discreta, y la clientela y el personal parecían conocerse… o estar a punto.

—Ey, Page —dijo el barman.

—*Aloha*, Harry —dijo la muchacha—. *Oooma-ooma nooka-nooka ah-poo ah ah.*

El barman se echó a reír.

—Muy bien. Vas mejorando. Poquito a poco. Eh, Charlie. Mesa cuatro para Page y su invitada.

—¿Mesa cuatro? Mesa dos, querrás decir —dijo Charlie, el camarero.

—No, quiero decir mesa cuatro —dijo Harry.

—Page se sienta en la mesa dos —dijo Charlie—. Está usted flaco de memoria, señor Harry Kanoa. ¿Dónde estuviste anoche?

—Mesa cuatro, mesa cuatro —dijo el barman.

—Charlie, quiero la mesa cuatro —dijo Page.

—Muy bien, corazón, si quieres la mesa cuatro, tendrás la mesa cuatro. Tú pide por esa boquita. ¿Hoy vienes con tu mamá?

—No, es una amiga mía. La señora Davis. Le presento a Charlie Baldwin.

—De los Baldwin de Baldwin Locomotives, nada que ver con otros Baldwin —dijo Charlie.

—No entiendo qué quiere decir, pero lo dice siempre —dijo Page.

—Ve a las islas, corazón. Lo averiguarás enseguida —dijo Charlie—. ¿Les apetece comida nativa o americana? Del continente, debería decir. Tenemos categoría de estado. Bueno, bueno. ¿Algo de beber, señoras? Aquí no sacamos nada con la comida, solo con la bebida. Ja, ja, ja, ja. ¿Page? ¿Daiquiri helado doble? ¿O el Especial del Estado? Es casi igual que el zombi. No más de dos por cliente.

—Tengo que trabajar.

—Vaya, hoy no vamos rascar nada. ¿Y usted, mamá, le apetece probar el Especial del Estado?

—No, gracias —dijo la señora Davis.

—Hoy no hay manera. Muy bien, ¿y que querrán para comer? Pidan el especial Charlie Baldwin. Se lo recomiendo. Es un invento mío. Cerdo asado con piña cocida y aguacate con aliño ruso. Te gustará, Page, ¿por qué no lo pedís las dos?

—¿Qué le parece, señora Davis?

—Cerdo no, gracias. ¿Quizá la ensalada de aguacate? —dijo la señora Davis—. Y té frío, por favor.

A la señora le gustó el Waikiki. El ambiente alegremente informal resultaba agradable… siempre y cuando pudiera sentarse y disfrutarlo sin tener que participar de él. Casi todas las personas que iban entrando conocían a Page Wetterling; unas cuantas se acercaron a expresar sus condolencias por el fallecimiento de Julia. La señora Davis quería volver, pero para ello tendría que invitar a su nueva y joven amiga a Romanoff's.

—¿Te gustaría ir a Romanoff's el próximo miércoles? —dijo la señora.

—Cuando quiera, yo encantada.

Acordaron que almorzarían juntas todos los miércoles, alternando restaurante, y el arreglo resultó satisfactorio para ambas mujeres. A las pocas semanas la señora ya conocía gran parte de la vida pasada y presente de Page; en cuanto a ella misma, la señora Davis tardó un poco más en abrirse.

—No hago más que hablar como una cotorra —dijo Page—. Le he contado más cosas a usted que a mi propia madre, y se lo digo en serio.

—Me gusta escuchar —dijo la señora Davis.

—¿Adónde va a almorzar su hija? —dijo Page—. No dejo de pensar que un día nos la encontraremos en Romanoff's.

—Supongo que va a Perino's. Ahí y a un restaurante francés de Sunset Boulevard. Romanoff's no acaba de gustarle. Dice que aquí solo prestan atención a los hombres. A ella le gusta arreglarse bien para salir.

—Pero muchas mujeres van a Romanoff's.

—No sé. Sus razones tendrá —dijo la señora Davis.

—Me da la impresión de que a usted no le gusta mucho California.

—Supongo que todavía soy nueva.

—¿Fue su hija la que la hizo trasladarse?

—Mi yerno. Walter Becker. Fue cosa suya. Durante años se ganó bien la vida con la radio y la tele. Pero entonces, de un día para otro, se hizo titular o cotitular de tres programas de televisión, los vendió por un dineral y ahora tiene su propio negocio. Walter es rico. Rolls-Royce. Casa en Beverly Hills, al otro lado de Sunset, detrás del hotel. Hace obras de caridad. Es imposible que vuelva a arruinarse. Recibe cierta cantidad como consultor de la CBS. Hay que reconocer que ha trabajado duro. Pero no sé. No tenía por qué hacerme venir a vivir aquí.

—Entonces ¿por qué lo hizo?

—No quería que la suegra de Walter Becker viviera en un

pequeño apartamento de Nueva York. A mí me encantaba ese apartamento. Tenía un salón por si quería invitar a las amigas a jugar a las cartas. Un buen cuarto para dormir. Nunca tuve que quejarme de la calefacción. La dejaban encendida fuera cual fuera la temperatura en la calle. No era grande, pero para mí era suficiente. Tenía dos radios. Una en el dormitorio, que podía escuchar mientras me bañaba, y una en la cocina. Y un televisor de veintiuna pulgadas en el salón. Si no me apetecía salir, podía pedir la comida en el *delicatessen*. Servían a domicilio. A veces no salía en dos o tres días. Dicen que la gente mayor se siente sola, pero no era mi caso. Toda la vida había vivido en un apartamento demasiado pequeño para toda la familia. Mis dos hermanas y yo dormíamos en el mismo cuarto, y mis tres hermanos en otro. Me casé y dormí en la misma cama que mi marido durante treinta años, y mis dos hijas compartían cama en su habitación. Supuestamente era el comedor. Luego mi marido falleció y mis hijas se casaron y yo me trasladé a un apartamento más pequeño. Vivía de maravilla, de auténtico lujo. A poco rato a pie de la calle Ciento Cuarenta y Nueve, por si quería ir a comprar o a ver un espectáculo. Era la envidia de todas las mujeres.

—Suena ideal —dijo Page.

—Ajá. Pero Walter quería que viniera aquí. Mi hija también, pero sobre todo Walter. Quería una abuela para sus hijos. Su madre murió joven, así que me tocó a mí.

—Pero usted no dejaba de ser su abuela, aunque viviera en el este.

La señora sacudió la cabeza.

—Con Walter todo tiene que poder verse. Tiene que enseñarle a la gente hasta la última habitación de la casa y todo lo que hay en los armarios. «Mi mujer tiene sesenta y cuatro pares de zapatos», va diciendo, y les abre el armario para que lo vean. Lo mismo con la abuela. ¡Tener a la abuela en Nueva York no es lo mismo que tener a la abuela en casa!

—Pero debe de ser agradable vivir con los nietos —dijo Page.

—Se van acostumbrando —dijo la señora—. Hasta que vine

aquí hace dos años nunca me habían visto. Hasta mi hija ha tenido que acostumbrarse a mí. —Movió la cabeza como asintiendo consigo misma—. Y también *yo* he tenido que acostumbrarme a *ellos*.

—¿Ha hecho nuevas amigas aquí?

—Aquí no es tan fácil hacer amistades —dijo la señora Davis—. A mi edad es demasiado tarde para aprender a conducir. Tengo que ir en taxi a todas partes. Todas las señoras están en la misma situación. Mi hija me lleva en su coche si se lo pido, pero no me gusta pedírselo.

—Era usted más feliz en su pequeño apartamento —dijo Page.

—Reconozco que sí, pero no quiero decírselo. Creen que están haciendo lo correcto. Mi yerno me llevó a los estudios de televisión, me presentó a Red Skelton y a Lucille Ball y a muchos otros. Walter decía que así tendría algo que contar cuando escribiera a mis amigas. Pero luego me pedía que le enseñara aquella carta, y yo no podía herir sus sentimientos. Le escribí una carta a mi amiga la señora Kornblum, una vecina del edificio, pero no pude enseñársela a Walter. Era una carta nostálgica. Le decía que Lucille Ball era agradable, pero que seguro que no jugaba tan bien al *stuss* como otra amiga nuestra, la señora Kamm. El *stuss* es un juego de cartas al que jugábamos de vez en cuando. Walter me preguntaba si les había dicho a sus amigas que tenía un Rolls-Royce. Yo nunca haría algo así, presumir de yerno. Una de nuestras amigas se ponía insoportable presumiendo siempre de que a su hijo lo habían elegido senador. El Senador, lo llamaba. Ni que fuera Jacob Javits, en lugar de un simple senador de Albany.

—¿No sería mejor que se buscara un apartamento aquí?

—No quiero un apartamento. Lo único que quiero es volver a mi casa, a la calle Ciento Cincuentra y Tres Este del Bronx, Nueva York. O una parecida.

—Entonces, váyase —dijo Page Wetterling.

—¿Qué?

—Váyase, señora Davis. Dígales a su hija y a su yerno que se va el martes que viene.

—Cuántas veces lo habré pensado, Page. Cuántas veces.

—Pero ¿se lo ha dicho alguna vez?

—No. No sabría cómo. Ellos creen que lo hacen todo por mí. Sería como darles una bofetada en toda la cara.

—Bueno, ¿es que nunca le dio una bofetada a su hija cuando era pequeña?

—Muchas. Cuando necesitaba una buena bofetada, se la daba. Y a su hermana. Y a su padre también.

—Pero a Walter Becker nunca le ha dado una bofetada.

—No. A veces me entran ganas, pero nunca lo he hecho.

—¿Acaso le tiene miedo? —dijo Page.

—¿Miedo *a él*?

—Entonces dele una bofetada. No quiero decir que le dé con la mano en la cara. Pero dígale que se vuelve a Nueva York. Y no le deje responder. No se ponga a discutir con él. Cómprese su billete de avión y escríbale a la señora Kornblum diciéndole que vuelve.

—La señora Kornblum no, pero la señora Kamm podría dejarme un cuarto. Page, me estás metiendo ideas en la cabeza.

—En absoluto. La idea es suya. Yo solo estoy dándole un pequeño empujón. ¿Tiene dinero?

—Más del que necesito. Me dan cien dólares a la semana. ¿Por qué, pensabas ofrecerme un préstamo?

—Sí.

—Eres una amiga de verdad, sabes mucho para ser tan joven —dijo la señora Davis.

—El mérito no es todo mío, señora Davis. La señorita Julia sabía que usted se sentía desgraciada.

—Por eso siempre intentaba animarme.

—Tenía un gran corazón —dijo Page Wetterling.

La señora sonrió.

—Tampoco le atribuyas todo el mérito *a ella*, señorita Page Wetterling.

—¿Perdón? No tengo la menor idea de a qué se refiere, señora Davis.

—Te lo explicaré en una carta —dijo la señora Davis.

Your fah neefah neeface

Esta mujer, a los diecinueve o veinte años, tenía un número que interpretaban ella y su hermano, generalmente en estaciones, en trenes o en vestíbulos de hotel. Yo los vi ponerlo en escena bajo el reloj del Biltmore en los tiempos en que ese lugar de encuentro era una hilera de bancos dispuestos en forma de ce, y lo recuerdo muy bien porque era la primera vez que veía el número y la primera vez que veía tanto a ella como a su hermano. Fue hace más de treinta años.

Ella estaba ahí sentada, muy recta, con las piernas cruzadas, fumando un cigarrillo y obviamente, como todo el mundo, esperando para encontrarse con alguien. Llevaba un gorro estilo boina a juego con el vestido, y por su forma de fumar era evidente que había sostenido muchos cigarrillos en el curso de su corta vida. Recuerdo haber pensado que me gustaría oírla hablar; con cuánta compostura y buen humor contemplaba a los jóvenes que se daban cita bajo el reloj... Fumaba dando largas caladas al cigarrillo; el humo seguía saliendo de sus narinas mucho después de que uno creía que ya se le había acabado. Era terriblemente guapa, con la nariz pequeña y recta, y unos vivaces ojos azul cielo.

Al cabo, apareció un joven subiendo por la escalera sin mucha prisa. Vestía abrigo negro con cuello de terciopelo y en la mano llevaba un bombín. Era alto, aunque no demasiado, y tenía el pelo rizado y rubio. Unos setenta kilos, hechuras de marinero. Llegó al lugar de encuentro, echó un vistazo a las caras de la gente ahí sentada y se dio la vuelta hacia la escalera. Se quedó mirando a los hombres y mujeres que subían, pero después de un minuto o así giró la cabeza y miró a la chica, arrugó la frente como desconcertado y volvió a mirar a la gente que llegaba. Repitió lo mismo varias veces, y yo empecé a pensar que había ido a una cita a ciegas sin tener una descripción detallada de su chica. A todo eso, ella no le había prestado la menor atención.

Finalmente, se fue directo a la chica y con voz firme para que todos los que estaban bajo el reloj pudieran oírlo dijo:

—¿Por casualidad es usted Sallie Brown?

—Sí, ¿y a usted qué le importa? —dijo ella.

—¿No sabes quién soy? —dijo él.

—No.

—¿No me reconoces?

—No lo he visto en mi vida.

—Claro que me has visto, Sallie. Mírame bien —dijo él.

—Lo siento, pero estoy segura de que nunca lo he visto.

—Asbury Park. Piensa un segundo.

—He estado en Asbury Park, como tanta gente. ¿Por qué debería acordarme de usted?

—Sallie. Soy Jack. *Jack*.

—¿Jack? ¿Qué Jack…? ¡No! ¡Mi hermano! ¿Eres… eres Jack? ¡Oh, cariño, cariño! —La chica se levantó, miró a las personas que estaban cerca y, como si no pudiera contenerse, dijo—: Es mi hermano. ¡Mi hermano! No lo veo desde… oh, cariño. Esto es maravilloso. —Lo rodeó con los brazos y lo besó—. Oh, ¿dónde estabas? ¿Dónde te habías metido? ¿Cómo estás?

—Estoy bien. ¿Y tú?

—Oh, vámonos a algún lado. Tenemos tanto de que hablar.

Sonrió al resto de jóvenes y, agarrándose del brazo de su hermano, bajaron las escaleras y se fueron, dejándonos a los demás con una feliz experiencia en la que pensar y susceptible de ser contada una y otra vez. La chica con la que yo había quedado llegó diez o quince minutos después de que Sallie y Jack se hubieran marchado, y mientras estábamos en el taxi de camino a la fiesta a la que íbamos le expliqué lo que había visto. La chica esperó a que yo acabara de contar la historia y entonces dijo:

—¿Esta tal Sallie Brown era rubia? ¿De mi estatura? ¿Y su hermano también era rubio, con el pelo rizado corto?

—Exactamente —dije—. ¿Los conoces?

—Pues claro. Lo único cierto en esta historia es que son hermanos. El resto es un cuento. Ella se llama Sallie Collins, y él, Johnny Collins. Son de Chicago. Son muy buenos.

—¿Buenos? Ya te digo si son buenos. Yo y todos los demás nos lo hemos tragado.

—Siempre hacen lo mismo. La gente llora y a veces aplaude como si estuviera en el teatro. Sallie y Johnny Collins, de Chicago. ¿Has oído hablar de los Spitbacks?

—No. ¿Los Spitbacks?

—Es una especie de club de Chicago. Para ser un Spitback tienen que haberte expulsado del colegio, y a Johnny lo han expulsado al menos de dos.

—¿Y a ella?

—Cumple los requisitos. Iba dos cursos por detrás de mí en Farmington.

—¿Por qué la expulsaron?

—Oh, no lo sé. Por fumar, supongo. No duró mucho. Ahora estudia en un colegio de Greenwich, creo. Johnny trabaja de mensajero en el centro.

—¿Qué más hacen?

—Todo lo que se les ocurre, pero son famosos por el número del hermano perdido. Lo tienen ensayadísimo. ¿Verdad que se ha quedado mirando a la gente como diciendo: «No me lo puedo creer, es como un sueño»?

—Sí.

—Ya no pueden hacerlo tanto como antes. Todos sus amigos se lo saben y se lo han contado a mucha gente. Y siempre hay gente a la que le molesta.

—¿Qué otras cosas hacen?

—Oh... No sé. Nada malo. No hacen gamberradas, si es eso lo que estás pensando.

—Me gustaría conocerla algún día. Y a él. Parecen divertidos —dije.

A Johnny nunca llegué a conocerlo. Se ahogó en algún lugar del norte de Michigan más o menos un año después de que yo asistiera como público a su actuación del Biltmore, y cuando por fin conocí a Sallie, estaba casada y vivía en New Canaan; tendría unos treinta años y seguía siendo guapísima; sin embargo, algo me impidió hablarle enseguida de su antaño famoso número del hermano perdido. En cualquier caso, «diversión» no era precisamente la palabra que a uno le venía a la cabeza cuando se la presentaban. Si nunca antes la hubiera visto ni hubiera sabido de sus números, habría jurado que su idea de la diversión consistía en ganar el campeonato de golf femenino del estado de Connecticut. Las mujeres a las que les gusta el golf y que juegan bien se mueven más reflexivamente que, por ejemplo, las mujeres que juegan bien al tenis, y mi suposición de que lo suyo era el golf no tiene ningún mérito, porque sabía que su marido era un jugador de hándicap cuatro.

—¿Dónde se aloja? —dijo ella durante la cena.

—En casa de los Randall.

—Oh, ¿le gusta navegar?

—No, Tom y yo nos criamos juntos en Pensilvania.

—Entonces va a tener mucho tiempo para estar solo este fin de semana, ¿no? Tom y Rebecca se iban a Rye, ¿cierto?

—No importa —dije—. Me he traído algo de trabajo, y Rebecca es de esas anfitrionas que le dejan a uno hacer su vida.

—¿Trabajo? ¿Qué clase de trabajo?

—Textiles.

—Vaya, debe de ser un negocio muy rentable hoy en día, ¿verdad? Dicen que el ejército encarga uniformes por millones.

—No lo sé.

—¿No trabaja en esa rama del textil?

—Sí, pero no estoy autorizado a responder preguntas referentes al ejército.

—Me encantaría ser espía.

—Sería buena —dije.

—¿Eso cree? ¿Qué se lo hace pensar?

—Porque la primera vez que la vi...

Llevaba más de una hora en su compañía y ya no me incomodaba tanto recordarle lo ocurrido en el Biltmore.

—Qué gracia que se acuerde —dijo sonriendo—. ¿Cómo no lo ha olvidado?

—La verdad es que era usted muy guapa. Lo sigue siendo. Y toda la actuación fue brillante. Profesional. Seguramente sería una buena espía.

—No. Todo eso era cosa de Johnny. Todo lo que hacíamos se le ocurría a él. Él era el cerebro del equipo. Yo era el complemento. Como las chicas esas en maillot que siempre van con los magos. Cualquiera habría podido hacerlo con Johnny planeándolo... ¿Le apetece venir a almorzar el domingo? Sé que Rebecca está sin cocinera, así que, si no, tendrá que irse usted al club. A menos que tenga otra invitación, claro.

Le dije que iría encantado a almorzar el domingo, y después de eso se puso a conversar con el caballero a su izquierda. Descubrí con sorpresa que el domingo íbamos a comer los dos solos. Tomamos una sopa fría y luego nos sirvieron palitos de cangrejo con un poco de verdura. Cuando la camarera se hubo marchado, Sallie se sacó un trozo de papel del bolsillo de la blusa.

—Este es el reloj del Biltmore ese día. Aquí es donde yo estaba sentada. Usted estaba aquí. Si no me equivoco, llevaba un traje gris y estaba sentado con el abrigo doblado sobre las piernas. Le habría venido bien un corte de pelo.

—Dios mío, ha acertado en todo.

—Llevaba un reloj de cadenilla, y cada dos por tres se lo sacaba del bolsillo y volvía a guardarlo.

—Eso no lo recuerdo, pero es probable. La chica con la que había quedado llegó bastante tarde. Da la casualidad de que estudió en Farmington con usted. Laura Pratt.

—Oh, cielos, Laura. Si hubiera llegado a tiempo, usted nunca habría visto el número del hermano perdido. Cuando íbamos a Farmington me odiaba, pero ahora la veo de vez en cuando. Vive en Lichtfield, supongo que ya lo sabe. ¿Lo he convencido de que lo recuerdo igual de bien que usted a mí?

—Es el mayor cumplido que me han hecho en toda mi vida.

—No. Usted era guapo, y todavía lo es, pero lo que recuerdo sobre todo es que esperaba que viniera a hablarme. Luego me molestó un poco que no lo intentara. Madre mía, parece que hace una eternidad, ¿no?

—Más o menos —dije—. ¿Por qué no me dijo nada durante la cena la otra noche?

—No estoy segura. Egoísmo, supongo. Era *mi* noche. Quería que hablara usted, y supongo que también quería oírle hablar sobre Johnny.

—Se ahogó —dije—. En Michigan.

—Sí, pero *yo* eso no se lo he dicho. ¿Cómo lo sabe?

—Lo vi en el periódico en su momento.

—Rebecca me ha dicho que va usted a divorciarse. ¿Le resulta doloroso? No que me lo haya contado, sino romper con su mujer.

—No es la experiencia más agradable del mundo.

—Me imagino que no. Nunca lo es. ¿Sabía que había estado casada antes de casarme con mi actual marido?

—No, no lo sabía.

—Duramos un año. Era el mejor amigo de Johnny, pero aparte de eso no teníamos nada en común. No es que una pareja casada tenga que tener mucho en común, pero deberían tener algo más aparte de amar a la misma persona, en este caso mi hermano. Hugh, mi primer marido, era lo que Johnny llamaba uno de sus comparsas, como yo. Pero por algún motivo para un *hombre* no resulta muy atractivo ser el comparsa de otro hombre. Que lo sea una hermana, da igual, pero un hombre no, y en cuanto Johnny murió, de repente me di cuenta de que, sin Johnny, Hugh no era nada. Siendo un trío lo pasábamos muy bien juntos, nos divertíamos de verdad. Y con Hugh disfrutaba del sexo. Creo que en mis sentimientos por Johnny no había nada por el estilo, aunque puede que sí. Si lo había, sin duda logré mantenerlo bajo control y ni siquiera se me pasó nunca por la cabeza. Yo no sabía mucho sobre esas cosas, pero en un par de ocasiones sospeché vagamente que, si alguno de nosotros albergaba ese tipo de sentimientos hacia Johnny, era Hugh. Aunque estoy segura de que él tampoco lo sabía.

—Así que se divorció de Hugh y se casó con Tatnall.

—Me divorcié de Hugh y me casé con Bill Tatnall. Y todo porque usted no se atrevió a hablarme y olvidarse de Laura Pratt.

—Pero yo también podría haberme convertido en uno de los comparsas de Johnny —dije—. Es probable.

—No. Los comparsas de Johnny tenían que ser gente a la que conociera de toda la vida, como yo o como Hugh, o como Jim Danzig.

—¿Quién es Jim Danzig?

—Jim Danzig era el chico que iba en la canoa con Johnny cuando se volcó. No me gusta hablar del pobre Jim. Se culpó a sí mismo del accidente y se ha convertido en un alcohólico irrecuperable, a los treinta y dos, piense usted.

—¿Por qué se culpó? ¿Tenía razones?

—Bueno... él iba en la canoa, y los dos llevaban una curda considerable. Era de noche y habían estado en una fiesta en la cabaña de los Danzig, y entonces decidieron cruzar el lago a remo hasta nuestra cabaña, en lugar de recorrer doce o trece kilómetros en coche. Una de esas ideas descabelladas que a uno se le ocurren cuando está como una cuba. Johnny habría llegado a casa en quince minutos con el coche, pero se montaron en la canoa y se dirigieron hacia las luces de nuestro embarcadero. Supongo que se pusieron a hacer el tonto y la canoa se volcó, y Jim no pudo encontrar a Johnny. Estuvo llamándolo, pero no hubo respuesta, y Jim no podía darle la vuelta a la canoa, a pesar de que era tan buen remero como Johnny... cuando estaba sobrio. Pero se habían puesto hasta las cejas, y aquello estaba negro como un pozo. No había luna. Finalmente Jim llegó a nado a la orilla y se pasó un rato perdido por el bosque. Era pasado el Día del Trabajo y la mayoría de las cabañas estaban cerradas hasta después del invierno, y para cuando llegó a la cabaña de los Danzig, Jim iba descalzo, lleno de cortes y sangraba, además de estar un poco fuera de sí por la bebida. Creo que tuvieron que usar dinamita para recuperar el cuerpo de Johnny. Yo no estaba, y me alegro. Por los informes supongo que fue algo horrible, y aún hoy prefiero no pensar en todo aquello.

—Entonces no piense —dije.

—No, cambiemos de tema —dijo ella.

—De acuerdo. Así que se casó con Tatnall.

—Me casé con Bill Tatnall un año y medio después de que Hugh y yo nos divorciáramos. Dos niños. Betty y Johnny, seis y cuatro años. Usted no ha dicho nada de niños. ¿Tiene hijos?

—No.

—Muchos matrimonios aguantan por los niños —dijo ella.

—¿El suyo?

—El mío también, por supuesto. Si no, no lo habría dicho, ¿no? ¿Ve a los Randall a menudo?

—Oh, quizá una o dos veces al año.

—¿Saben que ha venido a comer conmigo?

—No —dije—. Esta mañana se han ido muy temprano, antes de que me levantase.

—Eso explica que usted no sepa nada de Bill y de mí. En fin, cuando les diga que ha estado hoy aquí no se sorprenda si se quedan mirándolo con cara de «mal, muy mal». Bill y yo suscitamos muchos comentarios por aquí. El año que viene le tocará a otra pareja, pero por el momento nos toca a Bill y a mí.

—¿Quién es el transgresor? ¿Usted o su marido?

—Más que Bill o yo individualmente, es el matrimonio. En un lugar como este, puede que en cualquier zona suburbana o en cualquier ciudad pequeña, cuando la gente no puede echarle la culpa a nadie en concreto, se ve privada de su escándalo. Se sienten como si les estuvieran robando algo, y se indignan, se horrorizan de que personas como Bill y como yo puedan vivir juntas. A mí me aborrecen porque tolero las aventuras de Bill, y a Bill lo aborrecen porque me deja hacer lo que me viene en gana. Bill y yo deberíamos estar en los tribunales, peleándonos como perro y gato. Peleándonos por la custodia, por la pensión.

—Pero ¿usted y su marido tienen lo que suele llamarse un acuerdo?

—Eso es lo que parece, pero en realidad no. Al menos no un acuerdo verbal. Lo que pasa es que nos trae bastante sin cuidado lo que haga el otro. Él va a su aire, y yo voy al mío.

—¿Quiere decir que nunca lo han hablado? ¿Ni la primera vez que él descubrió que usted le era infiel o que él le era infiel a usted? ¿No hablaron de nada?

—¿Tan increíble parece? —dijo—. Tomemos el café en el porche.

La seguí hasta la terraza de losas, con sus muebles de cristal y hierro. Sirvió el café y continuó hablando.

—Me imaginaba que Bill estaba con otra chica. No era difícil de adivinar. Siempre me dejaba sola. Entonces empecé a pensar que estaba con otra, y si no le armé un escándalo con la primera, no iba a armárselo con la segunda. Ni con la tercera.

—Supongo que entonces empezó a buscarse amigos también usted.

—Así es. Y me imagino que Bill pensó que ya que yo había sido muy comprensiva con sus deslices, también él lo sería con los míos.

—Pero sin hablarlo. ¿Acordaron tácitamente no seguir viviendo como marido y mujer, y ya está?

—Intenta hacerme decir lo que usted quiere que diga, que tuvimos algún tipo de charla, de discusión, alguna pelea que desembocó en este acuerdo. Pues bien, no pienso decir eso.

—Entonces es que hay algo más profundo en lo que creo que prefiero no meterme.

—Eso no voy a negarlo en absoluto.

—¿Incompatibilidad sexual?

—Podríamos llamarlo así. Pero eso no es tan profundo como usted parece creer. Muchos hombres y mujeres, también casados, son incompatibles sexualmente. Lo nuestro era más profundo, y peor. Peor porque Bill es un cobarde rematado. Nunca se ha atrevido a dar un paso al frente y decir lo que piensa.

—¿Es decir?

—Un día se enfadó conmigo y me dijo que mi hermano Johnny había sido una influencia siniestra. Eso fue todo lo que dijo. Que Johnny había sido una influencia siniestra. No se atrevió a acusarme, ni a mí ni a Johnny, de lo que realmente quería decir. ¿Por qué no se atrevió? Porque no quería admitir que su mujer era culpable de incesto. No era tanto el incesto como que le hubiera ocurrido a su mujer. Alguien, alguno de los amigos de Bill, le metió esa idea en la mollera, y él se lo creyó. Todavía se lo cree, pero me da lo mismo.

—La pregunta que de forma natural me viene a la cabeza —dije— es ¿por qué me está contando todo esto?

—Porque usted nos vio juntos sin conocernos. Usted nos vio a Johnny y a mí haciendo el número del hermano perdido. ¿Qué impresión le dimos?

—Pensé que era de verdad. Me lo tragué.

—Pero luego Laura Pratt le dijo que era mentira. ¿Qué pensó entonces?

—Pensé que eran encantadores. Divertidos.

—Tenía la esperanza de que pensara eso. Eso mismo era lo que creíamos nosotros, Johnny y yo. Creíamos que éramos absolutamente encantadores… y divertidos. Puede que no fuéramos encantadores, pero sí que éramos divertidos. Eso y nada más. Y ahora la gente lo ha arruinado todo. Al menos para mí. Johnny nunca supo que la gente pensaba que tenía una influencia siniestra sobre mí. O yo sobre él, lo mismo da. ¿Verdad que la gente es encantadora? ¿Verdad que es maravillosa? Han logrado arruinar toda la diversión de la que Johnny y yo disfrutamos durante todos esos años. Piense que yo me he casado dos veces y he tenido dos hijos antes de empezar a crecer. No empecé a crecer hasta que mi marido hizo que me diera cuenta de lo que la gente pensaba, *y* decía, de Johnny y de mí. Si eso es crecer, se lo regalo.

—No todo el mundo pensaba eso de usted y de Johnny.

—Basta con que alguien lo haya pensado. Y es de tontos creer que solo fue cosa de una o dos personas —dijo ella—. Hicimos tantas cosas por divertirnos, Johnny y yo. Bromas inofensivas que no hacían daño a nadie y que para nosotros eran para morirse de risa. En algunas ya ni siquiera pienso por culpa de cómo las interpretaba la gente... Teníamos una que era lo contrario de lo del hermano perdido. Los recién casados. ¿Ha oído hablar de nuestro número de los recién casados?

—No —dije.

—Surgió por accidente. Íbamos en coche hacia el este y tuvimos que pasar la noche en un pueblecillo de Pensilvania. El coche tenía una avería, así que fuimos al hotel del pueblo y cuando íbamos a registrarnos el empleado dio por hecho que éramos marido y mujer. Johnny le siguió la corriente y le susurró, aunque lo bastante alto para que yo pudiera oírlo, que estábamos recién casados, pero que yo era tímida y que queríamos habitaciones separadas. Así que nos dieron habitaciones separadas, y tendría que haber visto cómo nos miró la gente del hotel esa noche en el comedor y a la mañana siguiente durante el desayuno. Nos pasamos el día riéndonos de eso, y a partir de entonces cada vez que teníamos que pasar la noche en algún lado hacíamos lo mismo. No le hacíamos daño a nadie.

—¿Qué más hicieron?

—Oh, un montón de cosas. No solo bromas. Los dos adorábamos a Fred y Adele Astaire, y les copiábamos los bailes. No lo hacíamos igual de bien, obviamente, pero todo el mundo adivinaba a quién estábamos imitando. Ganamos un par de premios en fiestas. A Johnny se le daba genial. «*I lahv, yourfah, neeface. Your fah, neefah, neeface.*»

De pronto se echó a llorar y yo me quedé sentado, inmóvil.

Eso fue hace veinte años. No creo que nada de lo que le haya ocurrido desde entonces haya cambiado mucho a Sallie, pero aunque así fuera, así es como la recuerdo y como siempre la recordaré.

Ahora ya lo sabemos

En el trabajo de Mary Spellacy, en las oficinas de un agente teatral relativamente importante, las reglas eran elásticas. Nadie llegaba nunca antes que Mary, y Mary no llegaba nunca antes de las diez y media. El jefe, por supuesto, tenía una llave, y si quería ir a trabajar antes de que Mary abriera, nada podía impedírselo. El personal permanente era reducido: el jefe, el agente de prensa, el contable, la secretaria del jefe y Mary, que se consideraba recepcionista, y de hecho lo era, además de tener otras tareas como escribir a máquina, controlar la centralita y cualquier otra cosa que le viniera en gana hacer. Había muchas cosas que le gustaban de su trabajo: la paga era buena, y cuando el jefe tenía un taquillazo o estaba borracho recibían bonificaciones generosas e inesperadas; Mary veía pasar a muchos famosos y conocía perfectamente sus relaciones con el jefe; iba a todos los estrenos del jefe y, gracias a sus relaciones con chicas en puestos similares de otras agencias, asistía a bastantes estrenos de otros productores. El jefe nunca la molestaba, y el agente de prensa llevaba tres años sin flirtear con ella. Pero lo mejor del trabajo, o ciertamente no lo menos atractivo, era la hora de entrar por la mañana. La habían contratado para empezar a las diez, pero durante esos tres años y medio había logrado correr la hora de entrada en dirección a las once, con solo algún que otro comentario irónico por parte del contable, que había acabado rindiéndose al ver que Mary y el jefe estaban a partir un piñón.

No es que Mary fuera una holgazana, pero le gustaba pasárselo bien, y cuando uno vive a cuatro dólares en taxi de Times Square tiende a perder horas de sueño si ha quedado en la ciudad. Y a Mary le gustaba dormir sus ocho horas.

Dado que vivía en la punta más alejada de Queens, al final de la línea de autobús, Mary era a menudo la primera pasajera del autobús que la llevaba hasta el metro. A lo largo de los años había conocido de vista, o lo justo para decir hola, a docenas de conductores, pero Herbert era el único al que había llegado a tratar en términos más íntimos.

Un día Herbert estaba sentado en el autobús esperando la hora de empezar el trayecto. Mary era una pasajera tan habitual que ambos se saludaban con la cabeza, se sonreían y se daban los buenos días, pero esa mañana a Herbert parecía haberle picado algo. Por lo común era un judío de ojos tristones con un bigotillo que le daba un aire a lo Ronald Colman en versión fea. Tenía una sonrisa bonita, con esa tristeza perenne. Sin embargo esa mañana tenía el humor subido, y cuando Mary llegó al autobús fingió no verla. Mary llamó suavemente al cristal de la puerta, y en lugar de pulsar el botón de apertura neumática, Herbert se quedó mirándose las uñas y fingiendo frotárselas con el pantalón para después levantar la mano como para contemplar el efecto del frote. Mary volvió a llamar, pero esta vez Herbert se miró el reloj, frunció el ceño, puso el autobús en primera y pisó el gas, aunque sin soltar el embrague. Mary golpeó la puerta con más fuerza, y por fin, fingiendo reparar en ella, Herbert quitó la marcha y abrió la puerta.

—¡Ya era hora! —dijo Mary mirándolo fijamente.

Él sonrió y dijo:

—Muy buenos días.

Lo dijo con tanta afabilidad, con tanta educación, que hizo dudar a Mary de sus sospechas. Pero a la mañana siguiente Herbert hizo lo mismo, y Mary dijo:

—Algunos están ciegos de un ojo y no ven con el otro. Me pregunto cómo pueden trabajar conduciendo autobuses.

—¿Se refiere a mí, por un casual?

—¿Se siente aludido? Algunos están tan sordos que deberían ir con trompetilla.

—Creo que no acabo de entenderla.

La tercera mañana Mary se limitó a plantarse ante la puerta del autobús, sin llamar. Esta vez Herbert la hizo esperar alrededor de un minuto; entonces, mirando a su izquierda y hacia el cielo, hacia un avión imaginario, distrajo a Mary de suerte que también ella miró al cielo y, en ese momento, apretó el botón de la puerta. Herbert se giró y se echó a reír.

—Ja, ja, menuda risa —dijo Mary poniendo el dinero en la caja.

A la mañana siguiente fue Mary la que quiso gastarle una broma. En lugar de ir hacia la puerta, se colocó justo delante del parabrisas y se apoyó en el autobús a leer el periódico. Herbert la dejó leer tranquilamente durante dos minutos de reloj y luego hizo sonar el claxon.

—¡Maldita sea! —gritó Mary dando un brinco.

A Mary le apetecía entrar y darle en la cabeza, pero él seguía riéndose sin abrir la puerta. Cuando se le pasó el enfado, decidió que ese día no iría con Herbert. Se sentó en el banco de madera de la parada y siguió leyendo el periódico. Herbert abrió la puerta, pero Mary no despegó los ojos del diario. Herbert empezó a preocuparse; no solo estaba claramente enfadada y resuelta a no ir con él, sino que llevaba un minuto de retraso sobre la hora de salida.

—Lo siento —dijo bajando del vehículo.

—Me niego a aceptar sus disculpas. Tomaré el siguiente autobús y me pensaré si pongo una queja. Hace falta valor…

—No lo dirá en serio, ¿verdad? Sabe que no era más que una broma.

—Lo sé, y por eso se aprovecha. Porque sabe que soy tan inocente que no pondré la queja.

—Si la creyera capaz de denunciarme, nunca lo habría hecho. Lo digo como un cumplido.

—Lo del claxon no me parece ningún cumplido. Me ha dado un susto de muerte.

—Lo siento de verdad y le presento mis más humildes disculpas. Por favor, suba.

Mary dudó y al fin dijo:

—Oh, de acuerdo, pero déjese de comedias. Yo también tengo que ir a trabajar.

Subieron al autobús. Mary buscó el dinero en el bolso.

—No, hoy la invito yo. Y el resto de días. Si me lo permite.

—Por cinco centavos no voy a ser más pobre —dijo Mary—. Y además, yo a usted no lo conozco.

—Ya lo sé. ¿Cómo se llama? Ni siquiera sé su nombre.

—¿Por qué quiere saber cómo me llamo?

—Yo me llamo Lewis. Herbert Lewis. Si en algún momento decide presentar una queja, ya sabe mi nombre.

—¿Quiere decir que piensa seguir haciendo bromas de las suyas? Porque ya se me está agotando la paciencia.

—O-o-o-h, solo lo hacía por romper la monotonía, me parecía que usted lo encajaría bien. A lo mejor me he pasado de la raya.

—¡A lo mejor!

Mary pagó el billete y eligió un asiento al fondo del autobús para disuadirlo de seguir con la conversación. Al ver que el conductor no saludaba al resto de pasajeros, dedujo que aquello lo remordía. Al llegar a la parada de metro, en lugar de salir por la puerta central, cosa que le habría resultado más cómoda, Mary caminó hasta la parte delantera del autobús, y mientras salía se giró y le dedicó su mejor sonrisa.

—Adiós —dijo.

Mientras cruzaba la calle y andaba hacia la estación, sintió encima los ojos de él, y supo cómo la miraba.

Durante los días siguientes no hubo más bromas, pero cruzaron cálidas sonrisas, y Mary sospechó que él empezaba a esperar sus encuentros matutinos con las mismas ganas que ella, que eran muchas. Tanto es así que ahora ella se sentaba delante, cerca de él. De esta manera fueron averiguando cosas el uno del otro: que él estaba casado, con dos niños, 3-A, que vivía en Jackson

Heights, que tenía un Chevrolet. Herbert también le dijo que habría querido estudiar medicina, que había estudiado piano dos años cuando era pequeño, que había dejado de fumar seis meses pero que había ganado tanto peso que la ropa apenas le cabía, que tenía un hermano en la Guardia Costera, que el cine le parecía una pérdida de tiempo y que no había ido a Broadway desde que ponían *Meet the People*, que había ido a ver con la hermana de su mujer y su marido. Mary lo informó de que había estado en Cuba durante un crucero, que echaba amoníaco a la Coca-Cola para las resacas, que tenía más amigos judíos que irlandeses, que había estudiado piano dos años cuando era pequeña, que le gustaba la carne bien hecha por fuera pero cruda por dentro, que cuando tenía doce años había querido meterse a monja y que vivía con su madre y tres hermanas en el cuarto edificio de la hilera de casas que se ve desde el final de la línea. A las pocas semanas sabían todo lo que hacía falta saber acerca del otro para enamorarse, y tras un periodo de inconsciente cautela la cuestión empezó a ser quién de los dos daría el primer paso.

Una mañana Mary le dijo:

—Puedo conseguirte dos entradas para un espectáculo el martes por la noche, si te apetece.

—¿Quieres decir dos pases?

—Sí. Mi jefe tiene un estreno el viernes, pero nos gusta que el público vea la obra antes que los críticos, así que el martes los empleados de la Brooklyn Edison, creo, o quizá la Bond Bread, en fin, el caso es que los empleados de un sitio de esos tienen entradas gratis. Es con el mismo reparto y todo igual que la noche del estreno, pero evidentemente no se permite entrar a los críticos. Queremos ver la reacción de la gente. Como un ensayo general con público para ver cuándo se ríen, qué se podría cortar, etcétera. ¿Te gustaría ir con tu mujer?

—Oye, Mary, yo odio a mi mujer.

—Oh, vaya, yo creía que... en fin.

—No quiero que pienses que no te lo agradezco. Te lo agradezco, y mucho. Pero cuando uno va a ver algo, es para pasar un buen rato, para ir con alguien a quien aprecia y con quien puede pasar una noche agradable. Y mi mujer no encaja en esa categoría. No estoy diciendo nada que ella no sepa. Lo sabe todo el mundo, y además fue ella la que empezó. Quiero decir que fue ella la que se cansó de mí antes de que yo me cansara de ella. Lo que pasa es que los niños... ¡O-o-o-o-h! Tú tienes un gesto conmigo y ¿qué hago yo? Me pongo a soltarte este rollo, pero es natural, Mary, porque yo te quiero, Mary. Van a trasladarme a otra ruta. Ya puestos, te lo digo. No tienes que decir nada. No tienes que sentirte culpable ni hacer nada, porque yo te quiero y tú no tienes ninguna... culpa. Pero no me hace ningún bien seguir torturándome, y bebiendo, así que he solicitado que me cambien de ruta.

—¿En serio? ¿Cuándo te trasladan?

—El lunes por la noche hago el intercambio con un tipo en Forest Hills... Él vive más cerca, así que le resultará más cómodo. Falta una semana. Madre mía, me paso el día pensando en ti. No tengo ningún problema con mi mujer pero en este mundo mucha gente... buf. No dices nada. En fin, supongo que ya sé lo que piensas.

—No, por cómo hablas no lo sabes. Tengo que pensar.

—No, no pienses. Te he dicho que no es culpa tuya. Te lo he dicho para quedarme tranquilo.

—Ahí te equivocas, Herbert. Mi culpa es haberte dejado hablar primero. Si tú no hubieras dicho nada, lo habría dicho yo. O te lo habría demostrado de alguna manera, y quizá lo hice. Bueno, al menos ya está dicho.

—Sí, supongo que sí. En fin, ahora ya lo sabemos.

El hombre ideal

El desayuno en casa de los Jenssen no era muy distinto del desayuno en otros doscientos mil hogares de la zona metropolitana. Walter Jenssen tenía el periódico apoyado contra la vinagrera y el azucarero. Leía con ojo experto, sin apartar la vista de la página impresa ni siquiera cuando se llevaba la taza a la boca. Paul Jenssen, de siete años, casi ocho, estaba comiéndose sus cereales calientes, a los que había que echar azúcar en abundancia para que accediera a tocarlos. Myrna L. Jenssen, la hija de cinco años de Walter, se rascaba el cabello rubio con la mano izquierda mientras con la derecha iba comiendo. Myrna también era una experta a su manera: se ponía la cuchara en la boca, deslizaba los cereales y extraía la cuchara bocabajo. Elsie Jenssen (la señora Jenssen) había dejado de comer por un instante para explorarse mejor con la lengua un premolar que requería atención urgente. Eso era lo único que les echaba en cara a los niños: el estado de sus dientes desde que los había tenido. Todo el mundo se lo había advertido, pero ella quería...

—¡La madre que me parió! —exclamó Walter Jenssen, bajando de golpe la taza y salpicando su contenido sobre la mesa.

—¿Qué formas son esas delante de los niños? —dijo Elsie.

—¿Delante de los niños? Esta sí que es buena: los niños... —dijo Walter—. Echa un vistazo a esto. ¡A ver qué te parece!

Le alargó el periódico como si fuera a apuñalarla.

Elsie tomó el periódico. Sus ojos recorrieron la página y al fin se detuvieron.

—Ah, *¿esto*? Me gustaría saber qué tiene de malo. En adelante te agradeceré que te guardes las palabrotas y las blasfemias para…

—Pero ¡cómo has podido! —dijo Walter.

—Myrna, Paul, al colegio. Id a por el abrigo y el gorro y traedlos. Andando —dijo Elsie. Los niños se levantaron y salieron al vestíbulo—. Reprime el mal humor hasta que los niños estén donde no puedan oírte despotricar como un loco.

Le abotonó el abrigo a Myrna, le dijo a Paul que se abotonara el suyo, le advirtió que se lo dejara abrochado y, a Myrna, que no se soltara de la mano de Paul; acto seguido, los despidió con una sonrisa que habría merecido la aprobación del Instituto de las Buenas Amas de Casa. Sin embargo, en cuanto los niños hubieron salido del apartamento, la sonrisa se esfumó.

—Adelante, macaco, despotrica hasta que te ahogues. Ya estoy acostumbrada.

—Devuélveme el periódico —dijo Walter.

—Todo tuyo —dijo Elsie alargándoselo—. Adelante, lee hasta que te dé una embolia. Tendrías que verte.

Walter empezó a leer en voz alta.

—«Ahora que están casados, ¿su marido es igual de atento que cuando eran novios? Respuesta: señora Elsie Jenssen, calle Ciento Setenta y Cuatro Oeste, ama de casa: "Sí, en realidad, más aún. Antes de casarnos mi marido no era muy romántico que digamos. Era muy tímido. Sin embargo, desde que nos casamos es el hombre ideal desde un punto de vista romántico. Nada que envidiar a Tyrone Power o a Clark Gable".» ¡Por Dios bendito!

—¿Y qué pasa? —dijo Elsie.

—¿Que *qué* pasa? ¿Te parece gracioso? ¿Se puede saber qué mosca te ha picado? Mira que ir por ahí hablando de nuestra vida privada en el periódico. Supongo que también vas pregonando cuánto gano. ¿Quién va a respetarme si tú vas por ahí contando intimidades a los periodistas?

—Yo no voy por ahí haciendo nada. Me pararon.

—¿Quién te paró?

—El periodista. En Columbus Circle. Yo acababa de doblar la esquina y él se me acercó tocándose el sombrero como un caballero y me preguntó. Ahí lo pone.

Walter no escuchaba.

—La oficina —dijo—. Madre mía, la que me espera en la oficina. McGonigle. Jeffries. Hall. Ya verás cuando lo lean. Seguro que ya lo han visto. Estarán esperando a que llegue. Cuando vaya hacia mi mesa empezarán a llamarme Tyrone Power y Clark Gable. —Se quedó mirándola fijamente—. Sabes lo que pasará, ¿no? Se pondrán a chincharme hasta que llamen la atención y el jefe quiera saber qué pasa, y entonces se enterará. Puede que no le vayan con el cuento enseguida, pero se enterará. Y entonces me llamará a su despacho y me dirá que estoy despedido, y con razón. Deberían despedirme. Cuando uno trabaja para una sociedad financiera no quiere que sus empleados vayan por ahí llamando la atención tontamente. ¿Cómo vamos a transmitir confianza al público si...?

—Aquí no dice una palabra sobre ti. Pone Elsie Jenssen. No pone dónde trabajas ni nada. Y si miras la guía telefónica, está lleno de Walter Jenssens.

—Tres, contando Queens.

—Bueno, podría ser otro.

—No si vive en la calle Ciento Setenta y Cuatro. Y aunque el público no lo sepa, en la oficina sí lo sabrán. ¿Y si no les gusta este tipo de publicidad? Al jefe le basta con saber que tengo una mujer que... va por ahí cotorreando, y créeme, ahí no quieren a un empleado casado con una cotorra. El público...

—Oh, tú y el público.

—Sí, yo y el público. Este periódico tiene una difusión de dos millones de ejemplares.

—Qué bobadas —dijo Elsie, y empezó a apilar los platos del desayuno.

—Bobadas. Serán bobadas, pero yo hoy no pienso ir a trabajar. Llama y diles que estoy resfriado.

—Ya eres mayorcito. Si quieres quedarte en casa, llama tú mismo —dijo Elsie.

—Te he dicho que llames. No voy a ir a trabajar.

—Irás a la oficina o... Pero ¿quién te has creído que eres? Como si no te hubieras pedido suficientes días este año. El funeral de tu tío y la boda de tu hermano. Adelante, tómate el día libre, tómate la semana entera. Vámonos a dar la vuelta al mundo. Mejor, deja el trabajo y ya iré yo a pedirle al señor Fenton que me devuelva mi antiguo empleo. Yo te mantendré. Te mantendré mientras tú te quedas aquí sentado, como un macaco.

Y dicho esto, Elsie dejó los platos, se frotó los ojos con el delantal y salió corriendo del salón.

Walter sacó un cigarrillo y se lo puso en la boca, pero no lo prendió. Se lo sacó de la boca, lo golpeó sobre la mesa y lo encendió. Se levantó y miró por la ventana. Permaneció ahí un buen rato, con un pie sobre el radiador y la mano en la barbilla, contemplando la pared del otro lado del patio. Luego regresó a la silla, recogió el periódico del suelo y empezó a leer.

Lo primero que hizo fue releer la entrevista de su mujer, y después, por primera vez, leyó el resto de entrevistas. Había otras cinco. La primera, una risueña señora Bloomberg, de la avenida Columbus, ama de casa, decía que su marido llegaba tan cansado a casa por la noche que, para ella, lo del romanticismo no era más que una palabra del diccionario.

Una tal señora Petrucelli, de la calle Ciento Veintitrés Este, ama de casa, decía no haber notado ninguna diferencia entre las atenciones premaritales y presentes de su marido. Claro que solo llevaba cinco semanas casada.

Había tres más. El marido de una de las mujeres se había vuelto más atento, pero no se lo comparaba con Tyrone Power ni con Clark Gable. El marido de otra se había vuelto menos atento, pero la mujer no se había puesto sarcástica como la señora Bloomberg. La última mujer decía que su marido trabajaba de operador de radio en un barco y que no sabía muy bien qué responder porque solo lo veía cada cinco semanas, más o menos.

Jenssen se quedó mirando las fotografías y tuvo que admitirlo: Elsie era la más guapa. Leyó las entrevistas una vez más y, a su pesar, reconoció que, en fin, puestos a conceder una entrevista, la de Elsie era la mejor. La de la señora Bloomberg era la peor. Ciertamente, no le habría gustado ser el tal Bloomberg cuando sus amigos la leyeran.

Dejó el periódico, encendió otro cigarrillo y se miró los zapatos. Empezó a sentir pena por el señor Bloomberg, que probablemente trabajaba muy duro y cuando volvía a casa estaba de veras rendido. Al final... al final se puso a pensar en qué diría cuando los chicos de la oficina empezaran a chincharlo. Empezaba a sentirse francamente satisfecho.

Se puso la chaqueta, el sombrero y el abrigo y fue al dormitorio. Elsie estaba echada en la cama con la cara hundida entre las almohadas, sollozando.

—Bueno, creo que me voy a la oficina —dijo.

Elsie dejó de sollozar.

—¿Qué? —dijo, pero sin dejar que él le viera la cara.

—Que me voy —dijo él.

—¿Y si empiezan a burlarse de ti?

—¿Y qué, si lo hacen? —dijo él.

—¿Ya no estás enfadado conmigo? —dijo ella sentándose.

—No, qué demonios —dijo él.

Elsie sonrió, le rodeó la cintura con el brazo y lo acompañó por el vestíbulo hasta la puerta. El vestíbulo no era muy amplio, pero ella siguió abrazada a él. Walter abrió la puerta y se puso el sombrero en la cabeza. Elsie lo besó en la mejilla y en la boca. Él se puso bien el sombrero nuevamente.

—Pues bueno —dijo—, hasta la noche.

Fue lo primero que le vino a la cabeza. No había dicho *eso* en años.

La carrera pública del señor Seymour Harrisburg

Seymour M. Harrisburg guardó los platos del desayuno y se quitó el delantal de su mujer y lo colgó en el armarito de la cocina. Frunció el ceño al ver el reloj, la esfera del cual era una imitación de un plato de comer, y las manecillas, un cuchillo y un tenedor. Entró de puntillas en el dormitorio, se puso el chaleco, el abrigo y el sombrero y, tras echar una mirada a la inmensa figura de su esposa, se dirigió hacia la puerta del apartamento. Al abrir la puerta miró abajo y vio, tendido en el suelo, el cuerpo medio desnudo de Leatrice Devlin, la corista que vivía en el apartamento de al lado. Así comenzó la carrera pública de Seymour M. Harrisburg.

La señorita Devlin estaba bien muerta, extremo que el señor Harrisburg determinó poniéndole la mano sobre el corazón. Siguió palpando para asegurarse de que no hubiera error posible. El cuerpo estaba vestido con un negligé de encaje, y aunque parte de la mandíbula de la señorita Devlin había sido desgarrada por uno o varios balazos, no estaba tan desfigurada como para resultar irreconocible.

El señor Harrisburg, al ver que se había manchado la mano de sangre, quiso salir corriendo, pero había cinco pisos en ascensor hasta la calle. Luego la tranquilidad de su conciencia le hizo cobrar valor, regresó al apartamento y telefoneó a la policía. Accedió de buen grado a no tocar nada y a no irse, y se sentó a fumar un cigarrillo. Cuando pensó en lo que había tendido en el suelo al otro lado de la puerta, le entró miedo y, en su desesperación, fue al dormitorio y sacudió a su mujer.

—Lárgate de aquí —dijo la señora Harrisburg.

—Pero, Ella —dijo el señor Harrisburg—, han matado a la chica de al lado, la señorita Devlin.

—Que te largues, judío del demonio, déjame dormir.

La señora Harrisburg era una *shiksa*.

Las repetidas explicaciones de su marido acabaron convenciendo a la señora Harrisburg, que se incorporó y le dijo que le acercara el albornoz. El señor Harrisburg le contó lo que le había pasado, y entonces, en parte por el recuerdo de lo que había visto y en parte por la complicada emoción que el cuerpo de su esposa despertaba en él, empezó a encontrarse mal. Cuando la policía llegó, estaba en el baño.

Lo interrogaron un buen rato, con clara suspicacia y evidente escepticismo, hasta que el agente al mando dijo al fin:

—Bah, no vamos a sacarle nada al papanatas este. De todos modos, no ha sido él. —Luego se le ocurrió añadir—: ¿Está seguro de que no oyó nada parecido a un disparo? Como el petardeo de un coche. ¿Nada parecido? ¡Piense!

—No, por Dios se lo juro, no oí nada.

Poco después de que los agentes terminaran el examen preliminar, llegó el médico forense y declaró que Devlin llevaba muerta al menos cuatro horas, lo que situaba su muerte hacia las tres de la madrugada.

Los agentes se llevaron al señor Harrisburg a la comisaría, donde lo sometieron a un nuevo interrogatorio. Le permitieron telefonear a su lugar de trabajo, el departamento de contabilidad de una productora cinematográfica, para que explicara su ausencia. Cuatro jóvenes reporteros que estaban por ahí le sacaron fotografías. Hacia última hora de la tarde le permitieron volver a casa.

A su mujer, que también había sido interrogada por la policía, no le había pasado por alto la intención de las primeras preguntas dirigidas al señor Harrisburg. Obviamente insinuaban que podía existir una relación entre su marido y la señorita Devlin. Mientras el señor Harrisburg preparaba la cena, su mujer no dejó de mirarlo. Y pensar que un hombre tan bregado como ese policía pudiera sospechar ni que fuera un instante que una mujer como Devlin tenía algo con Seymour... Y sin embargo, lo había pensado. La señora Harrisburg empezó a especular sobre Seymour. Recordó que antes de casarse era uno de los tipos más frescos y sinvergüenzas que hubiera conocido. ¿Podía ser que no hubiera cambiado?

—Aah, bobadas —dijo al fin en voz alta.

Devlin no le habría permitido ni dar el primer paso. Comió en silencio y después de cenar echó mano a la botella de ginebra, según su costumbre posprandial.

El señor Harrisburg también se había percatado del sesgo de las preguntas del agente, y durante la preparación de la cena estuvo pensando en la difunta señorita Devlin. Se preguntó qué habría ocurrido si hubiera intentado algo con ella. Había visto a dos o tres de los hombres que recibía en su apartamento y creía que no tenía nada que envidiar a ninguno de ellos. Lamentaba profundamente que la señorita Devlin hubiera fallecido antes de haber tenido ocasión de abordarla.

A la mañana siguiente, en la oficina, el señor Harrisburg comprobó que el poder de la prensa no ha sido sobreestimado. J. M. Solkin en persona, el vicepresidente a cargo de ventas, habló con el señor Harrisburg en el ascensor.

—Menudo susto ayer en su casa —dijo el señor Solkin.

—Sí, y que lo diga —dijo el señor Harrisburg.

Más tarde, ya sentado en su mesa, el señor Harrisburg fue informado de que el señor Adams, jefe del departamento de contabilidad, lo requería en su despacho.

—Menudo susto ayer en su casa —dijo el señor Adams.

—Sí, y que lo diga —dijo el señor Harrisburg—. Madre mía, nunca olvidaré cuando alargué la mano y vi que su corazón no latía. Tenía la piel helada. Sinceramente, no sabe usted lo que es tocar la piel de una mujer y descubrir que está muerta.

A petición del señor Adams, el señor Harrisburg describió en detalle todo lo que había ocurrido el día anterior.

—Me he fijado en que esta mañana sale usted en los periódicos —dijo el señor Adams—. Su foto aparece en todos.

Esto último era inexacto, aunque sí es cierto que la fotografía del señor Harrisburg había aparecido en cinco de ellos.

—Sí —dijo el señor Harrisburg, sin saber si la empresa aplaudía ese tipo de publicidad.

—En fin, supongo que es cuestión de tiempo que agarren al tipo que lo hizo. Cuando quiera un permiso para ir a testificar, no tiene más que decírmelo. Supongo que lo llamarán de la jefatura, ¿no? Y tendrá que comparecer en el juicio. Estaré encantado de concederle esos permisos. No dude en tenerme al corriente —dijo el señor Adams sonriendo.

A lo largo del día el señor Harrisburg no pudo evitar fijarse en la frecuencia con que las taquígrafas necesitaban usar el afilalápices que había cerca de su mesa. Ellas también habían leído los periódicos, y no se les había escapado que dos de los diarios de menor formato insinuaban que el señor Harrisburg sabía más de lo que había explicado a la policía. Apenas había un momento en que el señor Harrisburg levantara la cabeza de la mesa y no se encontrara con los ojos de alguna de las jóvenes puestos en él. Los cinco hombres con los que almorzaba casi a diario se mostraron respetuosamente atentos y curiosos. Inspirado, el señor Harrisburg les dio muchos detalles que no había explicado a la policía.

La única nota desagradable del día fue el encuentro con la señorita Reba Gold. La señorita Gold y el señor Harrisburg llevaban meses quedando después del trabajo en un oscuro *speakeasy* cercano a la oficina, y ese día habían quedado. Cuando les hubieron servido las copas y el camarero se hubo marchado, el señor Harrisburg se levantó de su parte del reservado para sentarse al lado de la señorita Gold. Le rodeó la cintura con el brazo, tomó su barbilla con la mano y la besó.

—Quítame las manos de encima —dijo ella apartándose bruscamente.

—¿Qué ocurre? —dijo el señor Harrisburg.

—¿Que qué ocurre? ¿Te crees que no he visto lo que decían los periódicos esta mañana? Tú y esa tal Devitt o como se llame. ¿Es que no tengo ojos en la cara?

—Vamos, ¿no irás a decirme que te has creído eso? ¿Me lo estás diciendo en serio?

—Pues claro que sí. Los periódicos no dicen estas cosas a menos que sean verdad. Podrías demandarlos por difamarte si no fuera cierto, y no te he oído decir que vayas a demandarlos.

—Anda, mujer, no te pongas así —dijo el señor Harrisburg, fijándose en que el corazón de la señorita Gold latía deprisa.

—Quítame las manos de encima —dijo ella—. Tú y yo hemos terminado. Como si no fuera suficiente que estés casado, ahora encima tienes un lío con una corista. ¿Te crees que soy tan tonta como para perdonarte algo así?

—Vamos, no te pongas así —dijo el señor Harrisburg—. Tomaremos una copa y luego iremos a tu casa.

—Ni hablar. Suéltame y deja que me vaya. Tú y yo hemos terminado, ¿te enteras?

La señorita Gold se negó a calmarse, y el señor Harrisburg, tras un breve forcejeo, dejó que se fuera. Cuando la chica se hubo marchado, pidió otra copa y se quedó sentado a solas pensando en la señorita Devlin, de cuyo recuerdo estaba empezando a enamorarse rápidamente.

Al día siguiente se compró un traje nuevo. Llevaba tiempo pensando en hacerlo, pero ahora se había convertido en algo demasiado importante como para seguir posponiéndolo. Si iban a fotografiarlo y a entrevistarlo, y si, como parecía probable, seguía apareciendo en la prensa, se sentía obligado a ir impecable. Convino con su esposa en que ella también tenía derecho a un vestuario que la protegiera de la crueldad de las cámaras, de modo que le permitió retirar doscientos dólares de la cuenta de ahorros conjunta.

Durante la semana siguiente el señor Harrisburg hizo varias apariciones públicas o semipúblicas en la jefatura de policía y otras dependencias oficiales. En todas ellas le sacaban fotografías, ya que el «Misterio Devlin» contaba con pocos protagonistas en condiciones de posar. Toda esa publicidad hizo aumentar el prestigio del señor Harrisburg en la oficina, y sobre todo el señor Adams se mostraba de lo más amable y atento cada vez que el señor Harrisburg volvía para explicar en qué línea avanzaban los interrogatorios de las autoridades. La señorita Gold era la única que no se dejaba impresionar. Seguía en sus trece. Sin embargo, el señor Harrisburg descubrió que la secretaria del señor Adams, una gentil de cabello rubio, estaba encantada de acompañarlo al *speakeasy* y que no era en absoluto tan retraída como parecía en la oficina.

Un buen día las investigaciones de la policía empezaron a dar resultados. Una tal señorita Curley, que había sido íntima de la difunta señorita Devlin, admitió ante la policía que la señorita Devlin le había telefoneado la noche del homicidio. Según la señorita Curley, el exmarido de la señorita Devlin, un tal Scatelli, había estado molestándola y amenazándola de muerte. La noche del homicidio la señorita Devlin le había dicho por teléfono a la señorita Curley: «El cabrón de Joe vuelve a rondar por aquí, quiere que vuelva, y yo le he dicho que ni loca. Va a venir esta noche». La señorita Curley explicó que hasta entonces no había dicho nada sobre el caso porque Scatelli era un gángster y le tenía miedo. Scatelli fue arrestado en Bridgeport, Connecticut.

El señor Harrisburg compareció ante el gran jurado, y fue después de esta comparecencia, mientras abandonaba la sala del gran jurado en compañía de un asistente del fiscal del distrito, cuando por primera vez sospechó que su valor periodístico se había resentido con las revelaciones de la señorita Curley. En efecto, al leer la prensa al día siguiente solo encontró su nombre mencionado al paso en un único periódico. La señorita Curley, en cambio, estaba en todas partes. No solo había fotografías de la joven durante su aparición después de prestar testimonio, sino que las secciones de espectáculos habían recuperado varias instantáneas en las que se veía a la señorita Curley sujetando un paño de terciopelo negro frente a su hermoso cuerpo blanco y varias otras en las que aparecía cubierta de plumas. También se reservó algo de espacio para los retratos del matón Scatelli.

La temporada de béisbol se había puesto interesante, y el señor Harrisburg no pudo evitar caer en la cuenta de que durante el almuerzo del día siguiente el único comentario de sus colegas acerca del asesinato de Devlin fue que habían visto que la policía tenía al responsable. El resto de la conversación se dedicaron a hacer comentarios satíricos acerca de los Brooklyns. Por la tarde, después del trabajo, el señor Harrisburg esperó a la secretaria del señor Adams, pero esta se fue con el señor Adams. La señorita Gold pasó por delante de él sin decir ni siquiera hola-qué-tal, la muy puerca. Una indiferencia olímpica.

El señor Harrisburg consideró que las cosas no podían seguir en ese estado, y cuando el caso llegó a juicio se presentó vestido con elegancia y saludando con la cabeza a los fotógrafos. Estos le correspondieron con un semblante inexpresivo, pero el señor Harrisburg sabía que cuando llegara el momento serían ellos los que acudirían a él. Sin embargo, cuando salió a prestar testimonio, el abogado de la defensa provocó unas discretas risas con un comentario sobre el señor Harrisburg. Este, al describir el hallazgo del cadáver, declaró que el pecho de la señorita Devlin estaba tan frío que parecía de mármol, y que al retirar la mano vio que tenía los dedos manchados de sangre caliente y viscosa. El abogado de la defensa sugirió que el señor Harrisburg tenía más importancia como poeta que como testigo, sugerencia con la que el asistente del fiscal del distrito coincidía en secreto. Al bajar del estrado el señor Harrisburg miró con indecisión a los fotógrafos, pero ninguno le pidió que posara.

A la mañana siguiente la prensa del señor Harrisburg no ascendía a más de cuarenta líneas ágata, y fotografías no había ni una. Tenía que haber algún error, sin duda, y mientras estaba abstraído dándole vueltas al asunto lo llamaron al despacho del señor Adams.

—Escúcheme bien, Harrisburg —dijo el señor Adams—. Creo que hemos sido bastante generosos en materia de permisos, teniendo en cuenta la Depresión y todo eso, así que solo quería recordarle que, en lo que a usted respecta, el caso este del asesinato queda liquidado, y en adelante cuanto menos oigamos hablar de ello, mejor. Aquí hay trabajo que hacer, y me da la impresión de que los chicos ya están un poco cansados de oírle hablar, hablar y hablar de lo mismo a todas horas. Incluso me han llegado quejas de alguna de las taquígrafas, así que a buen entendedor…

El señor Harrisburg no daba crédito. Se detuvo a hablar con la secretaria del señor Adams, pero esta se limitó a decir:

—Estoy ocupada, Seymour. De todos modos, me gustaría decirte una cosa: ten cuidado donde pisas.

Se negó a quedar con él por la tarde, y por el tono le dio a entender que «también cualquier otra tarde». A la hora del almuerzo el señor Harrisburg seguía tan atónito que uno de sus colegas le dijo:

—¿Qué te pasa, Seymour? ¿Es que no sabes hablar de nada que no sea ese asesinato? No has dicho una palabra.

La situación no mejoró en los días siguientes. Incluso hubo un chico de los recados que tuvo la impertinencia de decir que se alegraba de que a Scatelli lo hubieran condenado a la silla, porque estaba harto de oír hablar del caso. El señor Harrisburg empezó a pensar que todo el personal de la oficina se había vuelto en su contra, y eso lo trastornó tanto que cometió un error que le costó dos mil dólares a la compañía.

—Lo siento, Harrisburg —dijo el señor Adams—, sé que son malos tiempos para buscar trabajo, pero desde lo del asesinato no nos sirve usted para nada, así que va a tener que marcharse.

Al día siguiente, después de pasarse la mañana buscando otro empleo y la tarde en un cabaret en Broadway, el señor Harrisburg llegó a casa y se encontró una nota intercalada en la libreta del banco. La libreta indicaba que la señora Harrisburg había retirado todos los fondos de la cuenta, salvo diez dólares, y en la nota le decía que se había ido con un hombre con el que solía verse por las tardes. «Tendría que haber hecho esto hace cuatro años», había escrito la señora Harrisburg. El señor Harrisburg se fue a la cocina, donde descubrió que ni siquiera le había dejado un poco de ginebra.

¿Dónde hay partida?

En cuanto su mujer empezó a retirar los platos de la mesa, el señor Garfin se levantó, se fue al dormitorio y contó su dinero. Ochenta dólares. En realidad un poco más de ochenta dólares, pero no lo suficiente como para entrar en la franja de los noventa. Le quedaría lo suficiente, si perdía esos ochenta, para volver a casa en taxi y a lo mejor comerse una tostada con queso fundido o algo así.

Se puso el sombrero y el abrigo en el estrecho vestíbulo y le dijo a su mujer:

—No sé a qué hora volveré a casa.

La mujer salió de la cocina frotándose las manos con el delantal.

—¿Qué has dicho?

—He dicho que no sé a qué hora volveré esta noche.

—¿Me has llamado para decirme eso? ¿Y a mí qué me importa a qué hora vuelvas? —dijo volviendo a la cocina con los platos sucios.

—Que te zurzan —dijo él, y salió.

Bajó la calle corta y empinada con el cigarro sobresaliendo de la boca. Un hombre le habló, y él lo saludó con la cabeza y dijo: «Moe». Moe, el calzonazos de Moe. Por un instante, su desprecio hacia Moe se vio desplazado por la pena. A punto estuvo de decirle que lo acompañase, pero eso era imposible. Esa noche podía ser la noche en que lograra meterse en una partida decente, la partida que llevaba buscando desde hacía tres, cuatro meses.

¿Para qué correr el riesgo de echarlo todo a perder por el pelagatos de Moe? No, esa noche tenía el presentimiento de que por fin iba a entrar en una partida decente, una partida donde se jugase por billetes y no por calderilla. A tomar por el saco Moe.

En la esquina, un taxista que tenía el coche aparcado le dijo: «¿Taxi?», y al señor Garfin le faltó poco para sucumbir pero resistió. Tomaría un taxi a la vuelta. Ahora iría en metro. Compró la primera edición del *News* y leyó las páginas de deportes hasta que llegó a su parada. Bajó del metro al mismo tiempo que una muchacha rubia con buenas curvas; debía de ir en otro vagón, de lo contrario se habría fijado en ella durante el trayecto. Era demasiado alta para él, pero la siguió escaleras arriba de todos modos. Era una delicia verla subir los peldaños, con esa figura. Y cómo se le ajustaba el abrigo a las caderas. Llegaron fuera y él la siguió por la calle Ciento Cuarenta y Nueve, disfrutando de una especie de placer de posesión con la manera en que los hombres la miraban. Parecía más bien el tipo de mujer que uno puede ver en el Paradise, en el centro. Probablemente era una de esas chicas de alterne que bailan a tanto la canción en alguna de las salas del barrio; el señor Garfin estaba tan seguro de ello que pensó en seguirla hasta el local y divertirse un poco. Gastarse un par de pavos bailando con ella y ver cómo evolucionaba el asunto. Quizá otra noche. Le demostraría que sabía cómo gastarse el dinero. Pero no, mejor otra noche. Esa noche necesitaba el dinero para otra cosa.

Entonces, delante de un estanco, un joven vestido con ropas llamativas se apartó de un grupo de gente y se fue con la rubia.

El señor Garfin siguió andando hasta un bar. Habló con la cajera, una mujer lánguida con demasiado pintalabios encima.

—Hola, guapa. ¿Están los chicos?

—¿Qué chicos?

—*Los* chicos. Wilkey. Bloom. Harry Smith —dijo el señor Garfin.

—Oh, sí. Están sentados en el reservado del fondo.

Vaya una pánfila. ¿Por qué fingía no conocerlo? Llevaba tres o cuatros meses yendo a ese local dos y en ocasiones hasta tres veces por semana; sabía muy bien que siempre se sentaba con Wilkey, Bloom y Harry Smith cuando estaban ahí. Por culpa de esa pánfila podían perder la clientela.

Se dirigió al reservado del fondo, y cuando llegó se quedó de pie. Smith estaba contándoles una historia a los otros dos, que no lo habían visto llegar porque tenían las cabezas juntas y los ojos fijos en los saleros, y Smith permanecía atento al efecto que su historia producía en los otros dos. Smith fue el primero en reparar en él y lo saludó con la cabeza, pero siguió con su historia. Cuando lo vieron, los otros dos también movieron la cabeza pero siguieron escuchando. Al final de la historia los tres estallaron en carcajadas, y cuando hubieron acabado de reírse se quedaron mirando a Garfin. Wilkey y Bloom no dijeron nada. Smith dijo:

—Hola, campeón. ¿Qué hay de nuevo?

—Harry. Willie. Abe —dijo Garfin—. Pues no sé. Supongo que ayer apostasteis por *Caprichosa*, menuda campeona.

—¿En el hipódromo? ¿Te refieres a esa? —dijo Smith.

—Esa misma —dijo Garfin—. *Caprichosa*.

—No, yo no —dijo Smith—. ¿Y tú? Me da que sí.

—Algo —dijo Garfin—. Algo gané.

—¿Como cuánto? —dijo Bloom.

—Como ochenta pavos —dijo Garfin.

—Eso es más que algo —dijo Bloom—. No me digas que ochenta pavos no vienen bien. Yo ya firmaba.

—Más vale que no responda —dijo Willie Wilkey—. ¿Quién iba a creerle? Dudo que apostara por ella.

Wilkey estaba sentado junto al pasillo. Los demás estaban al otro lado de la mesa, frente a él. Wilkey no daba muestras de querer dejarle un espacio, pero Garfin se quitó el abrigo y el sombrero y se hizo un hueco a su lado.

—Parece que te va todo viento en popa, campeón —dijo Smith—. Apuesto a que te llevaste un buen pellizco con *Caprichosa*. Anda, cuéntanos. ¿Cuánto sacaste?

—Ochenta pavos. Un poco más —dijo Garfin—. ¿Ya habéis comido?

—No, estamos calentando el asiento hasta que lleguen unos tipos de fuera de la ciudad —dijo Wilkey.

—Yo ya he comido, pero creo que pediré un trozo de tarta de limón —dijo Garfin. Llamó a Gus, uno de los camareros, y le hizo el pedido. Luego le dijo a Smith—: ¿Dónde es la partida esta noche?

—¿Qué partida? No me suena que haya ninguna partida. ¿Vosotros sabéis algo?

—Vamos, Harry —dijo Garfin.

—No, en serio —dijo Smith—. ¿Partida de qué? ¿Te refieres a la partida de hockey, en el Garden? ¿O a la de baloncesto, en el pabellón universitario?

—Déjalo, anda, déjalo —dijo Garfin sonriendo. Gus trajo la tarta y Garfin se puso a comer, sacudiendo la cabeza y sonriendo—. Cómo sois.

Wilkey se quedó mirándolo mientras comía y al cabo de un rato dijo:

—Garfin, déjame que te haga una pregunta personal, si no es molestia.

—Siempre que no sea demasiado personal…

—Garfin… porque te llamas así, ¿verdad? —dijo Wilkey.

—Ya sabes que sí.

—Claro. El caso es que hace tiempo que quería preguntarte a qué te dedicas —dijo Wilkey.

—Yo podría preguntarte lo mismo —dijo Garfin.

—Todo el mundo sabe a qué me dedico, Garfin —dijo Wilkey—. Trabajo como confidente a media jornada. Trato de averiguar quién mató a Rothstein. ¿Tú lo sabes? Me vendría bien la información.

—Todo el mundo sabe que a Rothstein me lo cargué yo —dijo Garfin.

Smith y Bloom rieron con él.

—Bien, entonces supongo que mi trabajo ha terminado —dijo Wilkey—. Ahora en serio, cuando no estás matando a Rothstein, ¿a qué te dedicas? Eso ocurrió hace tiempo. Tienes que dedicarte a algo aparte de eso. Vamos, sé sincero.

—¿De verdad quieres saberlo?

—Claro que sí.

—Soy vendedor.

—¿Qué vendes? ¿Periódicos? —dijo Wilkey.

—Muebles —dijo Garfin.

—Muebles. Vaya, no me interesa —dijo Wilkey.

—Tú sabrás —dijo Garfin.

—Tú lo has dicho. Yo sabré. ¿Y sabes qué más sé? Sé que no me gusta tu jeta. Siempre vienes por aquí preguntando lo mismo: «¿Dónde hay partida esta noche?». Y siempre recibes la misma respuesta, pero tú sigues preguntando: «¿Dónde hay partida esta noche?». Me pregunto por qué, Garfin. Nadie sabe nada de ti...

—Bloom me conoce. Bloom y yo fuimos juntos al colegio —dijo Garfin.

—Ya me lo ha dicho. Fuisteis juntos al colegio seis meses. De eso hace mucho, Garfin. En sexto curso, o por ahí. Hace veinte años al menos.

—Nos hemos ido viendo desde entonces. De vez en cuando.

—De vez en cuando —dijo Bloom.

—Ya veo. Abe estuvo fuera unos cuantos años, recuérdalo —dijo Wilkey—. Te diré cómo fue la cosa, Garfin: Bloom se pasó unos años fuera y luego, hace unos meses, casualmente se cruzó contigo por la calle. Casualmente. El caso es que no sabía cómo deshacerse de ti y acabaste viniendo aquí con él, te presentó y empezaste a venir a todas horas. Un par de veces por semana. Y todas las noches la misma pregunta: «¿Dónde hay partida esta noche?». Hasta que yo, Garfin, empecé a desconfiar.

—¿Por qué?

—Te diré por qué. Recuerdo que hace unos seis meses había unos tipos a los que conozco de vista echando una partida en un piso. Una partida de póquer. Esa noche estaban en el piso jugando a las cartas, y hacia las cuatro de la madrugada hubo una redada. Los tipos esos no eran más que un grupo de amigos que estaban echando una partida de póquer, no es que fueran por ahí pregonándolo, pero alguien debió de enterarse porque hubo una redada y la pasma se llevó como mil doscientos dólares y le pegó un tiro a uno de los tipos que estaban jugando. ¿Te acuerdas?

—Leo los periódicos —dijo Garfin.

—Dice que lee los periódicos —dijo Wilkey—. Muy bien. Verás, a mí me gusta jugar al póquer, Garfin. Me gustan todos los juegos de apuestas, pero el que más me gusta es el póquer. Ahora vamos a suponer que un día estoy aquí sentado y que unos amigos me invitan a echar una partida, y que entonces llegas tú y que cuando haces la pregunta de siempre yo te digo: «Garfin, viejo amigo. La partida es en tal dirección de la avenida Tremont». Entonces ¿me dirías que tienes que hacer una llamada y volverías diciendo que tienes que irte a casa con tu mujer, y entonces yo te diría que qué pena, y nos iríamos a jugar al póquer sin ti, y hacia las cuatro de la madrugada llegaría la pasma y nos quitaría el dinero y le pegaría un tiro a alguno de nosotros? ¿Podría ocurrir eso?

—Desde luego que no. ¿Por quién me tomas?

—No lo sé, Garfin. No lo sé. Pero hazme un favor, Garfin. Hazme un favor y no vuelvas por aquí. Los chicos y yo lo hemos hablado y hemos decidido que no queremos que metas las narices en nuestras conversaciones privadas. Hazme un favor y lárgate ahora mismo. Yo pagaré el trozo de tarta y el café.

Garfin se quedó observando a Wilkey y después lanzó una mirada rápida a Smith y a Bloom. Ambos lo miraban con frialdad, impasibles.

—Muy bien —dijo. Se levantó y se puso el sombrero y el abrigo—. Muy bien.

En la barra, le dijo a la cajera:

—El señor Wilkey se hace cargo de mi cuenta.

Salió a la calle Ciento Cuarenta y Nueve y caminó un par de manzanas. Se quedó mirando a una chica guapa que le devolvió la mirada y soltó un bufido. A la mierda, pensó; ni siquiera estaba pensando en ella. De vez en cuando le entraban nauseas del miedo, porque ahora sabía lo que pensaban de él. Sin embargo, casi tan grave como el miedo era el hecho de saber que no podía volver ahí, al único sitio donde le apetecía ir. De modo que bajó al metro y se fue a casa.

Deportividad

Jerry se enderezó la corbata, se frotó las mangas del abrigo y bajó la escalera donde ponía «La Galería del Metro». El cartel resultaba engañoso solo para quienes no conocieran el barrio; no era una galería ni había ningún metro cerca.

Era primera hora de la tarde y en el local no había mucha gente. Jerry caminó en dirección a un hombre con gafas y un puro con boquilla de imitación de ámbar que estaba sentado en silencio junto a un hombre delgado, también él con un puro.

—Hola, Frank —dijo Jerry.

—Hola —dijo el hombre de las gafas.

—¿Qué tal, cómo va eso? —dijo Jerry.

Frank echó un vistazo alrededor del local, con una cautela y una lentitud algo exageradas.

—Pues, la verdad —dijo al fin—, parece que va bien. ¿Tú que crees, Tom? ¿Dirías que todo va bien?

—¿Yo? —dijo Tom—. Sí, supongo que sí. Diría que todo va... No. No. Huelo algo. ¿Tú no hueles nada, Frank? Yo creo que huelo algo.

—Cómo sois... Ya entiendo —dijo Jerry—. Todavía estáis resentidos. No os culpo.

—¿Quién? ¿Yo? ¿Resentido yo? —dijo Frank—. No, hombre, no. ¿Dirías que estoy resentido, Tom? El forastero este dice que estoy resentido. Nada de eso, forastero. Es mi cara de siempre. Claro que, siendo forastero, no puedes saberlo. Hablando de caras, tiene gracia: eres clavado a un tipo que conocí una vez, muy a mi pesar. Un rata llamado Jerry. Jerry… Jerry, ¿cómo era?, Daley. ¿Te acuerdas del rata ese de Jerry Daley del que te hablé una vez? ¿Te acuerdas, Tom?

—Oh, sí. Ahora que lo pienso —dijo Tom—, recuerdo que una vez me hablaste de un fullero que se llamaba así. Ahora me acuerdo. Me habría olvidado de ese rata si no me lo hubieras recordado. ¿Qué fue de él? Oí que lo habían ahogado en City Island.

—Oh, no —dijo Frank—. Al que yo digo lo mandaron a Rikers Island.

—De acuerdo. Entendido. Aún estáis resentidos. En fin, si así está la cosa… —dijo Jerry. Encendió un cigarrillo y se apartó—. Solo he venido a decirte, Frank, que me gustaría devolverte la pasta que te debo, si me das trabajo.

—Hmm —dijo Frank, sacándose el puro de la boca—. ¿Has oído, Tom? El forastero está buscando empleo. Quiere un trabajo.

—Vaya, vaya, ¿qué te parece? Conque un trabajo. Para hacer de qué, me pregunto —dijo Tom.

—Eso. ¿Para hacer de qué? ¿De cajero? —dijo Frank.

—Bah, es inútil tratar de hablar con vosotros. He venido con las mejores intenciones, pero si este es el plan, *hasta la vista*.

—Parece que no está satisfecho con el sueldo, Frank —dijo Tom.

Jerry ya estaba en la escalera cuando Frank lo llamó.

—Espera un segundo.

Jerry volvió.

—¿Cuál es tu propuesta? —dijo Frank.

Tom puso cara de sorpresa.

—Ponme a trabajar para la casa. Veinticinco a la semana. Quédate diez a la semana a cuenta de lo que te debo. Vendré por las mañanas a limpiar, practicaré y cuando recupere la mano jugaré para la casa.

—Con el dinero de la casa, por supuesto —dijo Tom.
—Déjalo que hable, Tom —dijo Frank.
—Con el dinero de la casa, ¿cómo, si no? La casa y yo iremos a medias con las ganancias.
Jerry había terminado con la propuesta y con el cigarrillo.
—¿Cuánto tardarías en volver a tirar bien? —dijo Frank.
—Difícil de decir. Al menos dos semanas —dijo Jerry.
Frank se quedó pensando un minuto mientras Tom lo miraba incrédulo. Luego dijo:
—Muy bien, voy a jugármela contigo, Daley. Te diré lo que haremos. Estás admitido. Ahora bien, esta es mi propuesta: las próximas dos semanas puedes dormir aquí y te daré dinero para comer, pero no tendrás paga. Practicarás y dentro de dos semanas jugaremos, pongamos, a cien puntos. Si lo haces bien, te daré treinta pavos en mano y veinte de crédito contra lo que me debes. Podrás usar esos treinta pavos para jugar. Debería ser suficiente para empezar, si lo haces bien. Te he visto jugar muchas veces bajo presión y ganar, así que con treinta debería bastar y sobrar. *Pero* si dentro de dos semanas no estás a la altura, tendré que echarte. Añadiré veinte pavos a lo que me debes y podrás irte a correr mundo en busca de aventuras como la otra vez. ¿Trato hecho?
—Por supuesto. ¿Qué puedo perder? —dijo Jerry.
—Claro, ¿qué puedes perder? ¿Cuánto hace que no comes?

Al cabo de dos semanas Jerry había perdido el moreno de la cara y sus manos volvían a estar casi blancas, pero presentaba un aspecto más saludable. Comer regularmente era más importante que el sol. Los habituales a los que Jerry había conocido antes de robarle los ciento cuarenta dólares a Frank se alegraron de verlo y se guardaron de hacer bromas al respecto. Puede que algunos pensaran que Frank se había vuelto un piernas, pero otros decían que en esas cosas intervienen muchos factores; que en casos así nadie conoce todos los detalles de la historia, y que, además, Frank no era idiota. Al menos no lo parecía. Jerry se dedicaba a cepillar las mesas, a guardar los tacos en sus respectivos casilleros —los tacos de veinte onzas en el casillero donde ponía «20»; los de diecinueve onzas, en el casillero del «19», y así sucesivamente—, a cambiar las puntas de los tacos, a vaciar los ceniceros y rellenarlos con agua y a limpiar el polvo. Enseguida se aprendió los hábitos de la nueva clientela, qué mesa prefería cada cual y a qué solían jugar. Por ejemplo, cada tarde a las tres en punto llegaban un par de tipos vestidos de esmoquin que jugaban dos partidas a cincuenta puntos y se pasaban el resto de la tarde, antes de irse a tocar con la orquesta, jugando a las rotaciones. Convenía no quitarles el ojo de encima. Evidentemente pagaban por horas, pero cuando no se los vigilaba utilizaban las bolas de marfil para romper en lugar de las sintéticas, que eran más baratas que las de marfil y resistían mejor el uso continuado. Las bolas de marfil le costaban a Frank unos veinte pavos, de modo que no podía permitirse que las dispararan para romper una partida de rotación. En esas cosas, las pequeñas cosas, era donde un tipo experimentado como Jerry podía ayudar a Frank a ahorrarse un dinero.

Entretanto iba practicando y empezó a recuperar la mano, de suerte que al término de las dos semanas, para satisfacción suya, incluso podía tirar *massés*. Apenas salía, salvo para ir al Coffee Pot de Fordham Road a comer. Frank le había dado una maquinilla de afeitar y un tubo de espuma que podía aplicarse sin brocha. Dormía en un sofá de piel delante del tablero donde vendían los cigarrillos.

Observó también que Frank seguía tirando más o menos como siempre, ni mejor ni peor. De modo, pues, que Jerry confiaba en vencer a Frank, y cuando llegó el día que ponía fin a las dos semanas acordadas, le recordó la fecha a Frank, y este le dijo que al día siguiente a las doce del mediodía se jugarían los cien puntos.

Al día siguiente, Frank llegó un poco después de las doce.

—Me he traído a mi propio árbitro —dijo Frank—. Dale la mano a Jerry Daley —añadió sin mencionar el nombre del tipo, un hombre corpulento con aspecto de italiano o incluso de mulato. El tipo iba vestido de forma discreta, a excepción de una llamativa gorra de cuadros. Jerry pensó al principio que Frank lo llamaba Doc, pero enseguida cayó en que Frank, que era de Worcester, Massachusetts, quería decir Dark.

Dark, que ocupó uno de los taburetes altos, parecía no estar muy interesado en el juego. Se quedó ahí sentado fumando, mojando los cigarrillos casi hasta la mitad con sus gruesos labios. Apenas miraba la partida, aunque con dos jugadores como Frank y Jerry tampoco es que un árbitro hiciera gran falta. Jerry iba ganando cuarenta y cuatro a veinte cuando Dark se dignó a mirar el marcador.

—Caramba —dijo—. Cuarenta y cuatro a veinte. Es bueno el chaval, ¿eh?

—Ya lo creo —dijo Frank—. Ya te he dicho que uno de los dos iba a llevarse una paliza.

—Puede que los dos —dijo Dark, demostrando que también sabía reírse.

En ese momento Jerry supo que algo no iba bien. Falló los dos turnos siguientes a propósito.

—Ahí lo tienes, Frank —dijo Dark.

Frank anotó seis o siete.

—Esta cuenta está mal —dijo Dark, que se levantó para agarrar un taco de veintidós onzas del casillero y movió el marcador para igualar el resultado.

—Eh —dijo Jerry—, ¿de qué va esto?

—Este es el resultado, ¿no? —dijo Dark—. Frank ha anotado veinticuatro. Yo mismo lo he visto y soy el árbitro. Un árbitro neutral.

—¿De qué va esto, Frank? ¿Me estáis tomando el pelo o qué?

—Él es el árbitro —dijo Frank—. Hay que acatar lo que decida en todo momento. Sobre todo el resultado. Tienes que acatar lo que diga el árbitro, sobre todo cuando se trata del marcador. Ya lo sabes.

—Así que me estáis tomando el pelo. Muy bien, ya lo he entendido —dijo Jerry soltando el taco—. Lo dejo. Soy un estúpido. Pensaba que esto iba en serio.

—Declaro terminada la partida. Frank es el ganador. ¿Por qué no felicitas al vencedor, muchacho?

—Supongo que esto significa que estoy despedido, ¿verdad, Frank? —dijo Jerry.

—Ya sabes lo que acordamos —dijo Frank—. Hay que acatar lo que diga el árbitro, y el árbitro dice que has perdido, así que supongo que ya no trabajas aquí.

—Felicita al vencedor —dijo Dark—. ¿Dónde está tu deportividad, eh? ¿Dónde está tu deportividad?

—Parece que no sabe lo que es —dijo Frank con profunda pesadumbre—. En fin, así es la vida.

—A lo mejor deberíamos enseñarle un poco de deportividad —dijo Dark.

—Estoy de acuerdo —dijo Frank—. Si algo creía, era que el señor Daley sabía perder, pero parece que no. Parece que no sabe perder, así que quizá lo mejor es que le enseñes un poco de deportividad. Pero solo un poco. Solo la primera lección.

Jerry fue a recoger el taco que había dejado sobre la mesa, pero al hacerlo Dark dejó caer su taco sobre las manos de Jerry.

—No hagas eso —dijo Dark—. Y no grites. Podría oírte la policía, y no te interesa que venga la policía. No te interesa que la policía se meta en esto, chico listo.

—¡Me has roto las manos! ¡Me has roto las manos! —gritó Jerry. El dolor era atroz y rompió a llorar.

—Para que no vuelvas a meterlas en bolsillo ajeno —dijo Frank—. Largo de aquí.

El pelele

Robertson era un extraño en ese club. Había jugado ahí a squash hacía muchos años, durante sus años en el distrito financiero de Nueva York, y se veía capaz de encontrar el camino hasta las pistas de squash y el bar, pero nada más.

—Vengo a ver al señor J. L. Kemper —le dijo al recepcionista del club—. Soy el señor Robertson.

El hombre consultó un trocito de papel.

—El señor Robertson, sí. El señor Kemper está esperándolo. Suba la escalera y después a la izquierda. Está en el salón.

—Gracias —dijo Robertson.

Estaba muy lejos de estar seguro de poder reconocer a Kemper, pero Kemper parecía seguro de poder reconocer a Robertson.

Todavía era pronto para almorzar y en el salón no había más que unos cuantos hombres aquí y allá. Robertson se quedó bajo el dintel, e inmediatamente un hombre se levantó y se acercó a él.

—¿Señor Robertson? Soy Jack Kemper —dijo el hombre.

Robertson se acordaba de él. Había cambiado mucho después de casi cuarenta años, pero la parte de la cara entre la boca y la línea de pelo seguía siendo identificable. Era de mediana altura o una pizca menos, había ganado peso y tenía un buen sastre. Llevaba la corbata del club, con el emblema bordado en pequeño, y una camisa de popelina con un gran alfiler de oro en el cuello. Tenía un apretón fuerte.

—Al final lo he reconocido —dijo Robertson.

—Yo lo he reconocido al instante. ¿Tomamos una copa aquí mismo? En unos minutos el bar estará imposible, y los jóvenes hacen mucho ruido. ¿Qué le apetece?

—Whisky escocés con hielo, muy ligero, si es tan amable —dijo Robertson.

—Sentémonos por aquí —dijo Kemper.

Se sentaron ante una mesita con sus inevitables cerillas de cocina y su cuenco de cacahuetes salados, y Kemper tocó la campanilla e hizo el pedido.

—Ha sido muy amable en venir —dijo—. Tuve que ser deliberadamente ambiguo en mi carta, por razones que enseguida comprenderá.

Robertson sonrió.

—La verdad es que me picó la curiosidad —dijo—. Decía que era un asunto urgente, pero no supe qué pensar.

—Lo lamento, pero ahora verá por qué —dijo Kemper.

—¿Dónde nos conocimos? Ni siquiera lo recuerdo muy bien, aunque sé que éramos de la misma promoción.

—No estoy seguro de dónde nos conocimos, pero a menudo frecuentábamos las mismas fiestas. En un arrebato me dio por buscar su nombre en la hemeroteca y descubrí que había jugado a squash en este club. De hecho, jugó contra mí.

—Oh, ¿en serio? ¿Quién ganó?

Kemper sonrió.

—Gané yo. Le di una paliza. La verdad es que ese año teníamos un equipo muy bueno. Quedamos campeones de categoría. ¿Todavía juega?

—Al squash ya no, pero de vez en cuando juego al tenis. En hierba y en cemento. Me cuesta lo mío llegar a las pelotas, pero todavía juego.

—Parece en forma —dijo Kemper—. A mí me ha dado por el golf, que como ejercicio dicen que no es gran cosa, aunque entonces no entiendo por qué narices me canso tanto. Esto nos lleva al asunto de mi misteriosa carta.

El camarero dejó las bebidas y en cuanto se hubo marchado Kemper siguió hablando.

—¿Se ha enterado de que George Mulvane murió? Seguro que usted conocía a George.

—Sí, me he enterado. Leo los periódicos de Nueva York. En mi club reciben la edición aérea y vi lo de George. En los viejos tiempos nos veíamos bastante, pero cuando volví a Chicago perdimos el contacto.

—Suele ocurrir —dijo Kemper. Dio un sorbo a su copa—. Pruebe a ver qué le parece. ¿Está lo bastante ligero?

Robertson probó su copa.

—Perfecto, gracias —dijo.

—Entonces sabe que George murió en el campo de golf. Por lo menos ahí fue donde sufrió el ataque. Yo no estaba, pero siempre me he visto mucho con George. Fuimos al colegio juntos, y durante los años de la universidad nos veíamos en verano. Puede que nos conociéramos a través de George, no estoy seguro.

—Es posible. Yo pasé tres años con él en la universidad. Iba un año por delante de mí.

—Sí, lo sé —dijo Kemper.

—Y por medio de él conocí a mucha gente en Nueva York.

—Eso también lo sé —dijo Kemper.

—¿Ah, sí? —dijo Robertson.

—Entre otros a Mae MacNeath.

—Sí, George fue quien me presentó a Mae MacNeath —dijo Robertson.

—Yo también conocí a Mae por medio de George —dijo Kemper.

—Bueno, me atrevería a decir que la conoció mucha gente, con o sin la ayuda de George. Era tremendamente popular. ¿Vive aún?

—Sí, aún vive. Está en una especie de asilo en Nueva Jersey. Cerca de Summit.

—Vaya por Dios —dijo Robertson—. No creo que le haga mucha gracia. Tal y como era Mae... ¿La ve?

—Una o dos veces al año. Digamos que George, Bob Webster y yo nos turnábamos para ir a verla.

—Qué considerado por su parte. ¿Cómo se encuentra?

—La verdad es que no muy bien. Ni mental ni físicamente. Se cayó y se rompió la cadera hace cinco años, y le cuesta mucho moverse. Mentalmente... Pues tiene días buenos y días malos. A veces voy a visitarla pero el médico que dirige el asilo no me deja verla. Otras veces hemos ido y está absolutamente encantadora.

—Es de Mae de quien quería hablarme, ¿verdad? —dijo Robertson.

—Sí —dijo Kemper—. Gracias por ponérmelo fácil.

—No hay de qué.

—No sé si se enteró, pero hará unos diez años a Mae la detuvieron por pasar cheques sin fondos. Por entonces vivía en un hotel barato de la calle Cuarenta y algo. Curiosamente era un hotel de verdad, aunque yo nunca había oído hablar de él. Ninguno de nosotros habíamos visto a Mae en los últimos años, pero cuando se metió en ese embrollo le dijo a su abogado que se pusiera en contacto con George Mulvane. Cosa que hizo, y George fue a rescatarla. Compensó el importe de los cheques: setecientos u ochocientos dólares en total. Y utilizó a sus propios abogados para persuadir a todo el mundo de que retiraran los cargos, incluido el fiscal del distrito. Había un cabronazo hijo de puta, seguramente comunista, que quería crucificarla y poner su nombre en los periódicos porque Mae todavía figuraba en el registro de familias eminentes. Pero lo convencieron de que no lo hiciera. Los abogados tienen sus métodos.

—Sí, desde luego que sí —dijo Robertson.

—Luego George me lo contó todo. Lo había hecho todo por medio de sus abogados, pero fuimos a ver a Mae al hotel y la encontramos en un estado lamentable, digno de pena. Estaba aterrada ante la idea de ir a la cárcel y bebía como un pez. Es curioso, vivía a pocas calles de todas sus antiguas amistades, pero la mayoría ni siquiera sabían si estaba viva. Tenía *algo* de dinero. Unos ingresos de unos tres mil al año, pero casi la mitad se le iban en pagar el alquiler de su habitación del hotel, y la realidad es que no tenía ni para comer. Claro que la comida era lo último que le importaba. Pasaba la mayor parte del tiempo en la habitación, emborrachándose y viendo la televisión. Cuando George fue a verla la primera vez estaba emborrachándose con un portorriqueño, el ascensorista, el botones o vaya usted a saber.

—Madre mía —dijo Robertson—. Aunque tampoco es tan raro, ¿no?

—No, pero sí cuando le ocurre a alguien que uno conoce —dijo Kemper—. Al menos a alguien como Mae.

—Oh, por supuesto —dijo Robertson—. Me refería al proceso de declive.

—Bueno, el declive es el declive. Los detalles cambian de un caso a otro, pero en esencia la historia es la misma —dijo Kemper.

—Me temo que sí —dijo Robertson.

—Sea como fuere, George sentía que debía hacer algo, así que habló conmigo y luego con Bob Webster, y los tres acordamos destinar una determinada suma para cuidar de Mae. No podíamos encerrarla ni pedir que la incapacitasen porque ninguno de nosotros era familiar suyo y, en cualquier caso, no queríamos hacerlo. George y yo acabamos dando con una prima de Mae, una mujer muy agradable que vivía en Staten Island y que nunca había conocido a Mae, pero que accedió a actuar como pariente más cercano. Después de asegurarle que la responsabilidad económica corría enteramente de nuestra parte, firmó su ingreso en el asilo. Y ahí es donde Mae ha pasado los últimos diez años. ¿Otra copa?

—No, gracias —dijo Robertson.

—Lamentablemente, George no previó en su testamento el pago de su parte de la Operación Mae, que es como la llamamos.

—Tiene gracia. Ahora se dice «May Day» en vez de «sos» —dijo Robertson—. May Day, May Day.

—Nosotros también bromeábamos sobre eso —dijo Kemper—. Muy apropiado. Pero como iba diciendo, George no especificó en su testamento que se apartara un dinero para la manutención de Mae. Cosa muy comprensible, por lo demás. ¿Conoce usted a Marjorie, la mujer de George?

—Puede que la haya conocido.

—No es precisamente de las que van por ahí tirando el dinero en obras filantrópicas. Y siempre he creído que George nunca le dijo a Marjorie nada sobre este asunto. Conociendo a Marjorie, me atrevería a decir que si le hubiera dicho algo acerca de nuestro pequeño fondo, ella lo habría amenazado con divorciarse. Marjorie no se habría creído que ni George ni nadie pudiera ser tan sentimental con respecto a una vieja amiga. Ni aun cuando hubiera visto a Mae en su presente estado. No creo que Mae haya ido al dentista en al menos quince años, y… vamos, que su belleza se ha perdido, para siempre. Debe de tener apetito. ¿Entramos?

—En absoluto. Prefiero oír antes lo que tenga que decirme —dijo Robertson—. A menos que sea usted el que tiene apetito.

—Puedo esperar —dijo Kemper—. Enseguida acabo.

—A lo mejor puedo acelerar un poco las cosas. Quiere que yo sea el sustituto de George en la Operación Mae.

—Sí, supongo que era bastante obvio —dijo Kemper.

—¿Por qué yo?

Kemper sonrió.

—¿Y por qué cualquiera de nosotros? ¿Por qué George? ¿Por qué yo? ¿Por qué Bob Webster?

—Y no otra media docena de hombres a los que podríamos nombrar —dijo Robertson.

—Supongo que sí que fueron muchos —dijo Kemper.

—No solo es una suposición, ¿verdad?

—Si contáramos cada vez que Mae desaparecía de una fiesta con algún joven… Oh, no lo sé. El caso es que se me dio a entender que usted, yo, George y Bob éramos sus favoritos.

—¿Quién le dijo eso?

—George, y también Mae. Cuando George fue a su rescate y le dijo que él, Bob y yo habíamos estipulado este acuerdo, ella dijo: «¿Y Al Robertson?». Por lo visto creía que usted formaba parte del grupo. Pero si no está de acuerdo, podemos dejar correr todo este asunto. De aquí el misterio de la carta.

—¿A cuánto asciende al cabo del año?

—¿En cifras? Mil quinientos al año, por cabeza. Desde que

George murió Webster y yo ponemos la diferencia. Si quiere verlo exclusivamente por la parte económica, George contribuyó durante diez años. Por no hablar de lo que puso al principio. Pero Mae no durará otros diez años. Un año y gracias.

—Entonces no veo por qué debería participar. Quiero decir, si usted y Webster pueden cubrirlo sin mí.

—Supongo que sí que podemos. Sé que sí —dijo Kemper—. Pero si a mí me ocurriera algo, no tengo claro que Webster pudiera asumirlo todo. Hay bastante diferencia entre mil quinientos y cuatro mil quinientos. Si a Webster le ocurriera algo, seguramente yo me las vería para poner su parte y la de George. En cambio, si Bob y yo la palmáramos el mismo año, usted podría hacerse cargo de todo sin mengua notable en sus ingresos.

—Parece usted muy seguro —dijo Robertson.

—Bueno, yo también leo los periódicos, ¿sabe usted? Se dice que la fiesta de presentación en sociedad de su nieta costó más de cien mil.

—Es probable que sí, pero yo no tuve nada que ver con eso.

—Estoy seguro de que no, pero la madre de la chica es su hija —dijo Kemper—. Señor Robertson, es usted uno de los cuatro o cinco hombres más ricos del Medio Oeste. También leo el *Fortune*.

—Señor Kemper, no he dicho que no pueda permitirme contribuir a este fondo. Lo que estoy tratando de decir, sin decirlo explícitamente, es que no veo por qué debería. Hace al menos cuarenta años que no veo a Mae MacNeath ni sé nada de ella. Nunca volví a verla desde que volví a Chicago, aunque he estado en Nueva York cientos de veces desde entonces. Me atrevería a decir que podría haberla visto, por aquel entonces, pero no me apetecía.

—Oh, entonces me había llevado una impresión completamente errónea.

—Sí, me temo que sí. Para ser totalmente francos, yo nunca me fui a la cama con Mae.

—Oh, entonces sí que me había llevado una impresión errónea. Por lo que ella me decía, y por la impresión que siempre le dio a George, usted era el amor de su vida.

—Me pregunto por qué querría hacerles creer eso.

—Bueno, porque usted era Alvin Robertson, el magnate. El único de sus viejos amigos que había triunfado por todo lo alto, como suele decirse.

—La herencia tuvo gran parte de culpa en eso, como usted sin duda sabe. El dinero de los Robertson procede de mi abuelo. Fue él quien obtuvo todas esas tierras en arriendo del gobierno. Mi padre y yo tuvimos con qué empezar.

—¿No se está excediendo de modesto? —dijo Kemper.

—En absoluto. No suelo excederme en nada. Ni en modestia ni en sentimentalismos. Mi hija dice que soy frío como el hielo, pero eso tampoco es cierto, aunque resulta muy molesto saber que Mae MacNeath fue dando por ahí la impresión contraria.

—Debo decir que eso es exactamente lo que hizo —dijo Kemper.

—Podría ser parte de su... esquizofrenia. Tienden a recordar cosas que nunca han ocurrido.

—No, al parecer Mae pensaba esto de usted antes de empezar a perder el juicio.

Robertson se quedó en silencio unos instantes.

—Señor Kemper, usted no sabe en qué momento empezó a perder el juicio. Nadie lo sabe. Puede que empezara a perderlo a los catorce años.

—Sí, es posible —dijo Kemper.

—Aun antes, en algunos casos. Sea como fuere, cuando a los dieciocho empezó a presentarse en esos bailes a los que íbamos en el Plaza y el Lorraine ya presentaba signos de algún tipo de alteración, ¿no le parece?

—Nunca fue la virtud personificada, eso hay que admitirlo —dijo Kemper.

—Verá, si yo nunca hubiera conocido a Mae y alguien viniera a pedirme ayuda... Ya he echado una mano en casos similares. Pero si ahora aceptara ayudar a Mae MacNeath, usted y Webster se convencerían de que todas sus insinuaciones sobre mí eran ciertas. ¿Cómo decir esto sin ofender? Mae MacNeath, en su faceta desquiciada, está tratando de chantajearme. ¿Le parece una afirmación injusta?

—Injusta e inexacta —dijo Kemper.

—Me lo temía. Pero déjeme intentarlo de nuevo. Cuando yo era joven y me invitaban a fiestas de presentación en sociedad, yo me divertía hasta cierto punto. Le diré cuál era ese punto. Mientras todo el mundo creía que yo era alguien llamado Al Robinson, podía pasármelo bien. Pero no sabe usted cuántas veces una chica o su madre empezaban a mirarme de forma especial en cuanto averiguaban que yo era Alvin Robertson, *de Chicago*. «¿De Chicago?», decían, y su actitud cambiaba por completo. Algunas de las madres querían asegurarse y decían: «Oh, usted debe de ser el nieto de Angus Robertson», como si conocieran al viejo. Mi abuelo nunca conoció a esa clase de gente, y mi abuela, que *sí* habría querido conocerla, apenas sabía leer y escribir. Esa generación nunca frecuentó la alta sociedad, ni siquiera la de Chicago. Mi padre y mi madre, sí. Los dos fueron a colegios del este, el padre de mi madre era obispo. Obispo episcopaliano, originario de Massachusetts. Yo me crie sin hacerme ilusiones acerca de mis encantos personales. Mi padre ya había pasado por eso, y mi madre, como buena hija de obispo, se encargó de que yo estuviera siempre en guardia. Si quiere conocer la situación social y financiera de alguien, pregúntele a la esposa de un obispo. Mi abuela materna conocía los asuntos de todo el mundo al dedillo, y mi madre lo mismo. Nunca tuvo que perder mucho tiempo advirtiéndome de que me anduviera con ojo con esas muchachas del este y sus madres. Estaba advertido de nacimiento. Así fue cómo aprendí a reconocer ciertas miradas cuando la gente averiguaba que mi apellido era Robertson y que venía de Chicago. Y desafortunadamente Mae MacNeath me lanzó una de esas miradas. Mientras creyó que yo era Al Robinson, de New Haven, nos divertimos. Pero quiso invitarme a una fiesta, y tuve que apuntar mi nombre y dirección. «¿Rob-ert-son?», dijo. «¿De Chicago?» Entonces cayó. Pero yo también caí, señor Kemper. Dejó de ser divertida, y me temo que llegó a ser hasta demasiado descarada. Trató de vampirizarme. ¿Recuerda esa expresión?

—Sí, claro. Había una canción que se llamaba «The Vamp».

—Y la *vamp* original era de Chicago. Theda Bara. A mí no me gustaba Theda Bara, y aún menos que Mae MacNeath adoptase ese papel. Aquella muchacha que había sido tan divertida de repente se volvió repugnante. Al menos en mi opinión. Así que hasta dejé de bailar con ella en las fiestas. No me gustaba cómo bailaba, no sé si me entiende. Me avergonzaba. Ahora creo, señor Kemper, que ya entonces Mae estaba convencida de que había algo romántico entre nosotros. En honor a la verdad, nunca lo hubo, ya lo ve. Mae me gustó mientras fue divertida, pero cuando me empezó a vampirizar, dejó de gustarme. Ahora puede entender que eso le causara cierta frustración y que, con el paso de los años, me convirtiera en algo que en realidad nunca fui. ¿Sabía que nunca llegué a besar a Mae?

—Sí, le creo —dijo Kemper—. Ahora sí.

—Me alegra oír eso —dijo Robertson—. ¿Cree que podrá convencer a Webster de ello?

—Sí, creo que sí.

—Bien. En ese caso, me hago cargo de la parte de George Mulvane, pero tiene que darme su palabra de honor de que nunca se lo dirá a Mae. No quiero que piense que soy un pelele.

—Se lo prometo, Mae no lo sabrá nunca —dijo Kemper—. Podemos pedir el almuerzo aquí y tomar otra copa antes de subir.

—Claro que sí, ¿por qué no? —dijo Robertson. Se reclinó en su asiento y echó un vistazo al salón—. Qué sitio tan agradable. Creo que me apuntaré. Ahí está el viejo Tom Conville. Creo que me acercaré a saludarlo, si me disculpa. Será solo un minuto.

Exactamente ocho mil dólares exactos

Lo que en tiempos había sido un agradable club de campo, cuyos miembros eran en su mayoría parejas jóvenes con un próspero porvenir, era ahora un «parque industrial»; y en el antiguo emplazamiento de las pistas de tenis había un edificio alargado, bajo y sin ventanas, un laboratorio de investigación en materiales sintéticos. El edificio del club todavía resultaba reconocible bajo las renovaciones que lo habían convertido en los despachos de gerencia, pero las calles uno y dieciocho habían sido niveladas y cubiertas con asfalto, y ahora eran la zona de aparcamiento de los empleados de la planta. Aproximadamente en el lugar del segundo *tee* había un espacio acordonado, con un letrero que advertía no acercarse demasiado al helicóptero que transportaba a los directivos de la empresa al aeropuerto municipal. Solo un vestigio quedaba del antiguo carácter del lugar: el carrito de golf que trasladaba a los directivos desde los helicópteros a los despachos de gerencia. Una cerca de tres metros de altura rodeaba todo el recinto y sobre la cerca se había desplegado alambre de espino. La cerca en sí estaba pintada de blanco, pero no hay manera posible de hacer que el alambre de espino parezca otra cosa que alambre de espino.

Un hombre en un pequeño Renault detuvo su coche en la entrada, y un hombre de uniforme con una placa en la que ponía «Agente de seguridad» y una funda de revólver se inclinó para hablar con el conductor del coche.

—Buenas tardes, caballero. ¿En qué tengo el gusto de ayudarlo?

Lo de «tener el gusto» sonó falso y afeminado, como si al propio agente le pareciera falso y afeminado.

—Vengo a ver al señor D'Avlon.

—Muy bien, caballero. ¿Nombre, por favor?

—Señor Charles D'Avlon —dijo el conductor del coche.

—Oh, claro. Lo están esperando, señor D'Avlon. —El vigilante no pudo abstenerse de echar un vistazo de sorpresa al minúsculo coche—. ¿Será tan amable de ponerse este pase en la solapa y devolvérselo al agente de servicio cuando salga?

Charles D'Avlon recogió un rectángulo de plástico con un imperdible pegado en el reverso; en el anverso ponía: «VISITANTE—Industrias D'Avlon—355—El visitante debe llevar puesto este pase en todo momento mientras permanezca en el recinto de la Empresa. Entréguese al agente de seguridad de la entrada principal al final de la visita».

—¿Dónde aparco?

—Tiene reservada una plaza. La número trescientos cincuenta y cinco, aparcamiento de gerencia. Es esa tercera fila de ahí. Primera, segunda, tercera. Por favor, deje las llaves en el coche.

—¿Cómo? ¿Por qué?

—Son las normas, señor. Se aplican a todo el mundo.

—¿A mi hermano también?

—Sí, señor. El señor Henry D'Avlon deja las llaves en el coche igual que yo.

—Me imagino que su coche es bastante distinto del mío.

—¿Ve ese Rolls negro y gris? Es el de su hermano. Pero dentro tiene las llaves, como los demás. Es por si de repente hay que cambiar los coches de sitio.

—¿En caso de emergencia?

—Correcto.

—¿Como en una explosión?

—Cualquier emergencia que pueda presentarse —dijo el vigilante. Ni la palabra «emergencia» ni el retintín ligeramente frívolo del comentario de D'Avlon le habían hecho gracia—. Cuando aparque el coche le estará esperando un acompañante que lo llevará a la recepción de gerencia.

El guardia volvió a meterse en la garita de cristal y levantó el teléfono. D'Avlon condujo hasta el aparcamiento.

El acompañante era un hombre joven con un uniforme similar al del vigilante, aunque sin el revólver.

—Entiendo que es su primera visita —dijo el acompañante.

—Mi primera visita a la planta. Había estado aquí antes, pero cuando era un club de golf.

—Ah, sí. De eso hace ya un tiempo.

—Diría que antes de que usted naciera.

—Es muy posible —dijo el joven.

—¿Esperamos a alguien más?

—Estoy esperando a que se ponga el pase.

—¿Aunque vaya con usted?

—Todo el mundo tiene que ponerse el pase. Sin él no podría recorrer ni diez metros.

—¿Qué me pasaría?

—Lo detendrían. Y si sus explicaciones no resultaran satisfactorias, lo arrestarían por intrusión. Ya ha visto los carteles que hay en la cerca. Es una instalación muy eficaz.

—¿Es así desde la explosión?

—Siempre se han tomado medidas de precaución —dijo evasivamente el joven.

—¿Y usted por qué no lleva pistola?

—¿Qué le hace pensar que no? —El joven se llevó la mano al bolsillo y sacó una calibre 25 automática—. No es una treinta y ocho, pero no son pocas las mujeres que se han quitado de encima al marido con una de estas. No abultan, caben en el bolsillo del pantalón, y hay visitantes que no se sienten cómodos yendo con un hombre con pistolera. Pero si le dan en la garganta con una bala de estas, puede ir despidiéndose.

—¿Podría darle a alguien en la garganta?

—Con un poco de tiempo y a la distancia adecuada podría darle en el ojo. Algunos policías la llaman la pistola de los celos.

Practicamos disparando con ella. Las mujeres ni siquiera practican y vea lo que hacen. Es un mal bicho. Por aquí, caballero.

La hermosa joven de la recepción de gerencia inclinó la cabeza hacia Charles D'Avlon, le sonrió y aparentemente pulsó un botón que abría la puerta que conducía a un pasillo. En cualquier caso, no dirigió una sola palabra ni a D'Avlon ni al joven agente de seguridad.

—Por aquí, caballero —dijo el joven.

Subieron a la planta de arriba en un ascensor automático y desde ahí se dirigieron al fondo del pasillo del segundo piso, hasta una puerta donde ponía: «Presidente». El joven le abrió la puerta a Charles D'Avlon, y un hombre se levantó para recibir al recién llegado.

—¿Todo bien, señor Lester? —dijo el agente de seguridad.

—Todo bien, Van —dijo el interpelado. Tendría unos cuarenta y cinco años, llevaba gafas de media montura y una corbata con nudo francés bordada con una especie de gran signo de exclamación. El traje, azul marino, era de solapas estrechas y del bolsillo asomaba un pañuelo cuidadosamente doblado en cuyo centro se veían las iniciales «D. W. L.».

—Siéntese, señor D'Avlon. Su hermano vendrá enseguida. ¿Ha tenido un viaje agradable?

—¿Desde la ciudad o desde Connecticut?

—Esto... desde Connecticut.

—Oh, estupendo. He tenido ocasión de ver el paisaje.

—Usted antes vivía por aquí, ¿verdad?

—Oh, sí. Nacimos aquí, pero está muy cambiado. Cuando era joven venía aquí a jugar al golf. ¿Sabe dónde está sentado?

—¿Qué quiere decir?

—Está usted sentado en el baño de señoras. Es lo que era antes. El vestuario de señoras.

—Entonces yo no estaba en la empresa.

—Entonces no había ninguna empresa.

—No, supongo que no —dijo el señor Lester, sentándose con las manos juntas sobre la mesa.

—Siga con lo suyo, si quiere. No se distraiga por mí —dijo Charles D'Avlon.

—Estoy esperando a... Aquí está —dijo el señor Lester, levantándose al tiempo que se abría la puerta situada a su derecha.

—Hola, Chiz —dijo un hombre desde el umbral—. Ven, pasa.

—Hola, Henry —dijo Charles D'Avlon.

Los hermanos se estrecharon la mano, y Charles entró en el despacho del presidente, una habitación esquinera con unas vistas magníficas de la campiña y las montañas distantes.

—Le estaba diciendo a Lester que su despacho está en el baño de señoras.

—Bueno, eso demuestra una cosa —dijo Henry—: que no has cambiado mucho. Siempre te ha gustado incomodar un poco a la gente.

—No seas antipático, Henry. Ya es bastante difícil estar aquí, dadas las circunstancias. No me lo pongas más difícil.

—Chiz, aquí el único que se pone las cosas difíciles eres tú mismo.

—No he dicho que me estés poniendo las cosas difíciles. Solo he dicho que ya son bastante difíciles. Juré que nunca te pediría ni un centavo, pero aquí estoy.

—Sí —dijo Henry—. Bueno, veo que vas directo al grano. ¿Cuánto quieres?

—Mucho.

—Oh, eso me lo imagino. Si fuera poco, no te habrías visto en la necesidad de hacer un viaje tan largo. ¿Cuánto, Chiz?

—Ocho mil dólares.

—Muy bien. Pero ¿por qué ocho? ¿Por qué no cinco, o por qué no diez? Me pica la curiosidad por saber cómo has llegado a la cifra de ocho mil.

—Me parecía una cifra seria.

—Ni que le hubieras dado tantas vueltas. En fin, sí, suena seria —dijo Henry. Apretó el intercomunicador del escritorio—. Dale, ¿me preparas un cheque, a mi cuenta personal, ocho mil dólares, pagaderos a Charles W. D'Avlon, y me lo traes cuando esté listo para que lo firme? Gracias.

—¿No te interesa saber para qué lo quiero? —dijo Charles.

—No mucho. Alguna de tus historias, y asciende a ocho mil dólares. Seguramente necesitas cinco, pero habrás pensado que, ya puestos, podías pedir tres más.

—Así es —dijo Charles—. Aunque me da pena despachar así la historia. Era de las buenas.

—Escríbela y mándala a una revista.

—No sé escribir. Si supiera, tendría material de sobra, pero antes has dicho que querías saber por qué te pido ocho mil y a la primera de cambio ya no quieres oír la historia.

—Quería ver si admitías que era alguna de tus historias. Si no lo hubieras admitido, habría mandado hacer el cheque por cuatro mil. Pero has sido sincero, y eso es lo más que puede esperarse de ti en cuestión de honradez. Así que ya tienes tus ocho mil.

—Si hubiera sabido que iba a ser tan fácil…

—No. Te habría dado diez, pero no más.

—Entonces dame diez.

—Ni lo sueñes —dijo Henry.

Sonaron dos golpes suaves en la puerta. Lester entró, dejó el cheque sobre el escritorio de Henry y se marchó. Henry lo firmó y lo arrastró por la mesa en dirección a su hermano.

—Con protector de cheques y todo. Exactamente ocho mil dólares exactos —dijo Charles—. Ahora dime por qué me has dado el dinero. No tenías por qué. ¿Te hace sentir poderoso? ¿Tiene que ver con ese Rolls-Royce que tienes abajo y con todo este despliegue de alta seguridad?

—En cierto modo supongo que sí. Pero hay algo más, Chiz.

—Claro que sí.

—Verás, siempre me he preguntado cuándo vendrías a darme el sablazo. No es que me quitase el sueño, pero sabía que algún día lo harías. Y por fin has venido, por ocho mil dólares. Aún me ha salido barato. Porque supongo que sabes que esto es lo último que vas a sacar de mí.

—Lo había intuido.

—Cuando éramos pequeños y me molías a palos sentía pena

por ti. Me dabas unas tundas de miedo para quitarme lo que fuera. Un guante de béisbol o una corbata. Lo que no sabías es que yo me moría por *darte* el maldito guante o la corbata. Pero tú preferías la violencia y robarme, y evidentemente uno tiene un límite, y entonces empecé a odiarte.

—Y todavía me odias.

—¿Te sorprende? Sí. Porque conforme has ido creciendo siempre te has comportado así con todo el mundo. Si miras por esa ventana verás que donde estaban las pistas de tenis hay un laboratorio de investigación. Una noche, después de un baile, estaba a punto de subirme a aquel Oakland que tenía, el que me regaló la abuela cuando cumplí veintiuno. Seguro que te acuerdas, cabronazo, porque tú lo estrellaste. Como iba diciendo, yo no tenía pareja, así que estaba solo, y entonces oí llorar a una chica. Era Mary Radley, que estaba sentada en un banco entre la pista uno y la dos. Tenía el vestido hecho trizas y le daba vergüenza volver al club de esa manera. Fuiste tú. No tenías necesidad de tomarla con Mary Radley. Ni tú ni nadie, pero tú menos que nadie. Pero eras así, y ese día me di cuenta de que el problema no era que maltratases a tu hermano pequeño. El problema era que eras un maltratador, punto.

—De acuerdo —dijo Charles—. Y ahora te toca a ti maltratarme. Gracias por el dinero.

—Espera un segundo. No he terminado. Quiero decirte un par de cosas, y más te vale que escuches o pienso cancelar el pago del maldito cheque.

—Oyente a la fuerza. Muy bien —dijo Charles.

—Nunca has cambiado. Tus dos mujeres aguantaron lo que no tiene nombre, y tus hijos no quieren verte ni en pintura. ¿Nunca has pensado por qué?

—No mucho. Los niños se criaron con sus madres, y ellas ya se ocuparon de ponerme de vuelta y media. Pronto me desentendí.

—De tu hija no. Te presentaste en su graduación y la obligaste a dejar a su madre y a su padrastro para irse contigo de viaje. Un capricho cruel. Porque luego la mandaste de vuelta con su madre y nunca más has hecho nada por ella. Ni en lo económico ni en ningún otro aspecto.

—Su madre tiene pasta de sobra. Si algo hice por mis hijos, fue asegurarme de que tuviesen madres ricas.

—Cierto. Y que pudieran mantenerte *a ti* antes de tener a los niños, y después.

—La verdad, Henry, es que en ambos casos fueron ellas las que me pidieron matrimonio.

—No lo dudo. Eras muy astuto. Sé que tu primera mujer te obligó a aceptar un regalo de boda de doscientos mil dólares.

—Doscientos cincuenta. Un cuarto de millón. Que voló hace tiempo, lamento decir.

—Pero tu segunda mujer…

—Tenía un fideicomiso a prueba de bomba. Nunca pude echarle la mano encima. ¿Cómo has averiguado tantas cosas sobre mis asuntos?

—Cuando estaba intentando recaudar dinero para emprender este negocio, me encontré con cierta resistencia debido a mi nombre. Aun después de descubrir que yo no tenía nada que ver contigo, la gente seguía dudando, sobre todo la gente de Nueva York y Filadelfia. Ni se te ocurra volver por Filadelfia, Chiz. No quieren ni verte.

—Cuánto me disgusta.

—No te disgusta, pero debería.

—Lo digo en serio. En Filadelfia hay un par de viudas ricas con las que podría permitirme prescindir de gente como tú. Pero es probable que la Girard Trust Company y esa otra no me vean con muy buenos ojos. Una pena, porque con esas dos mujeres, o mejor dicho, con cualquiera de ellas, podría disfrutar de una vejez bien cómoda. Ya rozo los sesenta, ¿sabes?

—Oh, ya lo sé.

—Tal y como están las cosas, no tengo ninguna prisa por ver cómo serán los próximos quince años. A lo mejor tendrás que contratarme como vigilante de noche.

—Lo dudo mucho. Y eso me recuerda otra cosa que quería

decirte. Aunque tiene que ver con lo del principio. ¿Te das cuenta de que antes de que entraras en este despacho ya sabía que habías ido por ahí largando sobre la explosión que tuvimos hace años? Los de seguridad no podían creer lo que estaban oyendo. El primer hombre con el que has hablado perdió a un hermano en la explosión. El segundo, el más joven, sufrió quemaduras graves y tuvieron que hacerle injertos de piel durante un año. Pero esos chistes malos, al margen de su dudoso gusto, son la manera que tienes de seguir maltratando a la gente, igual que hacías con los *caddies* y los camareros cuando esto era un club. Cinco hombres murieron en esa explosión, y eso aquí no es ningún chiste. Ni aquí ni en ningún lado. Para que lo sepas, los dos agentes de seguridad estaban convencidos de que eras un impostor, de que ni siquiera eras mi hermano. Y para que lo sepas también, Chiz, desearía que fuera cierto.

Charles D'Avlon se levantó.

—Bueno, parece que hemos terminado —dijo. Se acercó a la ventana y miró hacia el laboratorio—. Mary Radley —añadió—. Menuda golfa estaba hecha.

El hombre de la ferretería

Lou Mauser no siempre había tenido dinero, y sin embargo sería difícil imaginárselo sin. Había sido el propietario de la tienda —con alguna ayuda del banco, por supuesto— desde que tenía unos veinticinco años, y de eso hacía veinte años en 1928. Veinte años son muchos años como para que un hombre no sufra reveses económicos dignos de mención, pero Lou Mauser lo había conseguido, y cuando se trata de tanto tiempo, ni los peores enemigos de uno pueden decir que todo ha sido suerte. De Lou lo decían, pero lo decían de tal modo que su desprecio hacia él no los hiciera quedar como unos necios. Pues de necios habría sido negar que Lou había trabajado duro o que había sido inteligente en sus negocios. «No se puede decir que todo fuera suerte —decía Tom Esterly, el rival de Lou—. Sería como decir que vendió su alma al diablo. Que se la habría vendido, a buen seguro. Pero no fue necesario. Era como si Lou siempre tuviera dinero en el momento oportuno, y ese es uno de los grandes secretos del éxito. Tener el dinero a punto cuando se presenta la ocasión adecuada.»

Lou tenía el dinero, o lo encontró —lo que viene a ser lo mismo—, cuando Ada Bowler decidió venderse la ferretería de su difunto marido. Lou tendría unos veinticinco años por entonces, y llevaba por lo menos diez trabajando en la tienda, donde había empezado como reponedor por cinco dólares a la semana. A los dieciocho años era un inventario con patas de las existencias del negocio; sabía dónde estaba todo, absolutamente todo, y sabía cuánto valía cada cosa; al mayor, al detalle, los precios especiales para determinados contratistas, los diferentes descuentos en función del cliente. Si un granjero quería comprar un gancho de arnés, se le cobraba a diez centavos; pero si otro granjero, alguno que comprase la pintura para el granero en Bowler's, quería un gancho de arnés, podía llevárselo por cinco. Uno no tenía ni que rendirle cuentas a Sam Bowler de lo que hacía. Sam Bowler confiaba en el sentido común de cada cual en esos casos. Si un niño compraba un guante de béisbol, se le regalaba una pelota de cinco centavos, y seguro que entonces, cuando pudiera comprarse una bicicleta Iver Johnson, iría a Bowler's en lugar de encargarla por correo. Y a los dieciocho años Lou Mauser había descubierto algo que nunca se le había ocurrido a Sam Bowler: que la gente rica que vivía en Lantenengo Street era más agradecida cuando se le daba algo a cambio de nada —una lata de aceite para la bicicleta del niño, un picahielos para la cocina— que la gente que tenía que pensárselo dos veces antes de gastarse un centavo. Bueno, quizá no es que fuera *más* agradecida, pero tenía dinero para demostrar su agradecimiento. Dale una pelota de cinco centavos a un niño de Lantenengo Street, y su padre o su tío le comprarán una de dólar veinticinco. Dale un picahielos a una mujer rica y le venderás un metro de manguera, un aspersor y una cortacésped. Todo era cuestión de saber a quién regalarle qué, y Lou lo sabía tan bien que cuando necesitó dinero para comprarle la tienda a la viuda de Sam Bowler, pudo elegir entre dos bancos en lugar de tener que aceptar los términos de uno solo.

De la noche al día, como quien dice, se convirtió en patrón de unos hombres que le doblaban la edad, y Lou supo con cuáles quedarse y a cuáles despedir. En cuanto hubo firmado los papeles que lo acreditaban como propietario, fue a la tienda y convocó a Dora Minzer, la contable, y Arthur Davis, el encargado del almacén. Cerró la puerta del despacho para que nadie oyera lo que tenía que decir, si bien el resto de empleados podían verlos a través de las mamparas de vidrio.

—Dame tus llaves, Arthur —dijo Lou.

—¿Mis llaves? Cómo no —dijo Arthur.

—Dora, dame tus llaves tú también —dijo Lou.

—Las tengo en el cajón del escritorio —dijo Dora Minzer.

—Ve a buscarlas.

Dora salió del despacho.

—No entiendo todo esto, Lou —dijo Arthur.

—Si no lo entiendes, lo entenderás en cuanto vuelva Dora.

Dora regresó y dejó sus llaves sobre el escritorio de Lou.

—Aquí están —dijo.

—Arthur dice que no entiende por qué quiero vuestras llaves. Tú sí que lo entiendes, ¿verdad, Dora?

—Bueno... a lo mejor sí, a lo mejor no —dijo encogiéndose de hombros.

—Vosotros dos sois los únicos a quienes les he pedido las llaves —dijo Lou.

Arthur lanzó un vistazo fugaz a Dora Minzer, que no lo miró.

—Ya lo sé, ¿qué significa eso, Lou?

—Significa que los dos podéis agarrar el abrigo y el sombrero y marcharos.

—¿Despedidos? —dijo Arthur.

—Despedidos, correcto —dijo Lou.

—¿Sin previo aviso? Llevo aquí veintidós años. Dora lleva aquí casi tanto como yo.

—Ajá. Y yo llevo aquí diez años. Que yo sepa, lleváis cinco de esos diez robándole a Sam Bowler. Que yo sepa. Estoy bastante seguro de que no empezasteis a robarle hace solo cinco años.

—Pienso demandarte por calumnias —dijo Arthur.

—Adelante —dijo Lou.

—Anda, cállate, Arthur —dijo Dora—. Lo sabe. Ya te dije que era demasiado listo.

—Lo tendrá difícil para demostrar algo —dijo Arthur.

—Sí, pero cuando lo demuestre ya sabéis lo que os pasará. A ti, a Dora, a dos agentes de ventas y a dos de los contratistas. Estabais todos en el ajo. Puede que haya más, pero de vosotros puedo demostrarlo. Con los contratistas, tengo las manos atadas. En cuanto a los agentes, quiero seguir haciendo negocios con sus empresas, así que me limitaré a hacer que los despidan. ¿Qué vas a contarles a los de la escuela dominical el próximo fin de semana, Arthur?

—La idea fue *de ella* —dijo Arthur Davis, mirando a Dora Minzer.

—Eso no lo dudo. Había que ser avispado para pegársela a Sam Bowler todos estos años. ¿Qué hiciste con tu parte, Dora?

—Mi sobrino. Le pagué los estudios y lo ayudé a montar el negocio. Tiene un drugstore en Elmira, Nueva York.

—Entonces debería hacerse cargo de ti. ¿Y adónde fue lo tuyo, Arthur?

—Puf. Cinco hijos con mi sueldo, pagar el instituto, la ropa y las facturas del médico, mi mujer y sus facturas del médico. Y clases de música. Un piano. Por Dios, me cuesta creer que Sam no se diera cuenta. ¿Cómo te diste cuenta *tú*?

—Tú mismo te has respondido. Viendo a tus hijos, todos emperifollados para ir a la escuela dominical.

—Bueno, todos están casados o tienen trabajo —dijo Arthur Davis—. Supongo que encontraré algo. ¿A quién vas a contárselo, si digo que me voy?

—¿Qué coño esperáis que haga? Sois un par de ladrones, los dos. Sam Bowler trataba bien a todo el mundo. Aquí hay otros ocho empleados que han sacado adelante a la familia sin robar. No me das ninguna pena. Te pillo y lo primero que haces es echarle toda la culpa a Dora. Y no olvides esto, Arthur —dijo inclinándose hacia delante—: *a mí también ibais a robarme*. Los dos. Esta mañana ha llegado un cargamento. Doscientos rollos de lona impermeable. Una hora después, la furgoneta se ha llevado cincuenta rollos, pero a ver dónde está el registro de la venta de esos cincuenta rollos. Esto ha sido esta misma mañana, Arthur. No habéis esperado ni un día, ni tú ni Dora.

—Eso ha sido cosa suya —dijo Dora—. Yo le dije que esperara. Imbécil.

—Todos nos están mirando, ahí fuera —dijo Arthur.

—Sí, y seguramente se estarán preguntando qué pasa —dijo Lou—. No tengo nada más que deciros. Largo de aquí.

Se levantaron. Dora se fue al despacho exterior a ponerse el abrigo y el sombrero y se dirigió hacia la puerta de la calle sin hablar con nadie. Arthur se fue hacia la escalera trasera que conducía al almacén. Ahí desempaquetó una caja de revólveres Smith & Wesson recién llegados y abrió una cajita de munición. Luego se metió una bala en el cráneo, y Lou Mauser entró en una nueva fase de su carrera comercial.

El primer año fue más bien discreto. La gente lo tenía por un joven desalmado que había provocado el suicidio del superintendente de la escuela dominical. Pero a medida que el escándalo fue integrándose en la historia local, las opiniones adversas fueron corrigiéndose hasta encajar casi por completo con la primera impresión de los hombres de negocios, que se mostraban favorables a Lou. A fin de cuentas, Dora Minzer se había ido, presumiblemente a Elmira, Nueva York; y aunque corrían rumores acerca de los agentes de ventas de dos compañías mineras independientes, Lou nunca los implicó públicamente. La nueva opinión pública acerca de Lou Mauser decía que, de hecho, su comportamiento había sido ejemplar, y que había demostrado ser mejor hombre de negocios que Sam Bowler. Solo unos pocos optaron por mantener viva la historia del suicidio de Arthur Davis, y es probable que esos pocos hubieran hallado otras razones para criticar a Lou aun cuando Arthur no hubiera muerto.

Lou, por supuesto, no se culpaba de nada, y durante su primer año como dueño de la tienda, mientras aún duraban los ataques, dejó que el resentimiento fuera endureciéndolo hasta convertirse, en efecto, en el ser despiadado que decían que era. Se enzarzó en una guerra de precios contra las otras ferreterías, y una de las más nuevas acabó cerrando ante la imposibilidad de competir con Lou Mauser y Tom Esterly.

—Muy bien, señor Esterly —dijo Lou—. Ya somos uno menos. ¿Quiere que lo dejemos en empate?

—Tú empezaste, jovencito —dijo Tom Esterly—. Y yo puedo aguantar tanto como tú y quizá incluso *un poco* más. Si quieres empezar a sacar beneficios, allá tú. Pero no pienso hacer tratos contigo, ni ahora ni nunca.

—Usted recortó precios tanto como yo —dijo Lou.

—Pues claro que recorté.

—Entonces es tan culpable como yo de lo que le ha ocurrido a McDonald. Usted ha contribuido a arruinarlo y se quedará una parte de lo suyo.

—Sí, y puede que también la tuya —dijo Tom Esterly—. Los Esterly abrieron este negocio antes de la guerra de Secesión.

—Ya lo sé. De haber podido, habría comprado su tienda. Puede que lo haga.

—Quítatelo de la cabeza, joven amigo. Quítatelo de la cabeza. Veremos lo que vale tu crédito cuando lo necesites. Veremos qué confianza les mereces a los proveedores y los fabricantes. Yo sé qué confianza les merece Esterly Brothers. Nosotros les hicimos los primeros pedidos a esos fabricantes hace treinta, cuarenta años. Mi padre ya hacía negocios con algunos de ellos cuando Sam Bowler todavía iba en pañales. Te queda mucho que aprender, Mauser.

—Esterly y Mauser. Algún día me gustaría colgar un cartel donde ponga eso.

—Por encima de mi cadáver. Antes la ruina. Preferiría bajar la persiana.

—Oh, no es que te quiera como socio. Solo conservaría el nombre.

—¿Por qué no me haces un favor y te largas de mi tienda?

Tom Esterly era un caballero, egresado del instituto de Gibbsville y el Gettysburg College, miembro destacado de los círculos masónicos y de la junta de las organizaciones benéficas más antiguas. La palabra *arribista* no formaba parte de su vocabulario y no tenía ningún epíteto para Lou Mauser, pero su animadversión hacia él era tal que dirigió a sus empleados una de sus contadas órdenes ejecutivas: en adelante, cuando Esterly Brothers no tuviera un artículo, ya fuera de cinco centavos o de cincuenta dólares, los empleados no debían sugerirle al cliente que lo buscara en Bowler's. Para Tom Esterly esto suponía un importante cambio de política y representaba una actitud que se negaba a admitir la existencia de la competencia de Mauser. En la calle, inclinaba la cabeza si Mauser le hablaba, pero él no le dirigía ni una sola palabra.

La siguiente ofensiva de Mauser fue la publicidad. Sam Bowler nunca había publicado anuncios, y la publicidad de Esterly Brothers se limitaba a unas tarjetas de obsequio en el anuario del instituto y en el programa del concierto que el coro de la iglesia luterana daba todos los años. En esas tarjetas se leía: «Esterly Bros., Fundado en 1859, 211 N. Main St.», y eso era todo. Ni una mención al negocio de la ferretería. Para Tom Esterly fue motivo de sorpresa y de repulsión encontrarse en los dos periódicos de la ciudad un anuncio a página completa en el que se informaba de unas grandes rebajas de primavera en la ferretería Bowler's, Lou Mauser, director y propietario. Era el primer anuncio de una ferretería en la historia de Gibbsville y, peor aún, era la primera vez que Mauser ponía su nombre en la tienda de Sam Bowler. Tom Esterly fue a comprobarlo y, efectivamente, Mauser no solo había puesto su nombre en el anuncio, sino que lo había hecho pintar en los escaparates de la tienda con unas letras casi tan grandes como las de Bowler. Las rebajas, naturalmente, no eran más que una vuelta a la táctica de recorte de precios de Mauser, aun cuando en el anuncio dijera que solo durarían tres días. Mauser ofrecía auténticas gangas; algunos artículos, según supo Tom, se vendían a precio de coste. Mientras duraron las rebajas, Esterly Brothers se quedó casi sin clientes.

—Están todos en la tienda de Mauser —dijo Jake Potts, el jefe de tienda de Tom.

—Querrás decir en la de Bowler —dijo Tom.

—Bueno, sí, pero apuesto a que dentro de un año habrá quitado el nombre de Sam —dijo Jake.

—¿De dónde saca el dinero, Jake?

—Del volumen. Lo que llaman volumen. Ha contratado a dos tipos que van con una carreta de caballos a visitar a los granjeros.

—¿Vendedores?

—Dos. Hablan alemán de Pensilvania y van por las granjas. El primer día les regalan algo a las mujeres y se van con la carreta a los campos para hablar con los granjeros. Les dan un paquete de tabaco de mascar y quizá correas para la yunta. Me lo ha dicho mi cuñado, que vive en el valle. En la primera visita no tratan de venderles nada, pero los granjeros se acuerdan del tabaco, y la próxima vez que tienen que ir al mercado, si necesitan algo, van a Bowler's.

—Bueno, los granjeros pagan tarde. Nunca hemos tratado mucho con ellos.

—Aun así, Tom, hace falta mucha pintura para pintar un granero, y ellos le compran la pintura a Mauser. Mi cuñado dice que Mauser está dándole crédito a todo el mundo. Todo granjero con una vaca y una mula puede acceder al crédito.

—Los despropósitos se acaban pagando. Además, dejar que esos granjeros se endeuden está mal, *mal*. Ya sabes cómo son, algunos. Vienen a comprar algo y a la que se despistan se van cargados de cosas que no necesitan.

—Sí, ya lo sé. Y Mauser también lo sabe. Pero él tiene volumen, Tom. Poco beneficio, mucho volumen.

—Espérate a que tenga que mandarles un recaudador de deudas a los granjeros. De nada le valdrá entonces su tabaco de mascar —dijo Tom Esterly.

—No, supongo que no —dijo Jake Potts.

—De todos modos no veo de dónde saca dinero contante. Tú dices que del volumen, pero por más volumen que tenga, vendiendo a cuenta no se saca metálico.

—Bueno, supongo que mostrándole al banco un montón de cuentas a recibir. Y tiene muchas, Tom. Muchas. Cuando tienes a todo el mundo debiéndote dinero, la mayoría te acaban pagando algún día. La mayoría de las personas de por aquí pagan sus facturas.

—¿Estás criticando nuestra política, Jake?

—Bueno, los tiempos cambian, Tom, y hay que estar a la altura de los tiempos.

—¿Querrías trabajar para un hombre como Mauser?

—No, y se lo he dicho —dijo Jake Potts.

—¿Quería contratarte?

—Hace un par de meses, pero le dije que no. Llevo demasiado tiempo aquí y prefiero quedarme hasta que me jubile. Pero mira ahí, Tom. Mira ahí, entre los mostradores. Una clienta. Todos los demás están en las rebajas de Mauser.

—Intentó apartarte de mi lado. Esto ya es demasiado —dijo Tom Esterly—. ¿Te importaría decirme cuánto te ofreció?

—Treinta a la semana y un porcentaje sobre los nuevos clientes.

—Creería que te llevarías a tus clientes contigo. En fin, supongo que tengo que aumentarte a treinta. Aunque tal y como están las cosas ahora mismo, no puedo ofrecerte ningún porcentaje sobre la clientela nueva. Todo apunta en la dirección contraria.

—No te he pedido ningún aumento, Tom.

—Te lo doy de todos modos, a partir de esta semana. Si te vas, tengo que cerrar el negocio. No tengo a nadie que te reemplace. Y todavía no he decidido a quién nombrar jefe de tienda cuando te jubiles. Paul Schlitzer va justo detrás de ti, pero se le olvidan las cosas. Supongo que tendrá que ser Norman Johnson. Aunque es más joven.

—No cuentes con Norm, Tom.

—¿Mauser también le ha hecho una oferta?

—No estoy seguro, pero creo que sí. Cuando alguien empieza a actuar por su cuenta es porque tiene buenas razones para ello. Norman hace un tiempo que entra tarde por la mañana y cuando dan las cinco y media no espera a que le mande bajar las persianas.

—¿Has hablado con él?

—Todavía no. Pero más vale que empecemos a buscar a alguien. No tiene por qué ser alguien del sector. Cualquier chico joven y listo con experiencia de cara al público. Yo puedo enseñarle a llevar el negocio antes de jubilarme.

—Muy bien, lo dejo en tus manos —dijo Tom Esterly.

Cuando volvió a cruzarse con Lou Mauser lo hizo pararse.

—Me gustaría hablar contigo un momento —dijo Tom Esterly.

—Con mucho gusto —dijo Mauser—. Vamos al borde de la acera, donde no pase la gente.

—No tengo gran cosa que decirte —dijo Tom Esterly—. Solo quería que supieras que estás yendo demasiado lejos intentando quedarte con mi gente.

—Es un país libre, señor Esterly. La gente quiere mejorar. Seguro que Jake Potts ha logrado un aumento. ¿Ha igualado mi oferta?

—Jake Potts no trabajaría para ti, le ofrezcas lo que le ofrezcas.

—El caso es que ahora está mejor que antes. Debería estarme agradecido. Señor mío, pienso hacerle propuestas a todo aquel que me apetezca contratar, tanto si trabaja para usted como si trabaja para otro. No tengo por qué pedirle permiso, igual que no tengo que pedirle permiso para hacer rebajas. He visto por la tienda a clientes que nunca había visto antes, ni siquiera cuando Sam Bowler era el dueño. Yo le hice una oferta *a usted*, así que ¿por qué no iba a hacérsela a quienes trabajan para usted?

—Buenos días —dijo Tom Esterly.

—Buenos días tenga usted —dijo Lou Mauser.

Tom Esterly estaba preparado para perder a Norman Johnson, pero cuando Johnson reveló un talento oculto para la decoración de escaparates, se sintió engañado. El escaparate, que atrajo tanta atención que incluso se comentó en los periódicos, consistía en una escena de acampada otoñal que ocupaba todo el espacio del escaparate de Mauser. Dos maniquíes, vestidos con ropa de caza, estaban sentados junto a una hoguera delante de una tienda de campaña. Una lámpara incandescente simulaba el brillo del fuego, y las ramas de pino y abeto y la hierba artificial añadían un efecto de fronda. Apoyadas contra los troncos o colocadas sobre la hierba artificial, había dispuestas armas de toda clase, desde escopetas a pistolas automáticas. Había cuchillos de caza y brújulas, portacerillas y cantimploras Marble, catres y mantas, morrales de lona y piel, cocinas de retención de calor, aparejos de pesca, lámparas de carburo y queroseno, canoas Old Town, maletines para armas y fundas de revólver, reclamos y señuelos para patos, termos y botiquines. Allá donde quedaba algo de espacio entre los artículos, Norman Johnson había colocado ardillas y codornices disecadas; detrás de los pinos y los abetos asomaban las cabezas de un oso canela, un alce, un wapití, un ciervo y, encima de todos estos, un lince disecado con una mueca de gruñido permanente.

Durante todo el día la gente se paraba a mirar, y después del colegio los niños gritaban, señalaban, discutían y pedían. Nunca se había visto nada semejante ni en los escaparates de Bowler's ni en los de Esterly Brothers, y cuando el decorado se retiró por Acción de Gracias se oyeron expresiones de lamento. Los niños tuvieron que buscarse otro sitio adonde ir. Con todo, el campamento de caza de Norman Johnson se convirtió en un acontecimiento anual, y muy rentable para Lou Mauser.

—A lo mejor no debimos dejar que Norm se marchara —dijo Jake Potts.

—Está donde se merece —dijo Tom Esterly—. Exactamente donde se merece. Así es como hacen negocio esos vendedores de humo. Nosotros vivimos del valor real y de la mercancía de calidad, no de las farsas.

—Esta temporada solo hemos vendido dos escopetas y ni un solo rifle, Tom. Cuando menos nos lo esperemos, habremos perdido también la franquicia de los rifles.

—Bueno, nunca hemos vendido muchos rifles. Este es un país de escopetas.

—No lo sé —dijo Jake—. Teníamos buenas ventas de calibre veintidós. Habremos vendido unos trescientos de corredera del veintidós, y los cartuchos dan un beneficio estable.

—Reconozco que otros años vendíamos rifles del veintidós. Pero se habla de una ley que prohibirá su uso dentro de los límites del municipio. Desde que el chico de los Leeds le sacó un ojo al de los Kerry.

—Tom, te niegas a afrontar los hechos —dijo Jake—. Este tipo nos está haciendo perder ventas, y no solo en la línea deportiva o en cualquier otra línea. Afecta a todo. Utensilios de cocina. Herramientas de casa. Pinturas y barnices. Ya no viene tanta gente como antes. Cuando cogiste el timón, tras la muerte de tu padre, lo único que no vendíamos eran cosas de comer. Si se come, no lo vendemos, era el lema.

—Ese nunca ha sido nuestro lema. Solo era una broma que se decía —dijo Tom Esterly.

—De acuerdo, sí. Pero teníamos bromas como esa. Cada dependiente tenía sus clientes habituales. Cuando alguien entraba, se lo compraba todo al mismo dependiente. Recuerdo que un día la señora Stokes vino para pedirme prestado el paraguas, y yo ese día no estaba y no quiso llevarse el paraguas de nadie más. Esa era la clase de clientela que teníamos. Pero ¿dónde está hoy esa gente? Está en la tienda de Lou Mauser. ¿Por qué? Por ejemplo porque en septiembre, cuando empieza el colegio, Lou Mauser les regala una regla a todos los niños de la escuela pública y de la católica. Puede que le cuesten medio centavo cada una, y pongamos que hay mil niños en el colegio. Cinco dólares.

—Jake, no haces más que decirme cosas de estas. Me haces pensar si no preferirías trabajar para Mauser.

—Te lo digo por tu propio bien. Tu padre y tu tío Ed ya no están aquí para decírtelo. Y también lo hago por mi bien, lo reconozco. El año que viene me jubilo, y si tienes que cerrar, no cobraré mis cincuenta dólares al mes.

—¿Si tengo que cerrar? ¿Quieres decir ir a la quiebra por culpa de Mauser?

—A menos que hagas algo para poder competir con él. Una vez dijiste que Mauser tendría problemas con los mayoristas y los fabricantes. Y sin embargo ahora las cosas están al revés. No te engañes, Tom. Los fabricantes se guían por los pedidos que les enviamos, y todavía tenemos excedentes del año pasado.

—Te diré una cosa: antes cerrar que hacer las cosas a su manera. No te preocupes. Tendrás tu pensión. Tengo otras fuentes de ingresos aparte de la tienda.

—Si tienes que cerrar la tienda, me quedaré sin pensión. No pienso aceptar limosnas. Me buscaré otro trabajo.

—Con Mauser.

—No, no trabajaré para Mauser. Eso es algo que no haré jamás. Para mí es como si Mauser le hubiera puesto la pistola en la cabeza a Arthur Davis, y Arthur era amigo mío, robase o no. No sé qué fue lo que Mauser le dijo a Arthur ese día, pero fuera lo que fuera, Arthur no vio otra salida. Nunca trabajaría para alguien así. A mí manera de ver, tiene sangre en las manos. Cuando me encuentre a Arthur Davis en la otra vida no quiero que me mire y me diga que no fui un amigo de verdad.

—Arthur nunca diría eso de ti, Jake.

—Quizá sí. Tú no conociste a Arthur Davis tan bien como yo. Ese hombre era un cúmulo de preocupaciones. A veces volvía a casa andando con él. Primero se preocupaba porque Minnie no estaba segura de querer casarse con él. Luego, los niños, y Minnie enferma la mitad del tiempo, pero los niños como si nada. Clases de piano. Un poco de dinero para ayudarlos cuando se casaron. Dicen que fue Dora Minzer la que le enseñó cómo arañarle dinero a Sam Bowler, y yo me lo creo. Lo que no me creo es que hubiera algo entre él y Dora. No. Esos dos tenían debilidad por el dinero, y eso es lo único que hubo entre ellos. Nunca sabremos cuánto le robaron a Sam Bowler, pero Arthur dio buen uso a su parte, y Sam nunca lo echó en falta. Tampoco Ada Bowler. Arthur no habría robado ese dinero si Sam y Ada hubieran tenido hijos.

—Ahora te estás pasando. Eso no lo sabes, y yo no me lo creo. Arthur hacía lo que Dora le decía. ¿Y qué hay de la vergüenza? ¿Acaso los hijos de Arthur no habrían preferido crecer pobres a ver morir a su padre como un ladrón?

—No lo sé —dijo Jake—. En parte era dinero limpio. Nadie sabe qué parte del dinero era robado. Sus hijos ni siquiera supieron que el dinero era robado hasta el final. Para entonces todos habían tenido una buena educación. Para honra de sus padres y de la iglesia y de la ciudad. No verás una familia mejor por aquí. Y los criaron en la honradez. Todos ellos son jóvenes decentes y respetables. No puede culpárselos por no haberle preguntado a su padre de dónde salía el dinero. Sam Bowler nunca sospechó, ¿verdad que no? El único que sospechó fue Lou Mauser. Y dicen que mantuvo la boca cerrada seis o siete años, así que en parte fue cómplice. Si yo creyera que alguno de tus empleados te la está pegando, lo diría. Pero Lou Mauser nunca soltó prenda hasta que fue el dueño. A veces pienso que quizá lo que quería era que llevaran a Sam a la bancarrota para luego poder comprar la tienda más barata.

—Vaya, eso sí es interesante —dijo Tom Esterly—. No lo descartaría.

—No digo que sea cierto, pero le pegaría —dijo Jake—. No, nunca iría a trabajar para ese tipo. Incluso a mi edad, prefería cavar zanjas.

—Mientras yo viva no tendrás que cavar zanjas, y no me digas que no piensas aceptar limosnas. Tú cobrarás tu pensión de Esterly Brothers tanto si seguimos como si no. Así que no me vengas otra vez con eso. Mejor aún, vuelve al trabajo. Mira, ahí hay una clienta.

—Seguramente querrá que le preste el paraguas —dijo Jake—. Está lloviendo.

Esterly Brothers duró más de lo que Jake Potts esperaba, y aun más que el propio Potts. Hubo años malos, algo fácil de explicar, pero también hubo años en que la tienda registró beneficios, cosa que sí es difícil de explicar. Lou Mauser se expandió; compró el local anejo al suyo. Abrió sucursales en otras dos ciudades del condado. Retiró definitivamente el nombre de Bowler. Esterly Brothers siguió como siempre, el centro de la tienda seguía siendo tan oscuro como de costumbre, con las luces eléctricas encendidas todo el día. La pesada fragancia de ferretería —algo a medio camino entre el olor acre de una herrería y el olor dulzón de una farmacia— se hallaba ausente de los edificios bien ventilados de Lou Mauser, que llenó sus tiendas de jóvenes ambiciosos. Sin embargo, algunos de los antiguos clientes de Esterly Brothers volvieron tras haber desertado temporalmente a Mauser's, y en Esterly encontraron a dos o tres de los viejos dependientes que habían visto en Mauser's, veteranos de los tiempos de Bowler. Aunque se lo guardara para sí, era obvio que Tom Esterly había decidido librar aquella competición de ambiciones con una atmósfera que iba veinte años por detrás de los tiempos. Los clientes que pagaban en metálico tenían que esperar a que su dinero se enviara a la parte de atrás de la tienda en un riel aéreo, que se procediera al cambio y que se les enviara la vuelta en un recipiente de madera atornillado al cable del riel. Tom nunca puso una registradora eléctrica, y las únicas rebajas que hizo fue cuando ofreció un descuento del cincuenta por ciento sobre todas las existencias con ocasión de la liquidación del negocio. Tres años malos seguidos, la única vez que algo así había ocurrido desde la fundación de la tienda, no admitían réplica, de modo que publicó un anuncio en los periódicos para anunciar su decisión. El anuncio era bien sencillo:

50% de descuento
en todos los artículos
Liquidación por cierre
A partir del 1 de agosto de 1922
ESTERLY BROTHERS
Fundado en 1859
Horario: 8-21 h
Solo compras en metálico. Sin derecho a devolución

La mañana que se publicó el anuncio, Tom Esterly fue a su despacho, donde no le extrañó encontrar a Lou Mauser esperándolo.

—Y bien, ¿qué puedo hacer por ti?

—He visto el anuncio. No sabía que la cosa fuera tan grave —dijo Lou—. Lo siento de verdad.

—No veo por qué —dijo Tom—. Es lo que buscabas. ¿A qué has venido? Si quieres comprar algo, mis dependientes te atenderán.

—Le compro todas las existencias, veinte centavos por dólar.

—Creo que prefiero hacerlo a mi manera, vendiéndoselo a los clientes.

—Habrá muchos excedentes.

—Los regalaré —dijo Tom Esterly.

—Veinte centavos por dólar, señor Esterly, y no tendrá que regalar nada.

—Y querrás que además incluya el nombre y el local —dijo Esterly.

—Pues sí.

—Me tienta vendértelo. Las existencias y el local. Pero el nombre tendría que ir por separado.

—¿Cuánto por el nombre? —dijo Lou Mauser.

—Un millón de dólares en metálico. Oh, ya sé que no vale tanto, Mauser, pero a ti no te lo vendería por menos. En otras palabras, no está en venta para ti. Dentro de una semana a contar desde el sábado a las nueve en punto, este negocio cierra para siempre. Pero nada de él te pertenece.

—Los últimos dos años ha estado llevando la tienda por puro capricho. Ha estado perdiendo dinero a espuertas.

—Podía permitírmelo, y estos tres años me han reportado más placer que todos los demás juntos. Cuando esta tienda cierre mucha gente la echara de menos. No porque sea una tienda. Tú también tienes una. Pero aquí teníamos algo mejor. Nunca hemos tenido que regalar reglas a los niños, ni que vender más barato que la competencia. Nunca hemos hecho nada de eso, y antes de hacerlo hemos decidido cerrar. Pero sobre todo le hemos dado a la gente algo que recordar. Nuestro tipo de negocio, no el tuyo, Mauser.

—¿Es usted de los que me echan en cara lo de Arthur Davis?

—No.

—Entonces ¿qué tiene contra mí?

—Sam Bowler te dio tu primer trabajo, te ascendió varias veces, te concedió aumentos, te animó. ¿Y cómo se lo pagaste? Mirando para el otro lado cuando supiste que Arthur Davis y Dora Minzer le estaban robando. Hay quien dice que lo hiciste porque tenías la esperanza de que Sam quebrara, así podrías comprarle el negocio más barato. Puede que sí, puede que no. No es eso lo que te echo en cara, sino que miraras para otro lado, que nunca le dijeras a Sam lo que le estaban haciendo. *Eso* fue lo que mató a Arthur Davis, Mauser. Sam Bowler era la clase de hombre al que si le hubieras contado lo de Arthur y Dora, habría mantenido la boca cerrada y les habría dado otra oportunidad. Tú nunca les diste otra oportunidad. Ni siquiera les diste la oportunidad de devolverlo. No puedo hablar por Dora Minzer, pero Arthur Davis tenía conciencia, y un hombre que tiene conciencia tiene derecho a usarla. Arthur Davis se habría pasado el resto de su vida intentando resarcir a Sam, y hoy estaría vivo, aunque todavía le estaría pagando a Ada Bowler, sin duda. Estaría pasando trabajos, sin duda. Pero vivo y con la conciencia tranquila. Tú no mataste a Arthur Davis al despedirlo ese día. Lo mataste mucho antes mirando para otro lado. Y estoy seguro de que no entiendes una sola palabra de lo que estoy diciendo.

—No me extraña que haya tenido que cerrar. Tendría que haber sido predicador.

—Lo pensé —dijo Tom Esterly—. Pero no tenía vocación.

Atado de pies y manos

Un día, Miles Updegrove, que de ordinario no reparaba en esas cosas, reparó en que Earl Appel había ido a trabajar en mocasines. No eran mocasines de veinticinco dólares, no tenían borlas y ni siquiera estaban lustrados. Eran exactamente el mismo tipo de mocasines que Miles Updegrove se ponía para estar por casa los sábados, cuando se dedicaba a las tareas que había ido postergando durante la semana. Eran la versión de Miles Updegrove de las zapatillas de tela que su padre se ponía para hacer sus cosas en esa misma casa. Seth Updegrove nunca se habría puesto zapatillas para ir al banco; Miles nunca se pondría mocasines para ir al banco; y no le gustaba ver cómo Earl Appel acudía a trabajar en mocasines, como no le habría gustado ver a Earl presentarse en el banco sin corbata. Es cierto que los zapatos de Earl no eran visibles desde su puesto detrás del mostrador. También era posible que Earl tuviera los zapatos de siempre en el zapatero y que los mocasines fueran de repuesto. Además, Miles era de esos hombres que creen en mantener las distancias con los empleados del banco, y hablar sobre zapatos con Earl Appel habría supuesto una transgresión de sus propias normas. Con todo, cuando al lunes siguiente Miles Updegrove acudió a la reunión de la directiva, se tomó la molestia de ir a comprobar cómo iba calzado Earl Appel, y, tal y como se temía, Earl volvía a llevar los mocasines. A la semana siguiente, luego de la reunión de la directiva, Miles Updegrove quedó consternado al ver que, aparentemente, los mocasines eran el calzado habitual de Earl Appel. Puede que se los hubiera lustrado una vez desde el día en que Miles había reparado en ellos, pero seguían pareciendo fuera de lugar en un banco.

Miles pensó en redactar un memorándum destinado al personal del banco. En 1955 había atajado un problema de naturaleza similar mediante un memorándum destinado a los empleados varones. «Ha llegado a nuestro conocimiento —había escrito Miles en esa ocasión— que algunos de nuestros empleados sufren el síndrome de la "sombra de barba de las cinco", una afección que en estos tiempos en que crece el número de clientes de sexo femenino no contribuye ni al orden ni al prestigio del Banco. Después de investigar, hemos descubierto que al objeto de llegar puntuales por la mañana, varios de nuestros empleados han adquirido la costumbre de afeitarse la noche anterior, hábito que sin duda tiene su origen en el paso por el ejército o la armada. A la vista de las varias quejas recibidas, abrigamos la franca esperanza de que se pondrá fin a dicha costumbre.»

El memorándum iba firmado: «M. B. U., Presidente, en nombre de la Junta Directiva», y Miles estaba orgulloso de él, pues no solo aunaba firmeza y tacto, sino que además se había demostrado plenamente efectivo. Los culpables de afeitarse la noche anterior —otros dos, además de Earl Appel— acataron la directiva y nunca volvió a recibirse queja alguna por la sombra de barba de las cinco.

Sin embargo, esta era una situación distinta. (En realidad ninguna clienta se había quejado de que los empleados fueran mal afeitados, por supuesto. Aquello no había sido más que un detalle inspirado que había dado en coincidir con una campaña para captar las cuentas de ahorro de las mujeres. Había sido Miles Updegrove quien había notado que por las tardes la barba de los jóvenes parecía más densa que la de los de más edad.) Durante la jornada, Earl Appel apenas tenía ocasión de salir de detrás del mostrador y dejar que los clientes vieran sus mocasines. El problema no podía abordarse de la misma manera que el problema de la barba. Earl Appel era el único que iba en mocasines al trabajo, y un memorándum habría sido una medida demasiado explícita. No obstante, había que hacer o decir algo, pues si bien era cierto que habitualmente Earl Appel no hacía nada en la parte del mostrador reservada al público, también lo era que todas las mañanas iba andando al trabajo, que comía todos los días en la cafetería de la YMCA y que todas las tardes volvía andando a casa. En otras palabras, la gente lo veía, y todo el mundo sabía que era empleado del banco.

—Da mala impresión —dijo Miles Updegrove una tarde en casa—. Un hombre demasiado perezoso para abrocharse los zapatos por la mañana.

—Habla con él —dijo Edna Updegrove.

—¿Cuándo? Por regla general, solo voy ahí dos veces por semana.

—Pero eres el presidente del banco —dijo Edna—. ¿Qué te impide ir cuando te plazca?

—No lo entiendes, Edna. Mi padre siempre me decía que el cajero es quien se encarga de las relaciones de plantilla. Papá no decía relaciones de plantilla, y ahora al cajero lo llamamos director, pero esa es la idea general.

—Entonces habla con Fred Schartle. Díselo *a él*.

—Ya lo he pensado, pero si le digo algo a Fred, se pondrá susceptible. Se lo tomará como si fuera una crítica a las relaciones de plantilla, es decir, al hecho de que no se haya dado cuenta de que Earl Appel va a trabajar todos los días con zapatos de *sport*. Hay que ir con cuidado con Fred. No hay banco de nuestro tamaño que tenga mejor director en todo el estado de Pensilvania. Fiable y aplicado como el que más. Pero no lo critiques.

—No tienes que tener miedo de Fred Schartle. Más bien al revés, diría yo —dijo Edna Updegrove.

—Oh, no creo que sea por miedo a Fred Schartle. No creo que nadie piense eso. Lo que pasa es que se toma muy a pecho que los demás pisen su territorio. Como cuando se habló de darle una gratificación a Clara Slaymaker. ¿Recuerdas cuando Clara sugirió dar algún tipo de obsequio a las clientas nuevas?

—La verdad es que no me acuerdo, pero sigue.

—Sí, Clara sugirió regalarles alguna baratija. Por cada cuenta de ahorro superior a diez dólares.

—No, supongo que lo he olvidado —dijo Edna.

—Bueno, el caso es que pusimos un anuncio en el *County News* y llegaron como cuarenta y cinco clientas nuevas, con eso está todo dicho.

—Me pregunto qué regalaríais —dijo Edna.

—Una especie de artilugios de plástico. Costaban como dos dólares cada uno al por mayor. Te traje uno.

—¡Ah! Los conjuntos de picnic. Ya me acuerdo. No eran muy buenos, no podían dejarse al sol. No quiero decir que fuera culpa de Clara. Creo que estaban hechos en Japón. Estoy casi segura.

—¿Qué más da dónde los hicieran o qué fueran? —dijo Miles Updegrove.

—Usted perdone, pero tampoco tiene que oírte todo el vecindario —dijo su mujer.

—Es que me distraes con cosas sin importancia —dijo él—. Yo estaba hablando de Clara Slaymaker y Fred Schartle, y de lo quisquilloso que es.

—Pues sigue.

—A eso voy —dijo Miles Updegrove—. Total, que estábamos en una reunión y a alguien se le ocurrió que sometiéramos a voto una gratificación especial para Clara. Nada ostentoso. Del orden de unos cincuenta dólares, o quizá una semana de sueldo. Cincuenta dólares, si mal no recuerdo, porque no llegaba a una semana de sueldo. Clara ahora gana setenta y cinco, pero creo que entonces solo ganaba setenta.

—Cielos, no sabía que ganaba tanto. Eso es lo que cobraba mi padre cuando era superintendente escolar. Trescientos al mes.

—Ya, pero ¿cuánto hace de eso? Earl Appel gana ciento veinticinco más la paga extra de Navidad. Deberías ver nuestra lista de salarios. Te llevarías unas cuantas sorpresas más. Raro es el año que Fred Schartle no gana más de diez mil, *contando* la paga extra de Navidad, quiero decir. Y sin embargo se negó en redondo a concederle una gratificación a Clara. Nada personal. Solo que no quería que fuéramos nosotros quienes recomendáramos una gratificación para miembros concretos de la plantilla. Su argumento era que ese tipo de reconocimientos debían partir de él. Son su equipo, y se supone que él los conoce mejor que la directiva. Bueno, tenía razón. Puede que Clara sugiriera regalar los conjuntos de picnic a las nuevas clientas, pero si eso le daba derecho a una gratificación de cincuenta dólares, entonces los demás tenían derecho a lo mismo o más. Como Earl Appel, que probablemente nos hizo ahorrar un montón de dinero al oír que estábamos considerando abrir una sucursal en la autopista de Northampton, la vieja autopista de Northampton, cerca de la granja de Zellerbach. Creíamos que podía ser un buen sitio para poner una sucursal, ahí, donde la autopista de Northampton enlaza con la carretera de Lehighton. Pero según Fred, Earl Appel le dijo que una gran empresa de Filadelfia estaba pensando en abrir un supermercado a un par de kilómetros de la autopista. Cómo se enteró Earl de eso no lo sé, pero tenía razón. En otras palabras, si hubiéramos seguido adelante y hubiéramos puesto la sucursal en el desvío de Lehighton, nos habríamos quedado a un par de kilómetros de donde se mueve el dinero. Compuestos y sin novia, como si dijéramos.

—Sí, puedo imaginármelo —dijo Edna.

—De modo que si queríamos repartir gratificaciones, Earl Appel tenía más derecho que Clara Slaymaker.

—Eso parece —dijo Edna.

—Con esa información la mayoría de la gente habría comprado terrenos en los alrededores, pero, una de dos, o Earl era demasiado tonto, o, lo que es más probable, ya tenía más deudas de las que podía pagar. No nos gusta que nuestros empleados rebasen ciertos límites. Depende de la persona, pero nuestra política es que un empleado de banco no debería contraer obligaciones por más de un tercio de su sueldo semanal. Y Earl Appel siempre está rozando esa cifra.

—¿Cómo lo sabéis? —dijo Edna.

—¿Que *cómo* lo sabemos? Si alguien como Earl Appel debe

dinero o compra algo a plazos, Fred Schartle tiene *el deber* de saberlo. Los vigila como un halcón. Nosotros nunca despedimos a nadie, si podemos evitarlo. No es bueno para el banco que se diga por ahí que hemos despedido a alguien.

—Querrás decir que no es bueno para esa persona —dijo Edna.

—Tampoco para la persona, pero no es bueno para el banco. La gente siempre quiere saber por qué a tal lo despidieron, y nueve de cada diez veces no se creen la explicación. Por eso tenemos que quedarnos a gente a la que bien podríamos echar. Los animamos encarecidamente a irse, a buscar otro trabajo. Pero lo de despedirlos ya es otro asunto.

—Bueno, entonces ¿estás pensando en despedir a Earl? —dijo Edna.

—¿Yo he dicho eso? No, ciertamente no.

—No, pero eso es lo que infieres —dijo ella.

—Eso es lo que *tú* infieres. Desde que me casé contigo nunca has entendido la diferencia entre inferir y sugerir.

—De acuerdo. Lo que insinúas. Creo que quieres despedir a Earl —dijo ella.

—Si quieres que te sea absolutamente franco, ojalá dimitiera. No me gusta alguien que no puede tomarse la maldita molestia de abrocharse los zapatos por la mañana.

—En justicia, si tan grave es la cosa, tienes el deber de decirle algo a Fred —dijo ella—. ¿Fred sacó dinero con lo del supermercado?

—Por Dios, claro que no. Eso habría sido especulación inmobiliaria, que es una de las cosas a las que más nos oponemos.

—Entonces Earl merece algo de crédito por no haber especulado —dijo ella—. ¿Qué tienes contra Earl, aparte de que va a trabajar con zapatos de *sport*?

—Si he de ser sincero, no lo sé. No quiero pensar que es algo personal. En septiembre hará nueve años que está con nosotros, desde que salió del ejército. Los Appel son buena gente.

—Salvo Dewey, el que se casó con mi prima Ruth Blitzer. De él no puedo decir eso. Pero solo era un pariente lejano de Earl.

—Primo en tercer o cuarto grado —dijo Miles Updegrove—. Decían que se quedó traumatizado en la Primera Guerra Mundial. Es lo que se contaba. Pero recuerdo que cuando yo era pequeño, antes de la Primera Guerra Mundial, Dewey Appel llevaba el carro del hielo de Noah Klinger, y todo el mundo decía que podías pillar una cogorza solo con olerle el aliento. Pero Dewey solo era primo tercero o cuarto de Charley Appel, el padre de Earl.

—Al final se ahorcó —dijo Edna Updegrove.

—No, estás pensando en Sam Klinger. Dewey Appel se pegó un tiro. Sam Klinger era el hermano de Noah, el jorobado, y él *sí* se colgó. Pero Dewey Appel se pegó un tiro con un rifle del veintidós.

—Es verdad. Estaba pensando en Sam Klinger. Madre mía, ¿te acuerdas de eso? —Dejó de coser y empezó a buscar en el recuerdo—. Cuando iba al Colegio de la Calle Uno, el pequeño Sam Klinger nos daba un miedo de morirse. Por las tardes, cuando salíamos del colegio, siempre estaba ahí, y nuestros padres nos decían que nunca nos acercásemos a él. Los niños le tiraban piedras. Sí, se ahorcó, y Dewey se pegó un tiro. Eso es. Supongo que entonces yo ya iba al instituto.

—No, estabas en la normal, y yo todavía estaba en la Muhlenberg, en tercero o cuarto, pero me enteré.

—Es verdad, yo recibí una carta de mamá.

—Soozenserp —dijo Miles Updegrove.

—¿Qué?

—Es lo que se decía. Que había cometido soozenserp. Cuando uno se colgaba, decían que había cometido soozenserp. Supongo que sería un eufemismo.

—¡Ostras! Desde que tenía diez años no había oído a nadie usar esa expresión. ¿Cómo te ha venido a la cabeza?

—No lo sé.

—Soozenserp —dijo ella—. ¿Alto alemán?

—Lo dudo. *Süssen* significa «endulzar» en alto alemán, pero eso no tendría nada que ver con suicidarse. ¿Vendrá de *sirope*? No lo sé. A lo mejor tenía algo que ver con tomar veneno. Aunque recuerdo que de niños decíamos que alguien había cometido soozenserp tanto si tomaba veneno como si le ocurría como a Sam Klinger o a Dewey Appel.

—Si papá todavía viviera, lo sabría. Recopilaba todos esos dichos raros.

—Sí, algunos bastante raros para un superintendente escolar, si quieres que te diga.

—Eso es porque después de jubilarse quería trabajar en su diccionario de alemán de Pensilvania.

—Si hubiera incluido algunas de esas expresiones, lo habrían metido entre rejas.

—Oh, solo era un proyecto —dijo Edna—. Mamá echó todas sus notas al fuego, un par de cajones enteros. Papá tenía una letra terrible para ser maestro. No había quien la descifrase. Cualquiera diría que no tenía estudios. Ay, señor, señor. Cuando pienso en todo lo que estudiamos. Mi prima Ruth Blitzer también se graduó en la normal y vaya un servicio que le hizo, total para casarse con Dewey Appel. De vez en cuando se ganaba un dinero haciendo sustituciones en el Colegio de la Calle Uno, pero él se lo quedaba todo para comprar bebida. Y mírame a mí. Tengo el equivalente a dos años de universidad y no sé nada.

—¿Qué tienes que saber?

—¿Que qué tengo que saber? —dijo ella.

—Sí. Yo fui a la universidad, licenciado en artes, y ya ves cómo me gano la vida. Para eso no necesito un título universitario. Papá no tenía ningún título, ni siquiera el diploma de secundaria, pero mira todo lo que ganó.

—Eso es lo que digo —dijo ella—. Yo tengo mi certificado de la normal, y nunca me ha servido de nada.

—Eso es porque te casaste joven.

—Y con un hombre bien situado. Pero si no hubieras estado bien situado, me habría buscado un trabajo de maestra, y la historia habría sido muy distinta.

—No entiendo de qué te quejas —dijo él.

—Yo tampoco. *Sí*, sí que lo sé. Estaba pensando que mi educación se fue a la basura, y en todos los equilibrios que mi padre tuvo que hacer para ahorrar y llevarnos al colegio. A mi madre le parecía pecado gastar tanto dinero. Como el viaje a California. Veinticinco dólares al día por una habitación de hotel. Solo la habitación, sin comida.

—Hoy costaría el doble. Pero es nuestro dinero, y no nos endeudamos para pagarlo. Ahora la gente no se lo piensa dos veces a la hora de endeudarse. Por eso tenemos el departamento de préstamos personales en el banco. En la sucursal de la autopista, la máquina de hacer dinero es el departamento de préstamos, con todas esas parejas jóvenes.

—Gracias a Earl Appel —dijo ella.

—¿Gracias a Earl Appel? Oh, porque no nos dejó abrir donde la granja de Zellerbach. Pues bueno, sí.

—¿Alguna vez le has dado las gracias por eso?

—¿Personalmente? No, acabo de decírtelo, esas son las cosas que para Fred son su territorio.

—¿Y Fred le ha dado las gracias? —dijo ella.

—Claro que sí. Yo no estaba, pero estoy seguro de que Fred Schartle no se quedaría la información sin darle ni siquiera las gracias.

—Pero no le dio una gratificación —dijo Edna Updegrove.

—¿Por qué deberían darle una gratificación por algo así? Earl trabaja para el banco, ¿verdad que sí? ¿No le pagamos su sueldo todas las semanas? Si el banco perdiera un montón de dinero por culpa de una mala ubicación, Earl se quedaría sin paga extra a final de año.

—Ah, entonces se le dio una paga extra al final del año —dijo ella.

—Todos los empleados del banco reciben una paga extra a final de año, si es que así se vota. Pero si tuviéramos un año malo, no podríamos votarla. Las pagas extras salen de los beneficios, no lo olvides.

—Ah, conque de los beneficios, ¿no? Ya entiendo —dijo ella.

—Tú no entiendes nada, aunque me sorprendería que lo entendieras. Las mujeres nunca se toman la molestia de entender cómo funciona la banca.

—Clara Slaymaker sí —dijo Edna Updegrove.

—No. Clara es una necia. Cuando se jubile no la reemplazaremos. Lo único que sabe hacer es llevar los libros, y ahora hay máquinas para eso. El banco podría funcionar con la mitad de los empleados que tenemos ahora.

—Y entonces ¿por qué la tenéis? —dijo ella.

—Porque ella y Walter Fertig son los últimos a quienes contrató mi padre. De no ser por eso, los habrían echado cuando instalamos el equipo nuevo. Sentimentalismo. Si fuera por mí, los echaría, pero papá me dijo que me ocupara de Clara y Walter, y yo le dije que sí. Pero tratándose de otros, no hay sentimientos que valgan.

—Lo dices por Earl Appel —dijo ella.

—Lo digo por cualquiera que no muestre el debido respeto por su empleo presentándose a trabajar en mocasines. A Walter Fertig nunca he tenido que decirle que se ponga zapatos ni que se afeite por la mañana. Me hace hervir la sangre.

—Sí —dijo ella—. En fin, será mejor que busques la manera de quitártelo de encima.

En los dos o tres meses siguientes, durante sus dos visitas semanales al banco, Miles Updegrove se percató de su gradual antagonismo hacia Earl Appel, pero no tanto del hecho de que era perceptible. A pesar de que dejaba los problemas de plantilla para Fred Schartle, siempre había tenido la costumbre, cuando visitaba el banco, de pararse a decir hola a Walter Fertig y Clara Slaymaker, y, de paso, saludar por su nombre de pila al resto de miembros de la plantilla. «Solo quieren que les digas hola qué tal —le había dicho una vez su padre—. Pero quieren que lo hagas.» Miles no se daba cuenta de que su creciente desagrado hacia Earl Appel estaba llevándolo a abandonar una costumbre que era casi una tradición, y cuando se le llamó la atención al respecto, reaccionó con estupor. Fue Fred Schartle quien lo sacó a colación.

—Hay algo que quiero preguntarte, Miles —dijo Fred una tarde.

—Claro, ¿qué es? —dijo Miles.

—Se me hace un poco difícil decírtelo.

Miles Updegrove sonrió.

—Solo una cosa puede ser tan difícil —dijo—. Quieres que te preste dinero. ¿Cuánto es y para qué?

—No, no es dinero —dijo Fred—. En ese aspecto estoy satisfecho. Pero uno de nuestros chicos, Earl Appel, vino a verme hace una semana o dos y me dijo algo que me hizo pensar que tiene lo que llaman complejo de persecución.

—¿Quién lo persigue?

—A ver, no me malinterpretes, Miles, pero cree que eres tú. No que lo persigas, sino que no te cae bien. Me dijo que has dejado de dirigirle la palabra, aunque sigues hablando con todos los demás.

—Que yo sepa hablo con todo el mundo cada vez que vengo al banco. Si los veo. No puedo hablar con quienes no veo, pero que yo sepa...

Fred Schartle titubeó.

—¿Qué ocurre, Fred? Vamos, dilo.

Fred Schartle sacudió la cabeza.

—Entonces supongo que es inconsciente —dijo.

—¿El qué?

—Verás, desde que Earl me lo dijo, me he fijado que siempre que vienes hablas con todos salvo con él. En un par de ocasiones has pasado por delante de él sin decir nada. Un día incluso te abrió la puerta y no le dijiste nada. La puerta de la...

—Ya sé dónde está la puerta. Podría moverme por aquí con una venda en los ojos —dijo Miles Updegrove—. No sabía que debía gastar cortesías cuando alguien me abre la puerta. Yo también le abro la puerta a la gente, dependiendo de quien llegue primero. Pero no recuerdo que nadie me haya dicho que soy buena persona por eso. Es algo que uno hace, tanto si es el presidente del banco como si es un mero empleado como Bob Holz, que acaba de entrar en la empresa.

—Bueno, no es solo lo de la puerta —dijo Fred Schartle—. Es que cuando hay tres o cuatro empleados juntos les dices hola a todos menos a uno. Y cuando siempre es el mismo, me veo en el deber de preguntar si hay alguna razón en particular.

—Fred —dijo Miles Updegrove—. Yo te contraté y ascendí por encima de otros que tenían más antigüedad. Hace poco le decía a Edna que no hay banco de nuestro tamaño que tenga mejor director en todo el estado de Pensilvania. Lo creo de verdad, y estoy tan orgulloso de tu historial como de todo lo que he hecho por este banco. Pero si me vienes con la historia de que hay un empleado que tiene complejo de persecución, tengo que recordarte, Fred, que no eres perfecto. Nadie es perfecto. Ni siquiera tú, Fred.

—Yo nunca…

—Déjame acabar lo que tengo que decir, *por favor*. Ya sé de dónde viene esa expresión que has usado, complejo de persecución. Viene de los grandes bancos de Filadelfia, y seguro que también Nueva York; de Nueva York, *sin duda*. Tienen a psiquiatras trabajando a jornada completa, y cada vez que alguien comete un error lo mandan al médico para que le haga un examen mental. A lo mejor es que toma un par de copas con el almuerzo, o que le tiene el ojo echado a alguna de las jóvenes del archivo. Hace unos años fui a Denver y me contaron que algunos de los grandes bancos contratan a comecocos de esos. Sí, sé que los llaman así, y me parece un nombre muy apropiado. El congreso de banca de Denver. Yo estaba sentado al lado de otro banquero de provincias, como yo, y me dijo: «Señor Updegrove, empiezo a pensar que nos hemos equivocado de negocio». Decía que si no podemos despedir a un empleado poco fiable, más vale dejar los bancos en manos de los comecocos. Hay que dejar de ser tan protector con la gente poco fiable si no queremos que toda la estructura bancaria se desmorone. Y te lo digo con franqueza, Fred, no me hace gracia que un director bueno y de confianza como tú venga a hablarme de complejos de persecución. Siempre te he respaldado sin reservas, aun cuando no estaba del todo de acuerdo contigo. Los problemas de la plantilla son tu territorio, y yo ahí no me meto. Pero cuando te graduaste en la Universidad de Temple no te dieron el título de médico. Te formaste en comercio y finanzas, y si Earl Appel necesita ayuda en ese aspecto, en el mental, entonces quizá yo o *tú mismo* podamos hablar con la junta y ver qué se puede hacer. Quizá un permiso. A lo mejor hay que echarlo. No lo sé, Fred. De verdad que no lo sé. Y esto es todo lo que tengo que decir por el momento.

—Por Dios —dijo Fred Schartle.

—¿Qué?

—Dios mío de mi vida —dijo Fred.

—Vamos, Fred. Acuérdate de con quién estás hablando.

—¿Que me acuerde? No tengo que acordarme.

—Oh, sí —dijo Miles Updegrove—. Estás a punto de decir cosas que puede que lamentes mucho pero que mucho tiempo...

—Yo me voy. Dimito —dijo Fred.

—Esta es una. Cuidado a ver qué más dices. Porque sea lo que sea lo que tengas que decir, yo tengo la última palabra, Fred. No lo olvides. Más te vale que no lo olvides. No te vas a ir de aquí y vas a encontrar otro empleo igual de bueno así como así. Puede que no trabajes en una buena temporada. Yo mismo no querría contratar a un director que quisiera convertir mi banco en una institución mental. Vete a casa y háblalo con tu mujer, yo vendré el lunes como siempre.

—Te crees que me tienes atado de pies y manos.

—¿Y no es así? El banco tiene tus papeles. La pregunta es, Fred, cuando me lo piense bien, ¿voy a *querer* tenerte atado de pies y manos? A mí no se me agota la paciencia tan rápido como a otros, pero no me busques. Buenas noches.

Miles Updegrove volvió a casa en coche, se tomó sus habituales dos onzas de whisky y escuchó a Edna durante la cena. Los Philomatheans, su antiguo club literario de la normal, iban a celebrar una cena de reencuentro en primavera.

—¿Para qué querrán organizar una cena? Los Philos dejaron de existir allá por los años treinta. Tú nunca vas a las cenas de la ATO, no veo por qué tendría que ir yo a esta. Con todo, es agradable ver que se toman la molestia. Y todavía guardo mi insignia. Todos estábamos en los Philos. Mi padre, mis dos hermanas y yo. Todos Philos. Ah, y cómo odiábamos a los Keystones. Los Keystones estaban llenos de católicos. Cuando yo estaba ahí, los católicos no podían ser Philos. Yo no dejaba que ningún chico me llevara los libros si estaba en los Keystones. Paul O'Brien. No, *Phil* O'Brien. No, creo que tampoco. Era de las regiones del carbón. Sí, Paul. Luego supe que se había hecho juez. Y yo negándome a que un juez me llevara los libros por ser un asqueroso Keystone. Y católico. Ahora me da bastante igual. Me enteré hace poco que los Bradley son católicos, y hace casi un año que viven aquí.

—¿Los Bradley? —dijo Miles.

—Pasado el club de campo, en Heiser's Creek Road. Él es ingeniero eléctrico.

—Ah, ese Bradley. No, trabaja en la compañía de la luz, pero no es ingeniero. Director de distrito adjunto. No estarán mucho tiempo. A los cinco años los transfieren. Es amigo de Fred Schartle, y *él* tampoco estará por aquí mucho tiempo.

—Ay, por el amor del cielo, Miles. Sabía que estabas preocupado por algo. Seguro que otro banco te ha robado a Fred. Le pagan más, ¿verdad?

—Nada de eso —dijo Miles Updegrove—. Todavía no lo he decidido, pero no sé si debería dejar que se quede.

—¿Quieres decir echarlo, a Fred Schartle? ¿Cuándo fue...? El verano pasado dijiste que nunca echabas a nadie. Tiene que ser grave, un hombre en el que tenías tanta confianza. No será... Espero que no lo hayas pillado metiendo la mano en la caja.

—No, no ha metido la mano. Aunque miraré sus números antes de dejar que se vaya. No, que yo sepa está limpio. Pero acabo de averiguar que Fred Schartle se las da de comecocos aficionado. O sea de psiquiatra.

—¿Fred Schartle?

—Todos estos años le he dado carta blanca con los empleados, y resulta que su idea para manejarlos es ver si tienen complejo de persecución. ¿Qué es esto, un banco o una institución mental? Si Fred quiere dirigir una institución mental, allá él, pero…

—¿Han llamado a la puerta? ¿Quién será a estas horas? —dijo Edna Updegrove—. Siéntate, ya voy yo.

Edna fue a abrir la puerta. Miles se quedó en la mesa, intentando reconocer la voz del visitante, pero sin ganas de levantarse para ir a ver. Las primeras palabras inteligibles que oyó fueron las de Edna.

—No me lo cuentes a mí, Dorothy. Es mejor que lo hables con mi marido. Estábamos acabando con los postres.

Dorothy era el nombre de pila de la mujer de Fred Schartle. Miles se levantó y fue a la puerta principal.

—Buenas noches, Dorothy —dijo.

—Oh, señor Updegrove. ¿Se puede saber qué le ha dicho? Ha llegado a casa a las siete contando desvaríos. Lo único que he entendido es que…

—Os dejo solos —dijo Edna Updegrove, y los dejó.

—Siéntate, Dorothy. Toma un cigarrillo si quieres. ¿Te apetece un café? Íbamos a tomar un poco.

—No, gracias, señor Updegrove. Ha venido hecho una fiera. Nunca lo había visto comportarse así.

—¿Ha bebido? —dijo Miles Updegrove.

—Sí, seguro que sí. No es que se tambaleara ni nada, pero ha llegado una hora tarde, así que supongo que habrá tomado una o dos copas. Sí. No en casa, sino antes. Pero, por favor, dígame qué le ha dicho. Lo único que he entendido es que han discutido por algo.

—Siento que tengas que verte metida en esto, Dorothy —dijo Miles—. Sí, Fred y yo hemos discutido por un asunto del banco, y de pronto, sin venir a cuento, ha empezado a decir barbaridades. Ha usado un tono y ha hecho unas alusiones personales que no puedo tolerar.

—¿Se ha ido? ¿Ha dimitido?

—Sí, ha dimitido —dijo Miles Updegrove.

—Ay, Dios mío —dijo ella. La mujer dejó caer las manos de los brazos de la silla y el peso hizo que se le doblara el torso. Pasó un rato sin decir nada.

—¿Puedo ofrecerte algo de beber?

—Agua. ¿Puede darme un vaso de agua?

Miles llamó a su mujer.

—Edna, ¿le traerás un vaso de agua a Dorothy?

La mujer abrió el bolso y sacó una cajetilla de cigarrillos.

—Creo que voy a fumarme uno —dijo.

—Sí, fúmate uno —dijo él.

—¿Quiere? —dijo ella.

—No, gracias —dijo él—. Nunca fumo de esos. Solo pipa. A veces un puro.

—Aquí estoy —dijo Edna Updegrove llegando con un vaso de agua—. ¿Algo más? ¿Un café?

—No, gracias. Es solo que… Tenía la garganta seca.

—Claro. Si queréis algo más, llamadme. Estaré en la cocina, así que gritad por si está el lavavajillas encendido.

Edna Updegrove se fue.

—La señora Updegrove es maravillosa. Todo el mundo la aprecia —dijo Dorothy Schartle. Dio un sorbo al agua—. Ya estoy mejor. De repente se me ha secado la garganta.

—No pasa nada —dijo Miles—. En fin, no sé qué más decir, Dorothy.

—¿Qué le ha dicho al dimitir? ¿Por qué? ¿Qué razón le ha dado?

—¿Qué razón? Oh, no me ha dado ninguna razón. Se ha ofendido por algo que he dicho sobre los asuntos del personal. Supongo que ha sido por eso. Pero no tenía necesidad de perder los estribos de esa manera. La verdad, me he ido del banco antes de que dijera algo peor.

—Es impropio de él —dijo Dorothy Schartle.

—Sí, supongo que sí. De hecho, acababa de hacerle un cumplido pocos segundos antes de que la tomara conmigo. Por eso me cuesta tanto entenderlo. Aunque a lo mejor tú puedes explicármelo.

—¿Cómo?

—Verás, no es que quiera meterme en los asuntos personales de nadie, pero ya que has venido y que, como es natural, estás preocupada… ¿Has notado algo inusual en Fred últimamente?

—La verdad es que no —dijo Dorothy Schartle.

—¿Nada que le preocupe? ¿Qué tal duerme?

—Bueno, supongo que podría dormir más. Se levanta muy temprano. Al amanecer, la mayoría de días. Dicen que cuando te haces mayor no necesitas dormir tanto, pero Fred solo tiene cuarenta y tres años.

—Yo siempre dormía mis siete u ocho horas a esa edad, pero cada cual es como es, supongo.

—Él se levanta hacia las seis y baja a tomarse un café. Bebe mucho café, eso sí es verdad.

—Abusar del café no es bueno. Así que se toma un café a las seis. Y me imagino que luego le preparas el desayuno.

—Sí, con los niños. Le gusta desayunar con los niños antes de que se vayan al colegio. Generalmente va andando hasta la esquina con Phyllis, nuestra pequeña. Toma un autobús distinto que los otros. Los dos mayores toman el del instituto. Luego él vuelve a casa y se va en coche.

—Supongo que toma un par de cafés durante el desayuno…

—Dos, por lo común —dijo ella.

—Y sé que siempre se toma otro café en el banco, durante la pausa.

—Sí, y con el almuerzo —dijo ella—. ¿Cree que es el café?

—Oh, yo no diría tanto. Podría ser otra cosa.

—No sé el qué —dijo ella.

—¿Qué hace en sus ratos libres?

—Bueno, se dedica a la carpintería. Tiene un montón de brocas y tornos y cosas de esas. Hace cosas con madera. Acaba de terminar un regalo de cumpleaños para Earl Appel. Una cajita para cigarrillos.

—¿Earl Appel? No sabía que eran tan amigos.

—Bueno, tampoco tanto, pero es que Earl tiene la misma afición. La carpintería. Podría decirse que mantienen una especie de rivalidad. El año pasado Earl le hizo un soporte para ceniceros. Lo tenemos en el salón. Earl hace cosas más complicadas que Fred.

—No me digas.

—Pues sí. Earl construyó todo el mueble del equipo de música de los Appel.

—Vaya, vaya.

—Fue Earl quien hizo que a Fred le picara el gusanillo.

—¿Qué más hace para pasar el rato?

—¿Fred? Sale a caminar.

—¿Con Earl Appel?

—No, no. A veces con los niños, a veces solo. Los domingos generalmente se levanta a las siete y media y sale a caminar.

—¿Los niños también se levantan tan temprano los domingos por la mañana?

—No, los domingos por la mañana se va él solo. Sube al monte Schiller, baja por el otro lado y vuelve a casa por la carretera del condado.

—Eso son quince kilómetros bien buenos —dijo Miles Updegrove—. ¿Y no lo acompaña nadie?

—No, va solo. Le gusta estar solo —dijo ella—. Dice que ya ve a bastante gente durante la semana.

—Y también hace sus cosas de carpintería él solo, supongo.

—Oh, sí. Antes me sentaba con él, pero las sierras y los tornos hacen mucho ruido. Me da dentera. Tampoco es que no le guste estar con los niños y conmigo.

—Pero también tiene momentos en que le gusta estar solo —dijo Miles.

—Sí —dijo ella.

—¿De qué humor está cuando está en casa?

—Bueno… es muy estricto con los niños.

—¿Y contigo cómo se porta, Dorothy? Si no es mucho preguntar.

—Bueno, llevamos casi veintiún años casados. Supongo que somos como todas las parejas casadas. Hay momentos mejores y peores.

—Pero en general estás satisfecha.

—Oh, sí, por supuesto. Salvo esta noche, ay, Dios mío. Cuando pasan estas cosas no sé qué le coge.

—¿Cuándo pasan estas cosas? ¿Qué cosas?

—Oh, cuando pierde los nervios por algo. Pero eso son cosas nuestras.

—Y en esos momentos le gusta estar solo —dijo él.

—No es el único. A mí también me gusta estar sola —dijo ella—. Señor Updegrove, ¿qué va a ocurrir? Todavía no hemos pagado la casa, y nuestra hija mayor quiere hacer un curso de diseño textil. El chico quiere ir a la Academia de las Fuerzas Aéreas. Supongo que es gratuita, pero no vamos a tener ingresos. Tenemos algunos ahorros, pero no queremos tocarlos.

—No lo sé, Dorothy. Fred ha sido muy tajante.

—¿Qué derecho tiene a ser tajante? —Al decir esto se echó a llorar y de sus murmullos solo podían entenderse palabras, no frases. Palabras como—: ... tajante... razón... niños... yo... casa bonita... egoísta... toda la vida...

—Creo que debería llamar a la señora Updegrove —dijo Miles.

—¡No, no! Por favor, no. No quiero que me vea así —dijo Dorothy Schartle—. Ya se me pasa —añadió dejando de llorar.

—No sé qué sugerirte, Dorothy —dijo Miles Updegrove—. Le dije que nos veríamos el lunes, pero evidentemente no puedes esperar que tenga mucho que decirle. Me ha tirado su empleo a la cara, como quien dice, y hoy en día nadie es indispensable.

—Yo lo conozco, señor Updegrove —dijo Dorothy—. Sé lo que hará. Mañana por la tarde se irá a dar uno de sus paseos...

—¿Ha dicho si irá a trabajar mañana?

La mujer vaciló.

—Seré sincera con usted. Está borracho. No puede tomar más de dos copas, nunca ha podido. Estará mareado toda la noche y mañana no valdrá para ir a trabajar. No, no irá.

—El sábado por la mañana. Uno de los días más movidos. Aunque supongo que es mejor si no va, por su bien y por el del banco.

—Déjeme que hable con él. Esta noche no me escuchará, pero sé cómo estará mañana y el domingo. Si hablo con él, ¿dejará que venga a verlo, señor Updegrove? Por favor.

—Le he dicho que lo vería...

—El lunes no. El domingo. Aquí. Yo sé cómo manejarlo, señor Updegrove. Se lo digo de verdad.

—Tú a lo mejor sí, pero yo no.

—Ni falta que hará cuando haya hablado con él. Usted solo deje que venga a disculparse y dígale que está dispuesto a olvidar lo de la dimisión. Usted es un *buen* hombre, señor Updegrove. ¿Lo hará, por favor? Eso es lo que haría un gran hombre, y usted lo es.

—Las disculpas no sirven de nada si no vienen acompañadas de buenas intenciones —dijo Miles Updegrove.

—Se lo prometo, Fred Schartle no volverá a darle el más mínimo problema, nunca. Le digo lo mismo que voy a decirle a él. Si vuelve a dar problemas, lo dejo. Me voy con mis padres a Quakertown y me llevo a los niños conmigo.

Miles Updegrove golpeteó con los dedos sobre su rodilla.

—Bien, si tan segura estás de que servirá de algo... adelante. Que venga el domingo después de misa. Y si me convenzo...

—¡Se convencerá! ¡Se convencerá! Se lo prometo. Y no olvidaré esto mientras viva. Nunca le estaré lo bastante agradecida.

—Bueno, esperemos a ver qué ocurre el domingo —dijo Miles poniendo una sonrisa—. Aunque me da la impresión de que la señora Schartle tiene mucha influencia sobre el señor Schartle. La mano que mece la cuna gobierna el mundo, dicen.

Dorothy Schartle se puso en pie.

—Muchas gracias. ¿Le dirá buenas noches a su señora de mi parte? No quiero que me vea con los ojos rojos.

—Pues claro que sí. Le diré buenas noches de tu parte y te acompañaré hasta la puerta —dijo Miles Updegrove.

Miles se quedó en el vestíbulo hasta que el coche de Dorothy salió de la rampa del aparcamiento. Apagó la luz del porche y se fue a la cocina.

—Bueno, ¿qué has oído?

—Apenas nada desde aquí —dijo Edna Updegrove—. Pero estaba alterada, eso es evidente.

—Sí. En fin, la conclusión es que Fred vendrá a disculparse el domingo a mediodía.

—Oh, Miles, pero el domingo a mediodía *no* estaremos. Vamos a casa de Amy para el bautizo.

—Tengo que estar, Edna. Son cosas del banco, y Amy no es familia.

—No, pero es su primera nieta —dijo Edna—. Ay, señor, eres como tu padre. Tú y el banco.

—Quiero ver qué tiene que decir ese joven en su defensa —dijo Miles Updegrove—. Muchas cosas dependen de eso. ¿Queda café?

—Lo he tirado, pero puedo hacer más.

—Da igual —dijo él.

El martes es tan buen día como cualquiera

El sábado por la tarde, hacia las tres en punto, era la hora a la que George Davies realizaba su habitual visita al establecimiento que regentaba Nan Brown. El banco cerraba a las doce, y George solía terminar su trabajo antes de la una. Se iba a almorzar al Olympia —solo, en la misma mesa pegada a la pared donde almorzaba seis días por semana—, y en el mostrador de caja compraba un cigarro, lo encendía y se lo iba fumando durante el apacible paseo hasta el salón de billar de Dewey Heiler. El de Dewey era un salón de billar respetable frecuentado por hombres que, por algún motivo u otro, no eran socios del Gibbsville Club y por unos pocos que sí lo eran. El negocio de Dewey vivía en buena medida de los clientes de las diez, las dos y las cuatro, cuyos trabajos les permitían dejarse caer por ahí para tomarse un «chute», como ellos decían. El chute no era más que una Coca-Cola, pero casi todos los varones de menos de setenta años decían «tomarse un chute». Dewey solo se molestaba en servir chutes y batidos de chocolate. Nada de helados. Nada de comer, salvo galletitas saladas. Todo aquel que quisiera sentarse tenía que ir a la parte trasera del local, donde había bancos para quienes jugaban al billar y para los espectadores. Sin embargo, había clientes que nunca ponían el pie en la parte trasera, y George Davies era uno de ellos. Era imposible ver a jueces o a médicos en la parte de atrás. Si querían jugar al billar, jugaban en el Gibbsville Club o en el Elks. Por el contrario, los más jóvenes rara vez se dejaban ver en la parte delantera del local. Iban directos hacia donde estaban las mesas de billar y los bancos. Hacía falta valor para que un joven se quedara en la parte de delante y tratara de entablar conversación con los hombres de negocios y profesionales liberales que iban ahí a tomar sus chutes.

Como el horario del banco era el que era, George Davies no formaba parte de la clientela de las diez, las dos y las cuatro, pero era un habitual de los sábados por la tarde, y era bien recibido en la parte delantera del local. Era cliente de Dewey desde el primer día, y nunca se olvidaba de comprar su caja de puros mensual ni las cajas de bombones que Dewey vendía en Navidad. En general, George era seguramente tan buen cliente como cualquiera de los de Dewey, y en cualquier caso era un hombre respetable, limpio, discreto y no disgustaba a nadie. Había sido el segundo mejor alumno del instituto de Gibbsville y el ayudante del entrenador del equipo de baloncesto, y la profecía de la clase decía que algún día sería secretario del Tesoro, predicción no del todo desatinada a la vista del hecho de que era sabido que después del instituto empezaría a trabajar en la Compañía de Depósitos de Gibbsville. Si su padre no hubiera fallecido en su tercer año, es más que probable que George hubiera entrado en la Wharton School de la Universidad de Pensilvania, pero su madre estaba sola en el mundo y necesitaba a George en casa. Era una mujer frágil que vivía aterrorizada por el miedo a caerse por la escalera del sótano y quedarse ahí gritando sin que nadie la oyera, como le había ocurrido a la vieja señora Tuckerman de la calle Cuatro Norte. Y así fue como George salió del instituto para entrar en el banco, mientras su madre cuidaba la casa en la calle Tres Norte.

«Las siete en punto, George», le decía por las mañanas, y nunca tenía que decírselo dos veces. Él se afeitaba y se vestía, y cuando bajaba el desayuno ya estaba sobre la mesa; jamón y huevos o pudin de despojos las mañanas entre Halloween y el Día de los Caídos, copos de maíz con rodajas de plátano o frutos del bosque durante los meses más cálidos. De casa al banco había que caminar seis manzanas, y a menos que tuviera que ir a cambiar las suelas de los zapatos o a hacer cualquier otro recado, George seguía la misma ruta todos los días: una manzana y media hasta Market Street, tres manzanas por Market, y una manzana y media por Main. El paseo no era largo, pero al paso de George resultaba ejercicio suficiente para cuidar la circulación, mantener la cabeza alerta para la aritmética del banco, y, pasados los tres primeros años, tratar con los clientes de la oficina.

Como ayudante de cajero disfrutaba del trato con los clientes. Comprendía perfectamente que los clientes con los que trabajaba no eran ricos ni importantes, y que para ellos él encarnaba la esencia y el prestigio del banco. Nadie sabía eso mejor que George. Sabía ponerse en el lugar del cliente e imaginarse lo que este pensaba, ver en sí mismo lo que esperaban ver los clientes: un depositario de confianza del dinero que tanto les costaba ganar y, en cierto modo, un guardián de su crédito. En realidad, George no tenía voz a la hora de tomar decisiones en materia de crédito; aconsejar sobre los préstamos no formaba parte de su trabajo. Con todo, infundía en sus clientes la creencia de que detrás de su carácter digno y amistoso había un sagaz juez de carácter que tenía mucho más que decir en los asuntos del banco de lo que su modesto título pudiera indicar. Cuando los amigos le preguntaban cómo andaban las cosas en el banco, él se sonreía con aire cómplice. Mantenía la boca cerrada hasta tal punto que daba la impresión de que su discreción venía dictada por la naturaleza confidencial de sus obligaciones. Cuando llegó el momento, sus superiores y compañeros del banco empezaron a calificar su rendimiento, en general, de provechoso. A pesar de que sus tareas se limitaran a los pequeños ahorradores a pequeña escala, ciertamente no había nada malo en que hiciera que la gente se sintiera importante.

En realidad no era tan extraño que las visitas sabatinas de George al establecimiento de Nan Brown pasaran inadvertidas. Sin decirle a nadie adónde se dirigía, se despedía de los hombres del salón de billar de Dewey Heiler y caminaba media cuadra hasta Main Street, asegurándose de no tener que pararse a hablar con nadie con quien pudiera cruzarse en el distrito comercial. El establecimiento de Nan Brown se encontraba en Railroad Avenue, pero en las inmediaciones todo eran depósitos y naves —hojalaterías, almacenes de alimentación al por mayor—, una zona no residencial frecuentada a menudo por hombres que no conocían a George de vista y que, a esa hora del día, andaban concentrados en sus quehaceres. Casi todo el tráfico de la zona eran camiones, grandes y pequeños. El único riesgo era que alguno de sus amigos lo viera en el momento preciso de entrar en el establecimiento de Nan; pero el riesgo no era grande, y George lo tenía meticulosamente calculado. El hecho de acudir a las tres en punto de la tarde del sábado le concedía un margen de varias horas antes de que empezaran a llegar los clientes del sábado por la noche y todo el tiempo que necesitaba antes de que se presentaran los bebedores de última hora de la tarde. Caminaba con decisión por Railroad Avenue, con un paso regular que habría podido tomarse por el de un hombre al que le queda mucho por andar; luego, al llegar al local de Nan, giraba bruscamente a la izquierda y entraba en la casa, se dirigía a la sala entre el vestíbulo delantero y la cocina, y se sentaba a esperar a Nan.

—Hola, George —decía ella—. ¿Cómo te trata la vida?

—Oh, como de costumbre. Y a ti, ¿cómo te va todo?

—No puedo quejarme. ¿A quién quieres esta tarde?

—Estaba pensando en Dottie —decía él.

—De acuerdo, está despierta. ¿Quieres subir? Me ahorrarías el viaje. Parece que el puñetero reuma no piensa dejarme en paz. He llegado a la conclusión de que tiene que ser el clima. En cuanto ahorre lo suficiente me iré a la Costa Oeste, a California.

—Llevas ahorrando desde que te conozco.

—Pues un día de estos lo haré. Lo tengo todo planeado. Probablemente podría abrir al cabo de un mes, en cuanto tenga el nombre de un buen abogado. Encontrar chicas no será difícil, con tanta niña como hay buscando trabajo en el cine. Tú nunca has estado por ahí, ¿verdad, George?

—Nunca he pasado de Pittsburgh, y ahí solo he estado una vez. Me gusta esta ciudad.

—Bueno, a mí no me importaría de no ser por el reuma. Me da hasta vergüenza decirte cuánto tiempo llevo aquí.

—Ya sé cuánto llevas aquí.

—Entonces podrás adivinar cuántos años tengo —dijo Nan—. Tenía veintidós cuando vine.

—Dinero no debía de faltarte, Nan.

—Cuando llegué no era la dueña del local. Solo era una chica más; por entonces trabajábamos para Millie Harris.

—Me acuerdo.

—En aquella época no venías tan a menudo. Recuerdo con quién viniste la primera vez. Fred Raymond, que en paz descanse. Era uno de mis habituales. A Millie no le gustaba que los clientes se encaprichasen de una chica, pero yo le decía que en este negocio el cliente siempre tiene razón. Mi lema era darles lo que quisieran. En fin, has dicho que quieres a Dottie. ¿Con quién estuviste el sábado pasado?

—Arline.

—El lunes me llega una chica de Philly. Tengo buenas referencias suyas de distinta gente. Te enseñaré una foto.

—De acuerdo.

—Aquí está, mírala. Por la foto no puedes saber si te gustará, pero con esa figura no hay quejas que valgan. Dice que le sacaron la foto el mes pasado. La pondré a trabajar en cuanto haya ido a ver al médico. Eso siempre lleva una par de días.

—Bueno, entonces quizá el sábado próximo, Nan.

—Perfecto, George. Pásalo bien, por si no nos vemos —dijo Nan.

A las cinco en punto ya estaba fuera de la casa, en paz con el mundo y consigo mismo, y listo para ir a afeitarse y a darse un masaje facial a la barbería de Yoker, en cuyo sillón se quedaría dormido. A veces roncaba y los otros clientes se reían, pero cuando se despertaba de la siesta, con la cara cubierta de paños calientes, dejaban de reírse porque hasta ese punto sentían respeto hacia un hombre cuya palabra significaba algo en el banco. La barbería de Lou Yoker estaba en el sótano de la YMCA, y una vez afeitado y terminado el masaje, George recogía el abrigo, el chaleco, el sombrero, el cuello y la corbata y se iba al vestuario de la YM a quitarse el resto de la ropa para nadar en la piscina vacía. Pese a ser miembro de la «Y» desde sus inicios, solo utilizaba las instalaciones para darse su remojón semanal en la piscina. Le gustaba nadar. Había una norma que prohibía el uso de traje de baño en la piscina, basada en la teoría de que los tintes contaminaban el agua. Por tanto, todos los bañistas iban desnudos. George dejaba las gafas sobre una repisa del baño, se hundía en el agua y por espacio de media hora (o quince minutos, cuando era más tarde de lo habitual) se regocijaba con la posesión exclusiva de la piscina.

—¿Qué tal el baño? —le decía su madre en cuanto entraba en casa.

—Bien —decía él.

—¿A quién has visto?

—Oh, a unos cuantos amigos —decía.

Su madre sabía, y él era consciente de ello, de la norma de la YMCA que obligaba a bañarse sin ropa, y durante unos minutos, en su imaginación, veía a los amigos de su hijo chapoteando inocentemente desnudos. Una vez, hacía ya mucho tiempo, la mujer había dicho que a partir de determinada edad debería ser obligatorio que los nadadores llevasen traje de baño. Los miembros adultos, de los dieciocho en adelante, tenían que llevar *algo*, decía ella. Sin embargo, él la había convencido de que las normas eran las normas y que todo el mundo debía cumplirlas. Además, a las mujeres no se les permitía bajar al sótano. «Eso espero —dijo su madre—. Lo espero de verdad.» La señora le servía la cena y, cuando los platos estaban limpios y secos, se sentaba con él en el salón, donde George leía el periódico y se fumaba su cigarro. Era la hora de conversar sobre los asuntos de la casa y las tareas, sobre la familia, los vecinos y los amigos. A la señora Davies no le gustaba molestar a George entre semana, cuando tenía la cabeza ocupada con las cosas del banco. El sábado después de cenar era el mejor momento, y en verdad el único, para conversar. A las nueve en punto ella se retiraba y George oía correr el agua de la bañera. En ocasiones se preguntaba por qué tardaba tanto en bañarse, pero tenía derecho a tardar cuanto le viniera en gana. A fin de cuentas, el sábado era el día en que él iba a ver a Nan Brown, y a afeitarse y darse el masaje, y a nadar en la piscina, todo lo cual constituía los preparativos para el sueño más placentero de la semana. En cuanto ella se retiraba al baño, George no volvía a verla hasta el domingo a la hora del desayuno, aunque sabía que después de bañarse se tomaba su tónico y se iba a la cama, donde, a juzgar por la apariencias, dormía tan bien como él.

La señora Davies guardaba un frasco de tónico en el baño y otro en el armarito de la cocina para no tener que subir la escalera cada vez que sentía la necesidad de tomarlo. En la etiqueta ponía: «La fórmula de confianza del Dr. Fegley», y el tónico se elaboraba en una pequeña ciudad de Ohio. La madre de George lo tomaba desde que él tenía memoria, mucho antes del fallecimiento de su padre. La etiqueta lo recomendaba para casos de debilidad y afecciones nerviosas, anemia, reuma y trastornos orgánicos. El retrato del doctor Fegley en la etiqueta inspiraba confianza. Era un hombre con barba, gafas de media montura y una mata de pelo blanco, y su tónico se lo había recomendado a su madre la vieja señora Tuckerman, quien de no ser por su desafortunada caída por las escaleras del sótano quizá seguiría tomándolo. George nunca se había puesto a hacer averiguaciones sobre el tónico del doctor Fegley. Siempre había dado por hecho que determinadas mujeres necesitaban tónicos para determinadas dolencias en determinados momentos, y su madre tomaba el del doctor Fegley con la misma naturalidad con la que llevaba falda. Hasta donde alcanzaba a recordar, siempre se lo habían servido por cajas, dos docenas de frascos a la vez, con un descuento por lote, por lo que no había peligro de que en algún momento se quedara sin. La mujer gastaba tan poco dinero en sí misma que lo último que habría cuestionado George era el coste del tónico. Ella, por supuesto, no tenía manera de saber qué parte del dinero que él decía que se gastaba en cigarros era en parte una tapadera del dinero que se gastaba en el local de Nan Brown.

Su madre, y nadie más que ella, sabía que el cuadragésimo tercer cumpleaños de George y su vigesimoquinto aniversario en el banco caían en la misma semana de junio. El aniversario del banco era el martes, y George tenía la esperanza de que los gerentes, que por lo común se reunían los lunes, lo llamaran para felicitarlo. Sin embargo, el lunes pasó y no fue hasta la hora del cierre del martes que el presidente y el director, avanzando a la par y sonriendo, fueron al cubículo de George, y Charles C. Williams, el presidente, dijo:

—George, tenemos una pequeña sorpresa para ti.

—¿Para mí, señor Williams?

—Para ti. Puede que te haya pasado por alto —dijo Williams—, pero hoy hace veinticinco años que entraste a formar parte de nuestra plantilla. Hoy es tu vigesimoquinto aniversario en la Compañía de Depósitos de Gibbsville. No me digas que no lo sabías.

—Bueno, no negaré que se me había pasado por la cabeza.

—Pues bien, no nos hemos olvidado —dijo Williams—. Y para conmemorar la ocasión, he aquí una muestra de nuestra estima. Ábrelo, George.

Le entregó a George un paquete envuelto en papel de seda y lacrado con el sello de la joyería Lowery & Klinger. Poco a poco, los otros miembros de la plantilla del banco se habían ido congregando para ver la ceremonia.

—¿Quiere que lo abra ahora, delante de todo el mundo? —dijo George.

—Por supuesto, adelante. No te estallará en la cara —dijo Williams, soltando una jovial carcajada.

George retiró el envoltorio, tiró el papel de seda en una papelera y observó la caja de terciopelo negro.

—¿Qué será? —dijo.

—Nunca lo sabrás si no la abres —dijo Walter Strohmyer, el director.

George levantó la tapa aterciopelada y vio un juego de lápiz y pluma.

—Vaya, qué maravilla —dijo—. Un juego de lápiz y pluma.

—Plata de ley —murmuró Strohmyer.

—Sí, seguro que durará para siempre —dijo George—. Pues vaya, gracias. Gracias de verdad.

—Lee la inscripción —dijo Williams.

—«Para George W. Davies, por veinticinco años de servicio, Compañía de Depósitos de Gibbsville, junio de 1924.» Caramba.

Hubo un breve batir de palmas entre los compañeros y apretones de mano por parte de Williams y Strohmyer.

—Al final del año recibirás también la gratificación habitual —dijo Strohmyer—. Siendo tu vigesimoquinto año, la tuya será mayor.

Los interrumpió una taquígrafa que le dijo a Williams que preguntaban por él al teléfono.

—¿Ha dicho quién es? —dijo Williams.

—Ha dicho que si no podía ponerse, le diéramos un mensaje. Es el señor Choate. Ha dicho que iban a empezar sin usted y que podía encontrarlos en el tercer *tee*.

—Muy bien —dijo Williams—. Dígale que me ha dado el mensaje. Maldita sea, por poco me olvido de que había quedado para jugar al golf. Bueno, George, espero que estemos todos por aquí para ver tu cincuenta aniversario.

—Oh, lo dudo, señor Williams. Tendré sesenta y ocho años para entonces.

—Qué sesenta y ocho ni qué leches, y disculpen mi vocabulario, señoritas, pero ¿acaso no creen que George está para dar guerra otros veinticinco años? —dijo Williams.

—Oh, y más —dijo una de las mujeres.

—Bien, dale recuerdos a tu madre de mi parte, George —dijo Williams.

—Gracias. Le hará mucha ilusión.

—Y ahora lo siento, pero tengo que irme —dijo Williams—. Me gusta estar presente cuando agasajamos a uno de nuestros fieles empleados. George entró aquí directo del instituto de Gibbsville y desde entonces ha estado con nosotros. Podría decirse que es uno de nuestros hombres de confianza. Alguien a quien tenemos en muy alta estima. Hasta la vista, George.

—Nunca en la vida me he sentido tan orgulloso —dijo George—. Gracias a todos.

—Nos encargaremos de que salga un artículo en el periódico —dijo Strohmyer.

Y con eso concluyó la ceremonia, y los empleados del banco, con un ligero retraso, se dirigieron a casa. El último en salir fue George. Era un día para celebrar, y la manera habitual de celebrar algo era bebiendo. Pero George no era amante de los tragos fuertes y siempre se había guardado de entrar en tabernas y *speakeasies*. Pensó en acercarse a algún lado a tomar una cerveza, pero George no era de los que se dejan ver solos en ningún lado, y no había nadie en el banco a quien pudiera invitar para que lo acompañase. En el banco no bebían cerveza. Walter Strohmyer era el superintendente de la escuela dominical, y otro de los compañeros de George era un habitual de las actividades de la Sociedad del Esfuerzo Cristiano. Incluso Murphy, el policía jubilado que trabajaba de vigilante del banco, practicaba una abstinencia absoluta y no había tocado la cerveza ni el whisky desde su trigésimo cumpleaños, a pesar de que un hermano suyo regentaba la taberna que había cerca de la fundición.

—Bien, buenas noches, Murph —dijo George.

—Buenas noches, George —dijo Murphy—. Hasta mañana.

—Hasta mañana temprano —dijo George.

Tenía el juego de lápiz y pluma en el bolsillo, y le hubiera gustado enseñárselo a los hombres del local de Dewey Heiler, pero era reacio a ese tipo de ostentaciones. No podía sacarse la cajita del bolsillo como si nada y decir: «Mirad lo que me han regalado en el banco». Los hombres del local de Dewey habrían sido educados y habrían mostrado interés, pero uno de los clientes habituales formaba parte del equipo de gerencia del banco y puede que no le gustara la idea de esa clase de alardes.

Caminó por Main Street entre los compradores de última hora y la gente que volvía a casa, hombres y mujeres que esperaban en todas las esquinas para tomar el tranvía que los llevaría a las ciudades vecinas. Era una de las horas de mayor tráfico en Gibbsville, los automóviles tocaban el claxon, los tranvías hacían sonar sus campanas y los chicos de los periódicos repartían la edición de la tarde. «¡Últimos resultados! ¡Victoria de los Phillies! ¡Cojan su periódico!» Llegó a la esquina de Market con Main, pero no giró a la izquierda. Sabía adónde se dirigía, sin saber muy bien por qué. Torció a la derecha y se vio irresistiblemente atraído hacia el establecimiento de Nan Brown. Nan estaba en el vestíbulo del piso de abajo, hablando con una de las chicas.

—George, ¿cómo tú por aquí? Hoy es martes —dijo Nan Brown.

—¿Te importa si entro? ¿Está abierto? —dijo George.

—Oh, claro que sí. Cuando quieras —dijo Nan—. Puedes venir cuando quieras, y el martes es tan buen día como cualquiera. Estábamos a punto de cenar.

Un hombre de confianza

I

Cuando era pequeño había una casa a la que siempre me gustaba ir. Estaba en una ciudad a unos veinte kilómetros por las carreteras rurales, y aunque había dos maneras de llegar, ninguna evitaba por completo tener que cruzar la montaña. Por consiguiente, yo nunca fui a la ciudad hasta que mi padre se compró su primer automóvil, en 1914. Hoy en día cuesta creer que una ciudad a solo veinte kilómetros pueda ser tan remota e inaccesible, pese a encontrarse en el mismo condado, pero así eran las cosas cuando yo era chico, antes de que tuviéramos coche y de que las carreteras fueran de asfalto. Vivíamos en Gibbsville, que era la capital del condado, pero, por lo común, los habitantes de Batavia que debían acudir a la sede de gobierno tenían que tomar el ferrocarril hasta una estación del condado vecino, cambiar de tren y volver deshaciendo camino para llegar a Gibbsville. No había comunicación directa por ferrocarril entre Gibbsville y Batavia, y dado que Batavia quedaba a ocho kilómetros bien buenos al oeste del río y el canal, era como si ambas ciudades pertenecieran a condados distintos. Lo que ocurría era que Batavia estaba en el condado de Lantenengo y no en el condado de Berks, y que a los habitantes de Batavia les era más fácil desplazarse hasta Reading, la ciudad grande más próxima, que hasta Gibbsville. Incluso me atrevería a decir que los habitantes de Batavia creían tener más en común con Reading que con

Gibbsville, y no solo porque el trayecto hasta Reading resultara más fácil. Reading había sido tradicionalmente una ciudad de alemanes de Pensilvania, mientras que Gibbsville era una mezcla de yanquis, ingleses, galeses e irlandeses que, sumados, aventajaban en número a los alemanes de Pensilvania. Los días que había reunión de gobierno, los habitantes de Batavia se encontraban también con los polacos, los lituanos y los italianos que trabajaban en las minas de carbón, las acerías y los concesionarios de coches, y a los que la gente de Batavia llamaba extranjeros. En Batavia no había extranjeros, a pesar de que el alemán de Pensilvania era su segunda lengua, y, en el caso de la gente mayor, la única.

A esta ciudad, a finales del siglo XIX, había llegado un hombre llamado Philip Haddon con su esposa, Martha. Ella era la hija del viejo Mike Murphy, que a fuerza de sacrificios había logrado medrar en el negocio del acero en Ohio y reunir dinero suficiente para enviar a Martha a estudiar en el este y, más tarde, en Suiza. Los Murphy tenían una mansión en Cleveland, pero Martha, su madre y su hermana preferían vivir en Nueva York, en una casa menos ostentosa pero más elegante que la de Cleveland. Martha Murphy era una muchacha morena y hermosa, lo bastante alta como para lucir un peinado estilo *pompadour* y lo bastante rica como para atraer a los aristócratas europeos de su misma confesión y a algunos protestantes americanos que todavía llevaban el apellido de los primeros colonos holandeses. Sin embargo, Martha se enamoró de Philip Haddon, y él de ella. Después de que él se convirtiera al catolicismo, se casaron. Para sorpresa y satisfacción de Mike Murphy, su yerno entró a trabajar en Hierros y Aceros Wexford, cuyo nombre procedía del condado irlandés del que Mike era originario, y lo nombraron director de la filial que Wexford tenía en la ciudad de Batavia, Pensilvania. «No es que sea gran cosa —dijo Mike Murphy—, pero es el doble de grande que cuando la compré y tiene en nómina a más de cincuenta empleados de segunda generación. Tiene futuro, Philip.»

Martha habría vivido en cualquier lado mientras fuera con Philip, y Batavia no parecía una ciudad del acero. De hecho, no era una ciudad del acero, sino una ciudad en el borde del distrito granjero de los alemanes de Pensilvania que resultaba tener una fundición en uno de sus extremos. La fundición, como todavía la llamaban, trabajaba con encargos especiales: placas de cubierta y torretas para la Armada, piezas para los fabricantes independientes de automóviles y camiones; trabajos demasiado pequeños para ser realizados en las plantas de la gran acería de Wexford, Ohio. Philip Haddon dirigía la fundición de Batavia de forma eficaz y provechosa, y su suegro se lo recompensó ascendiéndolo a un puesto importante en la acería de Wexford. Fue entonces cuando Philip Haddon le dio una segunda sorpresa a Mike Murphy: Haddon le dijo a Murphy que prefería quedarse en Batavia, que no sentía deseo alguno de mudarse a Ohio y que, además, no ambicionaba suceder a Murphy al frente de la junta de Hierros y Aceros Wexford. Para un hombre como Murphy, que había luchado por llegar adonde estaba, la falta de iniciativa de Haddon resultaba incomprensible, y no trató de ocultar su decepción. Tuvo una charla con su hija Martha, con la esperanza de persuadirla para que influyera en Philip y este cambiara de parecer, pero descubrió que Martha estaba de acuerdo con Philip y que también ella prefería quedarse en Batavia.

—En fin, si eso es lo que queréis —le dijo Murphy a su hija.

—Es lo que queremos, papá —dijo Martha.

—No me has dicho por qué. Dentro de diez años Philip podría ser rico. En veinte años podría ser tan rico como yo.

—Sí, seguramente —dijo Martha.

—Philip no es un holgazán, pero carece de ambición —dijo su padre—. A lo mejor no deberías haberte casado con un caballero, sino con alguno de mis chicos de la planta, alguien con más nervio.

—Pero no fue así. Me casé con Philip, y tú deberías estar orgulloso de él y de lo bien que lo ha hecho en Batavia.

—Batavia no es solo mérito suyo. Cuando entró ya estaba en marcha. No tuvo que poner a prueba sus habilidades. Pero si no quiere llegar más lejos, entonces es que no es el hombre que yo creía que era. Lo que no entiendo es por qué a los dos os gusta tanto Batavia. Te di un millón cuando cumpliste veintiuno. No tendría ni que trabajar. ¿Qué parte de esto es cosa tuya, Martha?

—La mitad, quizá algo menos, quizá algo más —dijo ella.

—En fin, me rindo —dijo Mike Murphy.

—Si quieres que Philip dimita de Batavia, dimitirá. Pero si lo hace, no volverás a verme —dijo Martha.

—Hay cosas que no me estás diciendo. Aquí hay gato encerrado.

—Siempre lo hay, papá —dijo ella—. Siempre lo ha habido.

—¿Qué quieres decir con eso? ¿No estarás desenterrando el problema que tuvimos tu madre y yo?

—Yo no estoy desenterrando nada. Siempre hubo alguien, y todo el mundo lo sabe.

—Tu madre lo entendió mejor de lo que tú llegarás a entenderlo nunca.

—Lo aceptó, no lo entendió —dijo Martha.

—Ah, conque tienes miedo de que Philip crezca demasiado para ti. Es eso, ¿verdad?

—No, no es eso, papá.

—Si se hiciera tan rico como yo, lo perderías. Es eso, ¿no?

—No. Yo no voy a perderlo nunca. Ni él a mí —dijo ella.

—Vaya, deberías sentirte agradecida por estar tan segura de lo que te depara el futuro. Sin tentaciones ni desviaciones ni alegaciones ni fascinaciones ni afiliaciones. Por no hablar de otras que se me ocurren con esa misma terminación.

—Sí, te has dejado fornicaciones —dijo ella.

—No me digas, ¿me he dejado esa? —dijo su padre—. En fin, mi niña, puesto que tenéis vuestro futuro tan claro, como tu padre que soy no puedo hacer más que rezar y esperar que el Señor sea favorable a vuestros planes. Sería una pena que dentro de veinte años, cuando ya sea tarde, a tu marido lo asalte la ambición. Cuando llega tarde, la ambición puede ser muy perjudicial, tanto para los negocios como para el placer. El tren solo pasa una vez en la vida.

—Lamento que Philip te haya decepcionado, papá. Aunque

quizá lo que debería lamentar es haber tenido una hermana en vez de un hermano. Así tendrías un hijo y no habrías contado con mi marido.

—En ese sentido Margaret es más hombre que él —dijo Murphy.

—No estés tan seguro —dijo Martha—. Margaret es tan femenina como yo.

El viejo tenía demasiados recursos como para arredrarse por una derrota, y buscó y encontró a un hombre de la edad de Philip Haddon al que pudiera preparar para sucederlo al frente de Wexford. El hombre al que encontró no era un caballero, y Mike Murphy lo sacó de Pittsburgh y lo hizo casarse con su otra hija, Margaret, a quien por lo visto no pareció importarle. Margaret estaba infelizmente casada con un concertista de violín de limitados talentos y costumbres extrañas. Nunca he sabido a ciencia cierta cuánto dinero cambió de manos con el fin de obtener la anulación del musical matrimonio de Margaret y unir a esta con el sucesor elegido a dedo por su padre. Yo era demasiado joven para saber esas cosas y, además, nunca llegué a ver a Margaret. De hecho, cuando supe o pudo importarme que Martha Murphy Haddon tuviera una hermana, yo ya tenía cierta edad. Por lo que a mí respectaba, Martha Haddon era la hermosa mujer de Philip Haddon, y ellos vivían en Batavia, a veinte kilómetros de mi ciudad natal, y a mí siempre me gustaba visitar su casa.

Los Haddon habían visitado mi casa en dos ocasiones antes de que tuviéramos coche y pudiéramos ir a Batavia. Llegados a este punto, debo explicar —sobre todo ahora, en la séptima década del siglo— que el primer encuentro entre los Haddon y mis padres tuvo lugar debido a que mi madre había estudiado en un colegio del Sagrado Corazón. Las monjas del Sagrado Corazón son una orden con influencia en el mundo entero, y a menudo se las ha comparado con los Jesuitas, si bien su número es más reducido y, en cuanto élite, su poder es más sutil. Los hijos de los pobres no van a colegios del Sagrado Corazón ni en París ni en Londres ni en Montreal ni en Nueva York ni en Filadelfia ni en

México ni en Madrid ni en Viena, y el dinero por sí solo no basta para que sus colegios lo admitan a uno, como tampoco la pertenencia a la Iglesia Católica Romana. Entre los antiguos alumnos del Sagrado Corazón existía lo que irónicamente podríamos llamar una masonería, de modo que cuando Martha Haddon se instaló en Batavia, Pensilvania, recibió una carta de madame Duval, de la orden del Sagrado Corazón, en la que se le informaba de que mi madre vivía en Gibbsville. Mi madre, a su vez, recibió una carta de madame Duval en la que esta le decía que una de las muchachas, Martha Murphy Haddon, se había mudado recientemente a Batavia. A su debido momento, mi madre invitó a Martha a un almuerzo de damas en nuestra casa, y así fue como rompieron el hielo. Mi madre era mayor que Martha, y aunque no habían estudiado en el mismo colegio, tenían amigas comunes entre las antiguas alumnas del Sagrado Corazón de distintos lugares del mundo, y supongo que ambas se veían como dos antiguos estudiantes de Eton que se encuentran en una plantación de caucho de las Colonias del Estrecho. Philip Haddon tenía un faetón de color verde de la marca Locomobile que conducía un chófer sin librea. Nosotros estábamos acostumbrados a ver Locomobiles, Pierce-Arrows y Packards propiedad de los superintendentes de las minas y conducidos por hombres en traje de negocios, así que supuse que el automóvil de los Haddon iba con el cargo. Yo tenía unos nueve años y me dejaba impresionar, aunque no intimidar.

A los pocos meses mi padre se compró su primer Ford, y él, mi madre, mi hermana y yo les devolvimos la visita a los Haddon. Batavia era una ciudad bonita, mucho más rural de lo que yo esperaba, con formidables nogales, castaños y olmos en las calles principales. La fundición se encontraba en el extremo sur de la ciudad, y desde la casa de los Haddon lo único que se veía era una alta chimenea de la que salía un hilillo de humo, muy fino dado que era domingo.

—Generalmente vamos a misa en Reading —oí que le decía el señor Haddon a mi padre—. Hay un cura que dice misa aquí cada cuarto domingo de mes, pero el resto del tiempo tenemos que ir a Reading.

—Ah, ¿usted también es católico? —dijo mi padre.

—Sí, me convertí cuando anunciamos nuestro compromiso.

—Vaya, tendré que andarme con cuidado con lo que digo. Los conversos son más estrictos que nosotros —dijo mi padre.

Los dos siguieron hablando de armas y de tiro, y Haddon invitó a mi padre a pasar un par de días allí en cuanto se abriese la veda: codornices, algún que otro faisán y una buena bolsa de conejos.

—Supongo que este hombrecito todavía es joven para eso, ¿no? —dijo Philip Haddon poniéndome la mano en el hombro.

—Si se porta bien, en Navidad le regalaremos una del veintidós —dijo mi padre.

—¿Te gustaría bajar conmigo al sótano después de cenar? Tengo un par del veintidós, por si te apetece probarlas —dijo Haddon.

—¿Yo? —dije.

—Creo que tu padre te tiene por un buen chico, ¿verdad, doctor Malloy?

—A veces —dijo mi padre.

—Espléndido. La cena estará lista en unos minutos —dijo Haddon.

—Guau, gracias —dije.

—¿Cómo que gracias? *Muchas* gracias, señor Haddon —dijo mi padre.

—Muchas gracias, señor Haddon —dije.

Todavía no habíamos acabado de cenar cuando sonó el teléfono.

—Es para usted, doctor Malloy —dijo Haddon.

—¿Quién será? —dijo mi madre.

—Me lo imagino —dijo mi padre—. Discúlpenme.

Volvió del salón.

—Era del hospital.

—Ay, Señor —dijo Martha Haddon.

—¿El señor MacNamara? —dijo mi madre.

Mi padre asintió.

—¿No le da tiempo a acabarse el postre? —dijo Martha Haddon.

—Siento decirlo, pero tengo que irme enseguida —dijo mi padre—. Lamento la interrupción...

—Nada de eso, doctor Malloy —dijo Philip Haddon.

—Siempre pasa lo mismo —dijo mi madre, que ya estaba de pie. Mi hermana y yo empezamos a levantarnos.

—¿Me permiten una sugerencia? —dijo Haddon—. ¿Por qué no se queda la señora Malloy con los niños, y luego yo los llevo a Gibbsville en mi coche?

—¿En el Locomobile? —dije.

—Decide tú, Katharine. Yo tengo que irme directo al hospital.

—Oh, no, sería demasiado. No, nos vamos contigo —dijo mi madre.

—Está aquí al lado, y el doctor estará ocupado toda la tarde, no me cabe duda —dijo Haddon.

—Ahí lleva razón. Voy a tener que operar —dijo mi padre—. Espero que no sea mucha molestia, yo tengo que irme ya. Katharine, tú y los niños acabad de cenar y volved a casa con el señor Haddon.

—Perfecto. Que vaya muy bien, doctor Malloy. Veo que ya tiene la cabeza en cosas más importantes. Déjemelos a mí —dijo Philip Haddon.

Era la primera vez que veía a alguien hacer un comentario en voz alta acerca de la tendencia de mi padre a ensimismarse. Podíamos no saber en qué paciente o en qué operación estaba pensando, pero sabíamos que su atención estaba en otra parte. Philip Haddon había reconocido las señales, y lo que es más, había tenido el atrevimiento de decirlo. Rara era la vez que alguien hacía una observación personal delante de mi padre. La mayoría de la gente le tenía miedo, un miedo reverencial, pero Philip Haddon no. Para un chico de nueve años fue una experiencia instructiva ver cómo alguien alteraba sin vacilar los planes de mi padre y cómo mi padre lo acataba. En cuanto mi padre se fue al hospital el ambiente volvió a distenderse. Nos acabamos el postre, las dos mujeres y mi hermana se fueron al piso de arriba, y Philip Haddon me llevó al sótano, donde tenía una galería de tiro. Además de ser una galería era donde guardaba las armas; el suelo de cemento estaba cubierto con alfombras; los rifles, las escopetas y las pistolas estaban guardados en vitrinas, y en las paredes de madera había cuadros enmarcados. Aquella habitación fue mi primer contacto real con Philip Haddon, y durante el resto de la tarde no dejé de aprender cosas sobre él que me ayudaron a conocerlo y respetarlo.

Recuerdo que ese día llevaba un traje de *tweed* marrón y zapatos de pala picada con polainas marrones. A mi padre también le gustaban los trajes de *tweed*, pero no las polainas. Philip Haddon tenía una cara muy americana, usaba gafas de montura dorada, no llevaba bigote y tenía el pelo liso y de color castaño claro, con la raya ligeramente desplazada. Era más alto que mi padre, seguramente metro ochenta y cinco, y tenía constitución de jugador de fútbol americano. Había pasado por la academia militar de West Point.

—¿Fue ahí donde aprendió a disparar? —dije.

—Bueno, ahí fue donde aprendí a hacerlo como en el ejército, pero disparar me ha gustado siempre —dijo—. Empecé más o menos cuando tenía tu edad. ¿Cuántos años tienes? ¿Diez?

—El año que viene cumpliré diez —dije.

—Bien. Entonces empezarás antes que yo —dijo.

Yo era un chico que hacía muchas preguntas, sobre todo si las respuestas que me daban eran razonables.

—¿Por qué fue a West Point? ¿Quería ser soldado?

—No tuve mucha elección —dijo—. Mi padre y cuatro de mis tíos habían pasado por ahí. Pero no, no quería ser soldado. Quería ser pintor.

—¿De los que pintan cuadros? ¿Artista?

—Sí. ¿Tú quieres ser médico?

—No —dije.

—¿Qué quieres ser? —dijo Philip Haddon—. ¿Lo has decidido?

—Policía —dije—. O quizá tener un circo.

—Sí, tener un circo puede ser divertido —dijo Philip Haddon—. De lo de ser policía no estoy tan seguro. La mayoría pasan por el ejército, y yo sé cómo las gastan en el ejército.

—¿Por qué no le gustó? —dije.

—Bueno, supongo que porque no se me da muy bien recibir órdenes. Tampoco es que me gustase darlas. Pero eso es inevitable.

—Podía haberse escapado —dije.

—No. Nadie puede escaparse.

—Yo pienso escaparme. Cuando sea mayor. Cuando cumpla los doce —dije.

—¿Piensas escaparte cuando cumplas los doce? ¿Adónde?

—Al oeste. A Wyoming, quizá. Puedo trabajar en un rancho. ¿Alguna vez ha estado en Wyoming?

—Sí, cuando estaba en el ejército. Doce años todavía no es edad para trabajar en un rancho. No es que quiera desanimarte, pero creo que deberías esperar un poco más. Hasta los quince o dieciséis. En Wyoming hay tormentas de nieve, y en verano hace un calor insoportable. Hace mucho más frío y mucho más calor que aquí. ¿Y por qué un rancho? ¿Te gustan los caballos?

—Se me da bien montar —dije.

—¿Tienes un poni?

—No, tengo un caballo. Mi hermana tiene un poni, pero no sabe montarlo. Es demasiado pequeña y le da miedo.

—Ya se le quitará —dijo Philip Haddon. Abrió una de las vitrinas y me tendió un Winchester del 22 con el cañón octogonal bañado en níquel—. A ver qué tal se te da.

—¿Puedo disparar? —dije.

—Adelante —dijo.

Se quedó observándome atentamente. Quité el seguro, apunté al blanco y apreté el gatillo.

—Muy bien. Estaba equivocado. Tú ya habías manejado un arma.

—Pues claro. Desde que era pequeño —dije. Me acercó una caja de munición—. También sé cargarlo.

—Todo tuyo —dijo.

Hice quince disparos, el cargador entero, sin interrupciones por su parte.

—Estupendo —dijo—. Has agrupado bien en cuanto te has acostumbrado al tacto.

—No he hecho ni una diana —dije.

—No, pero has marcado cincos y cuatros, y solo has bajado de tres dos veces —dijo—. Evidentemente tienes mucho que aprender, por ejemplo a respirar, pero tienes madera de buen tirador. Si no fuera domingo, podríamos probar un revólver, pero hacen demasiado ruido. Y ahora creo que va siendo hora de que volvamos con las damas.

—Muchas gracias —dije.

Philip Haddon se puso a frotar el cañón del rifle con una baqueta de limpieza, y yo, imitando su pulcritud, recogí los casquillos del suelo y los tiré en una papelera. Nos sonreímos.

—Tú y yo vamos a llevarnos bien —dijo.

—¿Tiene hijos? —dije.

—Tuvimos uno, pero murió. Difteria. Tu padre es médico, así que habrás oído hablar de la difteria.

—Sí, mi hermano la pasó. Tuvieron que ponerle un tubo de plata en la garganta —dije.

—Pero se curó. Eso es bueno.

—A mí me dieron antitoxinas. Me dolió mucho —dije—. Me pincharon en la espalda. Pero no lloré. Mi hermana sí lloró, pero yo no. A todos los niños del barrio les pusieron antitoxinas, y yo fui el único que no lloró.

—Debes de ser muy valiente —dijo.

—Mi padre decía que yo tenía que dar ejemplo. Pero esa noche me dolió y entonces sí que lloré. Me dolió tanto como la aguja, aunque de otra manera. Pero como entonces no tenía que dar ejemplo, lloré.

—Es importante dar ejemplo —dijo.

Su mujer llamó desde lo alto de la escalera del sótano.

—Philip, la señora Malloy cree que ya es hora de irse.

Yo quería quedarme, pero la idea de subirme al Locomobile de Haddon resultaba atractiva.

—¿Puedo sentarme delante con usted? —dije.

—Pues claro que sí. Las damas detrás, los caballeros delante —dijo—. Ven conmigo a buscar el coche.

Lo acompañé al establo, donde el Locomobile de color verde, inmaculado y con el frontal hacia fuera, ocupaba un espacio en el nivel inferior. El vehículo tenía amortiguadores Westinghouse, un par de faros atornillados al parabrisas y mampara en los asientos traseros. Parecía uno de los coches más bellos del mundo, y yo estaba a punto de montar en él.

—¡Menudo... coche! —dije.

—¿Te gusta? —dijo Philip Haddon.

En ese momento reparé en las cuadras al fondo del granero.

—¡Mira! ¡Un blanco y un alazán! —dije.

—La señora Haddon monta el blanco, yo monto el alazán —dijo Philip Haddon.

Todo estaba limpio y ordenado; el ronzal de cada caballo estaba colgado delante de su cuadra, y de unos ganchos de la pared pendían media docena de bridas y sillas, inglesas y de tipo McClellan; las escobas y los cubos, las almohazas y los cepillos, los jabones, los aceites y las esponjas estaban donde debían estar de acuerdo con las instrucciones de alguien.

—El alazán quiere salir, pero debería saber que hoy no toca. Los domingos nunca montamos —dijo Philip Haddon.

—Yo sí —dije.

—Sí, pero tú no vives en Batavia —dijo Philip Haddon—. Bien, nos vamos.

Puso en marcha el motor, lo dejó funcionar durante un minuto y empezamos a avanzar por la grava hasta la puerta cochera. En la media hora que duró el trayecto hasta casa no dije palabra. Philip Haddon, su mujer y mi madre hablaban de cosas que no me concernían, y además, yo tenía mis propios asuntos en que pensar: la ubicación de los interruptores eléctricos, los botones, los indicadores, los contadores, la medalla de san Cristóbal de latón esmaltado en la que ponía algo en francés y una pequeña placa de latón en la que decía: «Construido para el señor Philip Haddon».

Mi primer día con Philip Haddon había tocado a su fin, y yo tenía tantas cosas que contarles a mis amigos que no sabía ni por dónde empezar. Al día siguiente, en el colegio y después del colegio, decidí no explicarle nada a nadie. El señor Haddon y la señora Haddon —ella era guapa y agradable— no se podían compartir con mis amigos.

Pasaron meses hasta que volví a verlos, y la siguiente vez que lo vi él estaba en el hospital, donde mi padre lo había operado de apendicitis.

—Te llevo a ver al señor Haddon —dijo mi padre—. Ha dicho que le gustaría verte, pero solo puedes quedarte unos minutos. Se ha salvado por los pelos.

La señora Haddon estaba sentada en una silla blanca de hierro.

—Le traigo una visita —dijo mi padre.

—Vaya, pero si es mi amigo —dijo Philip Haddon.

Estaba débil y no llevaba las gafas de montura dorada, lo que le daba un aspecto aún más débil y avejentado. Se las puso.

—Le he traído unas flores —dije.

—Oh, ¿son de tu jardín? —dijo Philip Haddon.

—No, esas están *todas* muertas —dije.

—Bueno, yo por poco acabo igual —dijo—. Si no ha sido así, ha sido gracias a tu padre.

—Vuelvo en un segundo —dijo mi padre, y nos dejó.

—¿Le duele? —dije.

—No, ahora ya no —dijo Philip Haddon—. Pero antes, sí.

—Ha sido una suerte que tu padre estuviera aquí —dijo la señora Haddon—. Estaba a punto de irse del hospital cuando he llamado. El doctor Schmeck y yo hemos traído al señor Haddon al hospital en coche, y cuando hemos llegado el quirófano ya estaba listo.

—Claro. Peritonitis —dije.

—¿Sabes lo que es? —dijo la señora Haddon.

—Sé que es lo que pasa cuando hay una apendicitis —dije.

—Veo que tu padre y tú decís «apendicitis» y no «apendiciti» —dijo Philip Haddon.

—Es que es como se dice, lo enseñan en la universidad. Apendic*itis*, periton*itis*.

—Seguro que se dice así, pero yo nunca me acostumbraré —dijo Philip Haddon—. Y bien, ¿cómo va el colegio?

—Oh... el colegio. Bien, supongo —dije.

—Cuando salga de aquí tienes que ir a visitarnos otra vez —dijo Philip Haddon—. No podré montar a caballo en una temporada. Tendré que llevar una faja.

—Ya lo sé —dije.

—Pero podemos disparar —dijo—. Tu padre y yo queríamos ir a cazar juntos cuando se abra la veda, pero ahora no creo que lo apruebe. Puedes venir tú en su lugar.

—De acuerdo —dije.

—Y si quieres montar, puedes montar conmigo —dijo la señora Haddon—. Podrías coger el alazán. Si no te importa montar con una mujer, claro.

—No te engañes —dijo el señor Haddon—. Monta tan bien como cualquier hombre.

El resultado de esa conversación fue que los Haddon mantuvieron su invitación, y en múltiples ocasiones a lo largo de los dos años siguientes fui a su casa y salí a montar con ellos y a disparar con él. Desde el principio fui consciente de que estaba ocupando el lugar de su hijo muerto, pero eso no me incomodaba. Tomaba el tren de la mañana y me bajaba en la estación interurbana, donde Philip Haddon o su mujer me recogían y me llevaban a su casa a pasar el día. Por la mañana salía a montar con alguno de ellos, y después de almorzar él y yo íbamos a disparar. Yo llegaba vestido con pantalones de montar y polainas, y ella o él solían presentarse calzados con botas o en pantalón de jinete, aunque la que me llevaba a montar casi siempre era ella. Después de la operación él había perdido el interés por los caballos, y de no ser por mí habrían vendido el alazán, y la señora Haddon se habría quedado sin nadie con quien salir a cabalgar. Los visitaba cada quince días, rara vez más a menudo, y siempre previa invitación de los Haddon. Empecé a disfrutar de la compañía de ella tanto como de la de él, y llegué a una edad en que su figura me llamaba cada vez más la atención. Se me aparecía en sueños.

Un día fue a recogerme a la estación e inmediatamente me anunció que ese día no saldríamos a disparar. El señor Haddon había tenido que irse a Filadelfia por negocios. Lo sentía mucho... aunque yo no. La señora Haddon me dijo que, en lugar de disparar, esa tarde me llevaría, si así lo deseaba, a ver la fundición, donde podría subirme a la máquina de vapor y a la grúa. El señor Haddon había dicho que quizá me haría gracia. Así pues, montamos en el caballo blanco y el alazán, y me dijo que debía pasar a cambiarse de ropa, porque al señor Haddon no le gustaba que se presentase delante de los trabajadores de la fundición en pantalones de montar. «Serán solo unos minutos —dijo—. El tiempo de darme un baño rápido y cambiarme.» Esperé en el piso de abajo hasta que oí correr el agua de la bañera, y entonces subí y entré en el baño sin llamar. Estaba de pie, desnuda, probando la temperatura del agua.

—¿Se puede saber qué haces aquí? —dijo.

—Quería verte —dije.

Agarró una toalla para taparse.

—No puedes estar aquí —dijo.

—Solo quería verte —dije.

—Claro, tienes trece años —dijo—. Ya me has visto, ahora vete.

—Quiero besarte —dije.

—Sí, ya lo sabía —dijo.

—Te quiero —dije.

—Tú no me quieres, Jimmy. Es otra cosa —dijo—. ¿No ves que me estás avergonzando? De acuerdo, te dejo besarme aquí. —Bajó la toalla y echó los hombros hacia atrás de modo que sobresalieran los pechos. Los besé los dos—. Ya está bien —dijo—. Ahora ve abajo y haremos como si esto nunca hubiera ocurrido. Nunca. —Pero yo la rodeé con los brazos y fui brusco con ella, y ella forcejeó—. Basta —dijo.

—Es lo que querías. Tú lo querías. Lo sé.

—¿Quería qué? Pero si tienes trece años, debes de estar loco.

—Que hiciera lo que hace el señor Haddon —dije.

—Lo que tú crees que hace —dijo ella—. Podría ser que estuvieras equivocado. Muy bien, desabróchate los pantalones. —Se echó en el suelo y yo me puse encima de ella, pero no pude controlarme y ella se quedó ahí tendida, deseando lo que no podía darle—. Ahora déjame que me bañe y ve a ponerte presentable.

Bajó al cabo de media hora.

—Podemos prescindir de la visita a la fundición —dijo—. Puedo llevarte a la estación, hay un tren que pasa antes. No podemos volver a hablar de esto hasta después de almorzar.

—No quiero almorzar —dije.

—Bueno, pues entonces haz el favor de sentarte aquí mientras yo como —dijo—. Tengo que ir con cuidado con la criada.

Ella siguió hablando mientras la criada iba y venía.

—No está comiendo nada —dijo la criada.

—Ha perdido el apetito —dijo la señora Haddon.

—Siempre come hasta reventar —dijo la criada.

—Pues hoy no —dijo la señora Haddon.

—A lo mejor porque hoy no está el señor —dijo la criada.

—Es muy posible —dijo la señora Haddon.

Más tarde, ya en el salón, dije:

—¿Se lo va a decir al señor Haddon?

—No. La culpa no ha sido solo tuya —dijo—. Seguramente te he dado pie sin darme cuenta. He visto cómo me miras, así que debí habérmelo esperado. ¿Te he mirado yo de esa manera alguna vez?

—No.

—¿Alguna vez has pensado que estaba flirteando contigo?

—No.

—En fin, si te sirve de consuelo, mi marido cree que yo flirteaba contigo.

—¿Conmigo?

—Contigo, y no solo contigo —dijo.

—Nunca lo he pensado —dije.

—Y yo tampoco —dijo—. Pero mi marido, sí. Hay mujeres que dan esa impresión.

—Pero tú no —dije.

—¿Te has encontrado con mujeres que flirteen contigo? Chicas no, mujeres.

—No lo sé.

—Ah, conque no lo sabes —dijo.

—Alguna, quizá.

—¿Y tú que haces?

—No hago nada. Con las chicas sí, pero no con las mujeres. Usted ha sido la única.

—Porque no has tenido ocasión, supongo —dijo—. En adelante tendré más cuidado. Pondré el seguro del baño.

—¿No está enfadada conmigo?

—Estoy más enfadada conmigo que contigo. Esto podría haber tenido graves consecuencias, ¿sabes? La criada. Mi marido. Tu padre. Esto no puede volver a ocurrir nunca más. Si mi marido te diera una buena paliza, tu padre te daría otra. Por no hablar de la paliza que me daría mi marido.

—Si lo hiciera, lo mataría —dije.

—Hmm. Qué caballeroso. Menudo desastre. En adelante limita tus atenciones a las chicas de tu edad.

—Las chicas de mi edad no me gustan.

—Pues algo mayores, con el busto desarrollado. Tienes trece años, eres demasiado joven para *pensar* en mujeres mayores. Podría ser tu madre, y lo sabes. Tengo edad suficiente. Estoy avergonzada. Me he entregado a ti. Da igual cómo hayan ido las cosas, he sido yo la que me he entregado a ti. Y tú siempre lo recordarás... y yo también. Yo quiero mucho a mi marido, y él me quiere a mí. Y entonces aparece un chico de trece años y yo me olvido de todo. ¿Eres consciente de cuánto voy a odiarme por esto? Podría ser que a partir de hoy les perdieras todo el respeto a las mujeres. Esto podría tener una mala influencia sobre ti el resto de tu vida. Pero el hecho de entregarme a ti ha sido lo peor que ha ocurrido hoy. Es un pecado terrible.

—¿Lo cree de verdad, señora Haddon? —dije.

—No me negarás que ha sido un pecado. Yo no lo niego. Ya he oído de casos así. Cuando estaba interna en el colegio había una chica cuya madre tenía debilidad por los chicos jóvenes. Se armó tal escándalo que le pidieron a la chica que dejara el colegio. Una familia muy respetable. La debilidad de la madre arruinó la vida de la hija, pero ¿acaso yo soy mejor?

La señora Haddon no dejaba de fustigarse, y eso empezó a asustarme. Quería consolarla, pero no sabía cómo hacerlo sin tocarla, y el instinto me decía que ella quería que la tocara y que, si lo hacía, acabaría entregándose a mí, como ella decía. Quería llorar, pero no lloraba. Mis ganas de consolarla se confundían ante la imagen de su busto temblando arriba y abajo, y fuera lo que fuera lo que ocurría en su interior, la que tenía delante era otra vez la mujer del suelo del baño. No pude soportarlo más y la besé en la boca. Su reacción fue ávida y completa, pero entonces me apartó de una forma igual de repentina.

—Por Dios, pero ¿qué estoy haciendo? —dijo—. ¿*Qué* estoy haciendo? —Se puso las manos en las mejillas—. Tenía razón —dijo, y supe que se refería a su marido—. Ve a buscar tu gorra, nos vamos a tomar el aire —dijo levantándose. Había recuperado la compostura casi por completo—. Te llevaré a la estación.

Ahora tenía su propio coche, un Scripps-Booth descapotable de tres plazas, con el asiento del conductor delante de los otros dos.

—No es necesario —dije.

—Te equivocas, sí es necesario. Quiero que me dé aire en la cara, a ver si así recupero el juicio. Y tú también, jovencito.

Dada la extraña disposición de los asientos yo tenía que inclinarme hacia delante debido al ruido y el viento que azotaba el coche, y ella tenía que repetir la mitad de las cosas que decía. La conversación no tocó temas íntimos. El viento frío estaba haciendo su efecto en ella... y en mí. La novedad, la singularidad de nuestra experiencia residía para mí en el hecho de que, por primera vez en la vida, me daba cuenta de que una mujer puede desear activamente a un hombre. Yo había besado a varias chicas, y en ocasiones ellas se habían mostrado receptivas, pero nunca me había encontrado ni había oído decir que una mujer fuera más allá de la mera sumisión al hombre. Ahora sabía que la naturaleza de la mujer puede admitir el apetito por un hombre o por un muchacho de trece años dotado de las funciones de un hombre. Esta revelación, este descubrimiento resultaba tan violento que necesitaba alguien con quien compartirlo, pero mis inexpertos coetáneos quedaban descartados; los aventajaba tanto en experiencia que no me habrían creído. La ironía definitiva era la circunstancia de que la única persona, hombre o mujer, chico o chica, en quien tenía confianza suficiente como para confiarme era Philip Haddon. En el curso de mis visitas a su casa le había contado muchas cosas de mí, de mi familia, mis amigos y mis enemigos, y él siempre me había escuchado con un interés que iba más allá de lo cordial. Casi me entraba la risa ante la idea de contarle lo que había ocurrido con su mujer ese día. En fin, al menos estaba seguro de que ella tampoco iba a decírselo.

Justo antes de llegar a la estación, ella dijo:

—No pienso volver a hablar de lo que ha sucedido hoy, ni contigo ni con nadie. Y tú tampoco.

—Yo tampoco —dije.

—El próximo día que vayas a confesarte... ¿te confiesas con curas italianos?

—No —dije—. ¿Por qué?

—Porque los curas italianos no se asustan de nada —dijo—. Yo prefiero a los curas italianos. Cuando tengo algo terrible que confesar, voy a la parroquia italiana de Reading.

—La confesión no es válida si el cura no entiende lo que se le explica —dije.

—Yo no me guardo nada. Se lo explico todo —dijo ella.

—Uno no se confiesa con un hombre. Se confiesa con Dios.

—Todo eso ya lo sé —dijo—. De todos modos, prefiero contarle esas cosas a un italiano. Otra cosa: no te hagas el santurrón conmigo.

Yo no estaba preparado —claro que, ¿se está alguna vez?— para la revolución física y espiritual que comenzó para mí aquel día. Me había abandonado a un impulso incontenible, había visto su cuerpo desnudo y había realizado con ella una tentativa incompleta de adulterio, y ahora empezaba a albergar dudas acerca de la sacralidad de la confesión. La señora Haddon se convirtió en la mujer más fascinante, malvada, ignorante y cínica que el mundo había conocido. Quería huir de ella y del pecado, pero sabía que en algún momento tendría que volver a ella y al pecado y a sus deleites secretos y a sus pensamientos impíos y a sus infinitos placeres.

—No soy ningún santurrón —dije.

—No, ya sé que no —dijo—. En realidad tienes que ser muy malo para saber todo lo que sabes.

En cuanto dijo eso decidí abrazar por completo la causa del mal. No podía decirle que estaba dispuesto a renunciar a los placeres de la maldad; ni siquiera podía decírmelo a mí mismo cuando la atracción opuesta era tan poderosa. Durante el trayecto hasta la estación caí en la cuenta de que estaba recibiendo el castigo por mi inadecuada conducta, por las fechorías de un chico de trece años con una mujer de la edad de ella, fuera cual fuera. No podía esperar otra cosa, y era lo correcto. Pero las experiencias de ese día ya me habían hecho madurar hasta el punto de que mi niñez pertenecía al pasado, y yo lo sabía. No es que supiera mucho más en ese momento, pero de eso estaba seguro.

Esperamos sentados en el coche a que llegara un tren con dirección al norte, y ella parecía haber recuperado por completo el dominio de sí misma, su lugar en el mundo, de suerte que su dignidad, su falda de *tweed* y sus maneras de siempre hacia mí volvían a protegerla. Me ofreció un cigarrillo, que acepté, a pesar de que su marido nunca me había ofrecido ninguno por respeto a las normas de mi padre en ese aspecto. De un modo extraño, conspirativo, había logrado forjar conmigo una alianza que nos permitía fumar cigarrillos y, a la vez, durante el tiempo que nos quedaba, ignorar por completo nuestros pecados de pensamiento, palabra y obra. La joroba de la locomotora llegó remontando la vía con esfuerzo, y yo salí del descapotable, recogí la gorra y le lancé una mirada que debía de ser de temor y de añoranza.

—No, no trates de decir nada —dijo ella sonriendo serenamente.

II

Ese año ingresé en un internado en el que no conocía a un alma. En mi nueva vida hice nuevas amistades y enemistades y establecí con todo lo nuevo las relaciones que prescribían los viejos libros. Me resultaba imposible exponerme al desdén y la incredulidad de los demás chicos ante el relato de mi experiencia con la señora Haddon, de modo que me lo guardé para mí. Con respecto a las chicas, mis reticencias eran igual de fuertes. Se dejaban besar, pero algunas, la mayoría, se resistían o lloraban si ponía la mano sobre sus pechos en pleno desarrollo. Me amenazaban con decírselo a sus hermanos mayores, aunque nunca lo hacían. Durante esa etapa de mi adolescencia soñaba con el cuerpo de la señora Haddon, pero mis sueños eran tan secretos que ella, en cuanto persona real, no existía. Cuando volvía a casa por vacaciones no la veía, y la amistad entre mis padres y los Haddon nunca llegó a florecer del todo. Pasaron dos o tres años durante los que Philip Haddon siguió siendo paciente de mi padre; una o dos veces al año, los Haddon y mis padres quedaban para almorzar un domingo en el Club de Campo de Lantenengo; en Navidad se intercambiaban regalos. Pero Martha Haddon, no sé si deliberadamente, logró permanecer fuera de mi vista, y yo, claro está, me iba enamorando y desenamorando de chicas más de mi edad. Calculaba que ella debía de ser dieciséis o diecisiete años mayor que yo, por lo que cuando dejé el colegio y entré a trabajar en uno de los periódicos de Gibbsville, tendría casi cuarenta años. Mi padre murió, y mi madre recibió una carta de los Haddon, que estaban de viaje fuera del país y no habían sabido de su muerte hasta un mes más tarde. La carta la había escrito Martha Haddon, y Philip Haddon solo figuraba a título formal.

—El señor Haddon no debe de estar bien del todo —dijo mi madre—. De lo contrario, me imagino que habría escrito. Él y tu padre se veían más que la señora Haddon y yo.

—Hay hombres que detestan escribir cartas —dije.

—Sí, pero no el señor Haddon —dijo mi madre.

Como de costumbre, tenía razón, pues la siguiente vez que visité Batavia fue para cubrir un caso de apuñalamiento mortal, y puesto que me encontraba por la zona decidí ir a ver a los Haddon. Desde el punto de vista de mi periódico, no era una gran noticia. Un grupo de negros que vivían en una tienda y trabajaban como jornaleros en la construcción de una carretera se habían emborrachado y se habían metido en una pelea en la que un hombre había muerto y los demás habían huido al instante. La policía ni siquiera estaba segura de sus nombres, y yo estaba seguro de que el suceso no tenía el menor interés para mi periódico. Sin embargo, sentía curiosidad por los Haddon y disponía tanto del Oakland del periódico como de algo de tiempo libre.

Era un día caluroso de agosto, hacia mediodía. El humo de las chimeneas de la fundición flotaba espeso y a baja altura, como a la espera de que un soplo de brisa lo disipase. En casa de los Haddon, al otro lado de la ciudad, las mosquiteras de alambre parecían ensombrecer las estancias, y no se veía rastro alguno de vida en el jardín. Sin embargo, en cuanto salí del Oakland, Martha Haddon abrió la puerta del porche y bajó.

—¿Es usted de la compañía de la luz? —preguntó.

—No, señora —dije—. Soy de la compañía de las sombras.

Como chiste era francamente malo, pero ya se lo explicaría más tarde.

—¡No me lo puedo creer! No puede ser —dijo, y se dio la vuelta para llamar al hombre que estaba en el porche—. Philip, tenemos visita. James Malloy.

—Oh, qué bien —oí que decía—. ¿El chico del doctor Malloy?

—¿Puede saberse qué haces aquí un día tan bochornoso como hoy? —dijo Martha Haddon—. Ven, apártate del sol y tómate un vaso de té helado.

Philip Haddon se puso en pie lentamente y dejó el abanico y el periódico sobre una mesilla de mimbre. Iba vestido con un traje de seda cruda, camisa azul a rayas y zapatos Oxford de tela blanca. Nos dimos la mano, les expliqué el motivo de mi presencia ahí y el sentido de la broma.

—Quédate a comer —dijo Philip Haddon—. Incluso podrías darte un baño. Creo que la piscina todavía no estaba la última vez que viniste.

—No, no estaba —dijo ella—. Solo hace tres veranos que la tenemos.

—¿Tanto ha pasado desde que íbamos a disparar? Me imagino que sí. Ya no eres un niño. Menudo joven te has hecho. Ahora trabajas en un periódico y te dedicas a ver cómo la gente se cose a puñaladas.

—Sí, y todavía me acuerdo de cuando fue mi padre el que lo cosió a usted —dije.

—Y tú fuiste a verme al hospital —dijo—. Me alegra volver a verte, granuja. ¿No es una pena vivir tan cerca y no vernos nunca? Ni siquiera hemos ido a ver a tu madre desde que tu padre falleció.

—Bueno, tenías excusa —dijo Martha Haddon—. El señor Haddon contrajo una dolencia estomacal en Italia.

—No hablemos de eso —dijo Philip Haddon—. Creo que no fue más que un rebrote de malaria. Todo aquel que haya pasado por el ejército ha tenido aunque sea *un poco* de malaria. Lamentablemente, he tenido que retirarme de la fundición y puede ser que tengamos que irnos a vivir a otra parte.

—La casa es *nuestra* —dijo Martha Haddon.

—Sí, pero puede que al nuevo superintendente no le haga mucha gracia tenerme aquí mirando por encima de su hombro —dijo Philip Haddon.

—Como habrás adivinado, es un tema de conversación recurrente —dijo Martha Haddon—. No queremos irnos de Batavia. ¿Adónde vamos a ir? Por el amor del cielo, pero si vinimos aquí de recién casados y ha sido nuestro hogar, nuestro único hogar.

—Creo que el señor Malloy prefiere darse un baño en la piscina a tomar parte en nuestras discusiones —dijo Philip Haddon.

—A mí siempre me ha gustado esta casa —dije—. Espero que se la queden.

—Asunto zanjado —dijo Philip Haddon—. Promete que nos visitarás más a menudo cuando acaben la nueva carretera.

Por primera vez sospeché que Philip Haddon podía llegar a ser sutil.

—Prometido —dije.

—Estupendo, tendrás que cumplirlo —dijo—. Si quieres darte un remojón antes de comer, te traeré un traje de baño.

—¿Usted no se baña? —dije.

—No, si agarro frío, ya no sirvo para nada el resto del día y parte del siguiente —dijo—. Pero Martha irá contigo.

—De acuerdo, pero no tenemos mucho tiempo —dijo Martha Haddon.

Nos pusimos el traje de baño y dejamos a Philip Haddon en el porche. La piscina estaba en un rincón del jardín, protegida por los cuatro lados por un seto alto, y recorrimos el camino hasta ella tapados con albornoces.

—Lo hacemos por los vecinos —dijo ella—. No verían con buenos ojos que una mujer madura se paseara por ahí en traje de baño.

—¿De verdad les gusta vivir en Batavia? —dije.

—Me gusta más que ningún otro sitio —dijo—. Aquí me comporto... la mayor parte del tiempo.

—Oh, así que todavía se acuerda —dije.

—Claro que me acuerdo. Esas cosas no se olvidan.

—¿Y el señor Haddon? ¿Llegó a saberlo?

—Yo no se lo he dicho —dijo.

—Eso no responde a mi pregunta —dije—. Hace un momento ha dicho algo que me ha hecho pensar que algo sabe.

—Ya eres un hombre —dijo—. Sí, se lo imagina, pero nunca ha querido saber estas cosas con certeza.

—¿Tanto hay que saber?

—Supongo que te parezco poco atractiva —dijo.

—Nada más lejos —dije.

—Seguro que sí, si todo a lo que podía aspirar era a un chico de trece años —dijo—. Sería mejor uno de veinte, pero ¿crees que no ha habido nadie entre medio?

—Bueno... *él*.

—Oh, él ahora vive contento. Le gusta ser un inválido.

—No siempre ha sido un inválido —dije.

—La mayor parte del tiempo, sí —dijo—. ¿Sabes por qué le gustaba haberse hecho católico? Porque creía que así yo me comportaría. Pero no fue así. Él sí se comportaba, pero yo no.

—Creía que estaba profundamente enamorada de él —dije.

—Y lo estoy. Pero tú tienes mucho que aprender sobre el amor.

—Creo que aprendí más con usted que con nadie más —dije.

—Da lo mismo con quién se aprenda, mientras se aprenda. Yo también aprendí algo de ti.

Me eché a reír.

—¿De mí? ¿De un crío con la mente calenturienta?

—Un chico sin experiencia. Aunque ya no eres inexperto —dijo.

—No —dije.

—Tú no me enseñaste nada, pero yo aprendí algo. Algo sobre mí. Aprendí que podía desear a alguien, daba igual que tuviera trece años o treinta, siempre y cuando él también me deseara y lo demostrara. Tú siempre me deseaste.

—¿Hoy también?

—Hoy también, por supuesto —dijo—. Mírate. Mírate bien.

—¿Y por qué no lo hacemos?

—Porque ya no tienes trece años, y porque ahora podemos esperar —dijo—. Él sabe todo lo que podemos hacer, y está sentado en el porche imaginándoselo. Así que no te sorprenda si se presenta aquí en el peor momento.

—¿Qué haría si nos pillara?

—Ese es un riesgo que no vamos a correr —dijo.

—Pero *¿qué* haría? —dije.

—He dicho que no vamos a correr ese riesgo, y lo digo en serio. Por lo menos hoy no.

—De acuerdo —dije—. A él le gusta imaginarse cosas y a usted le gusta decirlas. ¿Qué es peor?

—Báñate y sé más respetuoso con los mayores —dijo.

Subí al trampolín y me puse de espaldas a ella.

—Tírate, te sentará bien —dijo.

Me zambullí. El impacto con el agua me causó impresión y tardé unas cuantas brazadas en acostumbrarme a la temperatura. Cuando salí, Philip Haddon estaba de pie junto a ella, al borde de la piscina.

—¿Ves por qué he dicho que no quería agarrar frío? —dijo—. El agua viene de un manantial.

—No hace falta que lo jure.

—Por cierto, he traído algo que quiero enseñarte —dijo. Del bolsillo de la chaqueta sacó una pistola automática—. ¿Alguna vez has visto una como esta?

—No —dije.

—Es una Browning automática —dijo.

Me la tendió y la sopesé.

—Está cargada, ¿verdad? —dije.

—Oh, sí —dijo—. Pero sé que puedo confiar en ti con las armas de fuego.

—Philip siempre ha dicho que podía confiar en ti con las armas de fuego —dijo Martha Haddon.

Fatimas y besos

A la vuelta de la esquina de donde yo vivía se encontraba una pequeña tienda regentada por una familia llamada Lintz. Si querías helado, ya fuera un litro o un cucurucho, podías ir a Lintzie's; podías comprar cigarrillos y puros baratos, una hogaza de pan, conservas, carnes que no requirieran los servicios de un carnicero, caramelos de un centavo y cajas de bombones, cuadernos y lápices, y literalmente cientos de baratijas que los representantes persuadían a Lintzie para colocar en sus anaqueles y que él nunca parecía ordenar. Dudo que queden muchas tiendas como la de Lintzie hoy en día, pero la suya representaba una gran comodidad para la gente del barrio. Cuando un ama de casa se quedaba sin algo, le decía a su hijo que bajara a Lintzie's a comprar una botella de leche o media libra de mantequilla o veinte centavos de jamón a lonchas. Y Lintzie se lo apuntaba. Sabía muy bien que las amas de casa del barrio preferían comprar en las carnicerías y tiendas del centro, y que su negocio dependía al menos en parte de los casos de semiemergencia. Eso, sumado al hecho de que dejaba comprar las cosas a crédito, le daba la excusa para subir el precio de la mayoría de artículos, y las amas de casa lo tildaban de ladrón. Se lo decían así, a la cara. Sin embargo, cuidaban la manera de decirlo. La carnicería de O'Donnell era la mejor, y Gottlieb tenía el mejor ultramarinos, pero estaban en el centro y no te abrían si necesitabas una lata de sopa o un litro de leche a las ocho y media de la tarde. Lintzie, su mujer y sus dos hijos vivían encima de la tienda, y alguno de ellos bajaba siempre para atender a los clientes.

Lintzie era un tipo delgado con un bigote a lo Charlie Chaplin y unas mejillas hundidas que se hundían aún más por la costumbre que tenía de no ponerse la dentadura. Era joven para tener dientes falsos: no llegaba a los treinta. Había estado en el Cuerpo de Marines —aunque nunca había cruzado el mar—, y todo su conocimiento del mundo y todos sus viajes habían sido gracias a los «Marines de los huevos». Era un muchacho de granja de la Pensilvania alemana, de algún lugar al este de Reading, y a mí me maravillaba, como dicen los alemanes, cómo era posible que hubiera descubierto los Marines. Así que como era adolescente y curioso, se lo pregunté.

—¿Que cómo me enteré de que existía el Cuerpo de Marines? Nunca había oído hablar de ellos hasta que vi un cartel en la oficina de correos. Vi el retrato de un marine todo bien vestido, con el rifle en el hombro derecho y la bayoneta en una funda blanca. Me dio buena impresión, así que me fui a casa y le dije a mi padre que iba a alistarme. No quieras saber lo que dijo el viejo. Me dijo que adelante, solo que también dijo otras cosas. Estaba encantado de perderme de vista. Él y mi hermano podían sacar adelante la granja sin mí. Mi hermano también estuvo encantado de perderme de vista. Así el viejo le dejaría a él la granja y a mí nada. El caso es que me presenté en el sitio que ponía en el cartel y firmé los papeles. Juro por Dios que si hubiera sabido cómo iban a ser los tres primeros meses, nunca me habría alistado. Aquel cabronazo del sargento y su bastón. La instrucción. El campamento. Las serpientes. Por las noches estaba tan agotado que no habría podido ni cortarme la garganta, te lo juro. No es broma. Aunque supongo que me hizo bien. Salí más fuerte que cuando entré, pero con menos dientes.

—¿Cómo ocurrió?

—Oh, me metí en una pelea con un marinero, yo y otro marine de los huevos que estaba de servicio conmigo en la estación de tren de Lackawanna, en Hoboken, Nueva Jersey. Lo arrestamos, estaba borracho. De repente empezaron a aparecer marineros por todas partes. Yo tenía una cuarenta y cinco en la pistolera pero no me sirvió de nada. Serían como diez, nos atacaron todos a la vez, y uno de ellos me golpeó en la boca con mi propia porra. Esa fue mi única batalla con los Marines de los huevos. En la estación de tren de Lackawanna, en Hoboken, Nueva Jersey. Me licenciaron en octubre de 1918, dos semanas antes del armisticio. Aunque me corrí mis buenas juergas en Filadelfia y Nueva York y Boston. Si fueras mayor, podría contarte cada historia... Era un tipo guapo hasta que esos marineros me pegaron la paliza. Eso sí, al hijo de puta que empezó la pelea le cayeron como treinta años de trabajos forzados.

—¿Lo identificaste?

—Claro que lo identifiqué. Lo reconocí entre veinte de esos cabrones. Así se pudra. Me habrían hecho cabo de no ser por él. A lo mejor me habría quedado y habría llegado a sargento de artillería. Pero me dejaron ir y ahora no puedo ni masticar un bistec, ni con estos dientes que me han puesto.

La esposa de Lintzie era una mujer apacible y algo desaliñada, con el pelo siempre revuelto. Tenía un cutis formidable, los dientes pequeños y blancos, y unos senos enormes que se bamboleaban libremente sin la opresión del sujetador. Cuando Lintzie se dirigía a ella por su nombre, cosa que raramente hacía, la llamaba Lonnie. Ella lo llamaba Donald o Lintzie: Lintzie cuando le gritaba desde la trastienda o desde arriba, y Donald cuando lo tenía cerca. Él casi nunca la miraba, a menos que estuviera de espaldas. Delante de la gente de mi edad o más joven, le decía: «A ver si te pones decente, por el amor de Dios». «Anda, cállate», decía ella.

Sin embargo, cuando había delante gente mayor ocultaban su animosidad ignorándose mutuamente. Un día en que fui a comprar cigarrillos, que no deberían haberme vendido, esperé a que Lintzie o Lonnie aparecieran para atenderme, pero no salía nadie. Volví a la entrada y abrí y cerré la puerta para que la campanilla volviera a sonar, y entonces apareció ella corriendo por la escalera.

—Ah, eres tú —dijo.

—¿Me da un paquete de Camel y un paquete de Fatimas? —dije.

—¿A cuenta o al contado?

—Al contado —dije.

—¿Para quién son los Fatimas? ¿Alguna chica?

—Para mi tío —dije.

—Ya, claro, tu tío ese que está ahí con la bicicleta. Vete con ojo, Malloy. Como su madre la pille fumando, se lo dirán a tu padre y se armará una de aquí te espero. Serán treinta y cinco centavos.

—¿Dónde está Lintzie? —dije.

—Se ha ido a Reading. ¿Por qué?

—Curiosidad —dije.

—¿Por qué?

—Curiosidad —dije.

Miré a la acera y a la camioneta de reparto aparcada delante, sin conductor. Lonnie puso dos paquetes de Camel y dos paquetes de Fatimas en el mostrador.

—Invita la casa —dijo ella—. ¿De acuerdo?

—Gracias —dije.

—La próxima vez que su madre venga por aquí, no le diré que le has comprado los Fatimas, ¿de acuerdo?

—De acuerdo —dije.

La gente —los mayores— nunca sabe a qué edad empieza uno a reparar en cosas como una camioneta sin conductor, un marido ausente y una aparición con retraso, y a atar cabos. Pero Lonnie sabía que yo había atado cabos, y que los había atado bien atados. Mi descubrimiento era demasiado importante y maduro como para confiárselo a la chica que me esperaba con la bicicleta. Era de ese tipo de cosas de las que quería protegerla, de las que me moría por protegerla toda su vida. Eran cosas de las que yo ya sabía demasiado, como la imagen de la muerte y el horror de las cosas que había visto en la consulta de mi padre y en las ambulancias, los hospitales y las casas de los pobres, cuando mi padre todavía intentaba que yo fuera para médico. Apenas si podía soportar ver esas cosas yo también, pero yo era un chico. Ella era una chica, y en diez años o incluso menos iba a ser mi esposa. *Quizá* entonces le contaría alguna de esas cosas, pero por el momento lo máximo para lo que estaba preparada era para los Fatimas y los besos.

La campanilla sonó cuando abrí la puerta de Lintzie's y volvió a sonar cuando la cerré. Supongo que fue tanto el sonido de la campanilla como los paquetes de Fatimas que le enseñé lo que la hizo sonreír.

—¿Te los ha dado? —dijo. Hablaba entre susurros.

—Claro —dije—. Fat-Emmas para ti, jorobas para mí. ¿Adónde quieres ir?

—¿Tienes cerillas?

—No nos hacen falta. Llevo la lupa.

En los bolsillos de un chico, las cerillas constituían indicio razonable de que era fumador, lo mismo que las manchas de nicotina en los dedos. Una lupa solo hacía sospechar que había leído demasiadas historias del detective Craig Kennedy en su lucha por vencer a la Mano que Aprieta.

Hacia esa época me marché fuera a estudiar, y durante las vacaciones me pasaba todo el tiempo en un drugstore del centro. Lintzie's no era de esa clase de sitios; los chicos del barrio se reunían en la acera, atraídos por los caramelos y los helados, pero Lintzie y Lonnie no les permitían quedarse dentro. «Los huevos de Pascua, ni tocarlos —les decía Lonnie—. Dejad de manosear las linternas. ¿Queréis que se les gasten las pilas?» Lintzie y Lonnie amenazaban con apuntar las cosas en las cuentas de las familias de los chicos, y a veces cumplían sus amenazas, aunque en ocasiones se las apuntaban a la familia equivocada. A pesar de la vigilancia de los Lintz, les robaban muchas cosas, y no era raro ver a un niño al que acababan de echar de la tienda mostrando, furtiva pero orgullosamente, un portaminas, un tapete de dados o una caja de galletas Fig Newtons. Uno de mis hermanos menores nunca se iba de Lintzie's con las manos vacías, aunque no robara más que un pepino. Sí, una vez le vi robar un pepino. A eso lo llamábamos «hacer un cinco dedos», y contribuía a fomentar la pedofobia de los Lintz, de la que no estaban excluidos ni siquiera sus propios hijos. «Subid a limpiaros la nariz —les decía Lintzie—. Decidle a vuestra madre que os cosa los botones.» Yo, que a pesar de mi juventud ya había bailado con Constance Bennett y visitado el Pré Cat, me acercaba lo menos posible por Lintzie's durante esa época.

Pero entonces mi padre murió y tuve que buscarme un empleo de aprendiz de periodista en uno de los periódicos de la ciudad. Provisionalmente —y yo nunca lo consideré sino como algo provisional— mi radio de actividad se limitaba al condado en que vivía. Apenas teníamos ingresos, y mi madre nos sacaba adelante canjeando sus bonos por dinero, una medida desesperada que por supuesto no podía durar para siempre. Económicamente no tenía sentido —nada lo tenía—, pero pronto nos convertimos en clientes asiduos de Lintzie's en lugar de la tienda de venta al por mayor situada una calle más abajo, donde todo era más barato. Mi madre dejó de comprar en O'Donnell's y en Gottlieb's; raro el día que se veían chuletas de cordero o espárragos en la mesa del comedor. Comprábamos el pan de hogaza en hogaza, un tarro de crema de cacahuete, media docena de huevos, un cuarto de libra de mantequilla, un cuarto de litro de leche; con los precios de Lintzie's, nada podía tirarse, caducarse o agriarse. «Cuando vuelvas a casa, para en Lintze's y compra una lata de sopa de tomate», me decía mi madre. Nunca había pronunciado bien «Lintzie's» y no iba a empezar ahora. Para mí siempre había sido evidente que les tenía ojeriza tanto a Lintzie como a su mujer, sobre todo cuando les debía dinero, cosa que ocurría veintinueve días al mes. Ellos tampoco es que la tuvieran en gran estima; llevaba las cuentas mejor que ellos, y si había que demostrarlo, no se lo pensaba dos veces.

Entre otras cosas, yo había empezado a beber de manera considerable, pese a no tener aún ni veinte años. Cómo me las arreglaba para beber tanto sin dinero todavía resulta un misterio incluso para mí, pero el alcohol barato era barato, y tanto de los políticos como de los «miembros de la hermandad deportiva» se esperaba que invitasen a copas a los periodistas. «¿Por qué no?

—me decía uno de los gatos viejos—. Es una pequeña recompensa por el dudoso placer de su compañía.» Lintzie no era ni político ni promotor de boxeo, pero una tarde que paré a hacer una compra de última hora, me invitó a tomar una copa con él en Schmelinger's, un bar del barrio que nunca se había tomado la molestia de disimular que era un *speakeasy*.

—Estoy pelado —le dije.

—Yo invito —dijo Lintzie.

—Eso ya es otra cosa —dije.

Schmelinger había sido paciente de mi padre, y por tanto yo nunca había sido cliente de Schmelinger, pero Lintzie fue recibido con la áspera cortesía que los camareros suelen dispensar a los buenos parroquianos. Nos sentamos a una mesa y nos tomamos tres o cuatro whiskies —solos, acompañados de un vasito de agua— y pasamos una hora de lo más agradable los dos juntos. En ese barrio casi todos los hombres se pasaban el día entero en el trabajo, y Lintzie no tenía amigos. Supe que pasaba por Schmelinger's a tomar un trago a media mañana, y de nuevo hacia las tres o cuatro de la tarde, antes de que la tienda se llenara de amas de casa y de escolares. Ese día se conmemoraba el nacimiento de Lincoln, así que no había colegio. Fue una pena averiguar que mis horarios no coincidían con la rutina de Lintzie, pero no había por qué preocuparse: Lintzie ajustó sus horarios a los míos.

En esa época de mi vida yo daba mi encanto por supuesto; no me preguntaba por las posibles razones por las que un hombre diez años mayor que yo pudiera querer invitarme a cuatro dólares de whisky de centeno bien cortado una o dos veces por semana. Sin embargo, pronto empecé a entender, primero, que de algún modo nuestra diferencia de edad le era indiferente. Por nuestra conversación se diría que durante el tiempo que yo había estado estudiando fuera, de algún modo había sumado no cuatro, sino diez años a mi edad. Y en segundo lugar, como todo el mundo, Lintzie necesitaba alguien con quien hablar. Y hablaba. Le gustaba repetir una y otra vez ciertas anécdotas de sus tiempos en el

Cuerpo de Marines: bromas que les gastaban a los compañeros de armas, pequeñas venganzas hacia los jóvenes oficiales, el haber estado a dos metros de Woodrow Wilson, sus visitas a una casa de putas de Race Street, en Filadelfia. A menudo, con inconsciente lógica, pasaba de los recuerdos de la casa de putas a ciertas revelaciones relativas a Lonnie. La familia de ella quería que se casara con su hermano, pero cuando Lintzie volvió a casa con el primer permiso la arrojó al suelo y le dio lo que había estado pidiendo. Al siguiente permiso se casó con ella, a pesar de que entretanto su hermano la había arrojado al suelo y le había dado lo que había estado pidiendo. Pero Lintzie había sido el primero, y estaba casi seguro de que el bebé era suyo. Ahora que el chico tenía edad suficiente para parecerse a alguien, se parecía más a Lintzie que a su hermano, por lo que Lintzie suponía que no se había equivocado a ese respecto. En cuanto a su segundo hijo, la niña, ya no lo tenía tan claro. La chica no se parecía a nadie, ni a los Lintz *ni* a los Moyer (pues Moyer era el apellido de soltera de Lonnie). Pero por la ley de promedios, seguramente era hija de Lintzie, y en cualquier caso él nunca había podido demostrar lo contrario. Lonnie apenas salía de casa. Pasaba la mayor parte del tiempo atendiendo a los clientes en zapatillas de felpa. La vez que volvió a casa para el funeral de su hermano los zapatos no le entraban y tuvo que parar de camino a la estación para comprarse unos nuevos. Dos meses después, al llevar a los niños a su primera clase de la escuela dominical, los zapatos ya se le habían quedado pequeños. Se hacía difícil creer que hubiera sido guapa, si bien a los diecisiete o dieciocho había sido tan guapa como la que más en el valle. Algunas mujeres descuidaban su aspecto una vez casadas, y Lonnie era una de ellas. En fin, ¿qué era peor: las que se descuidaban o las que no se preocupaban de otra cosa y no dejaban de flirtear con cualquier hijo de puta que llevara pantalones? Dentro de un año o dos habría podido dejarla en una convención de bomberos, que habría estado tan segura como entre las cuatro paredes de casa. Lintzie se lo había dicho así mismo, y la respuesta de ella había sido: «Anda, cállate». Esa era su respuesta para todo. Cállate. Con

Lintzie, con los niños, con su madre, pero sobre todo con Lintzie, y tan a menudo lo decía que, al final, él se dio por aludido y decidió callarse.

Al cabo de un tiempo de casi no hablarle, ella también se dio por aludida y le llamó la atención. Él le dijo que no hacía más que lo que le había pedido: llevaba años pidiéndole que se callara, y eso mismo había hecho. Si no quería oír lo que tuviera que decirle, se limitaría a hablarle cuando fuera absolutamente necesario. Automáticamente, la respuesta de ella fue decirle que se callara. Lintzie se daba cuenta de que su mujer empleaba esa expresión del mismo modo que otros dicen «Anda a cagar» o «Vete al cuerno», solo que lo que ella decía era «Anda, cállate», y él se lo tomaba al pie de la letra. En cierto sentido, el no tener que hablarle hacía que la vida fuera soportable. Ella no es que fuera muy locuaz, no era lo que se dice un loro o una cotorra, pero la mitad de lo que decía eran quejas y lamentos. Cuando no era el dinero, era que se le habían vuelto a hinchar los pies, y cuando no eran los pies, era que por qué no la ayudaba con los niños en lugar de pasársela en Schmelinger's mañana, tarde y noche. Lo más gracioso era que nunca se quejaba dos veces de la misma cosa. Seguramente mejor eso que oírla repitiéndose con lo mismo a cada rato, cosa que habría vuelto loco a cualquiera; aunque por otra parte, cuando se quejaba de algo y uno le hacía caso suficiente como para ir y solucionar el motivo de la queja, a la primera de cambio se hacía evidente que la mujer ni siquiera recordaba haberse quejado de tal cosa. Como la vez que Lintzie pagó ciento ochenta y cinco dólares por una Stromberg-Carlson nueva y ella le preguntó que para qué leches quería dos radios, olvidando por completo que ella misma se había quejado de la radio vieja y que había mencionado explícitamente que la próxima quería que fuera una Stromberg-Carlson. Otro día, sin venir a cuento de nada, le dijo: «¿Por qué no te quedaste en los Marines? Si te hubieras quedado en los Marines, estaríamos viviendo en Hawái y no en este pueblo de mala muerte». El reproche era tan injusto que Lintzie se armó de valor y le soltó una patada en el trasero.

«¿A qué viene esa patada?», dijo ella. A veces Lintzie pensaba que a su mujer le faltaba un tornillo, aunque tonta no era. Para algunas cosas era muy lista. A veces, cuando venían los representantes, él le dejaba hacer los pedidos. Lonnie no sabía que siete por ocho son cincuenta y seis, pero nunca aceptaba el primer precio de nada y siempre que pedía algo —pongamos una remesa de lápices— conseguía que el representante añadiera algo como obsequio. Antes incluso de empezar a hablar sobre una venta, le exigía muestras gratuitas —caramelos, chicles, baratijas— que luego usaba para pagar a los niños que le hacían recados.

En la más estricta confidencialidad, y una vez superada la ración habitual de whisky y agua, Lintzie me contó un día que Lonnie había descubierto que la mayoría de amas de casa no se molestaban en llevar la cuenta de lo que compraban. Me dijo que con mi madre era imposible, pero que otras mujeres del barrio no parecían percatarse cuando Lonnie añadía artículos a su factura mensual. Además, lo hacía muy bien. Añadía apenas un dólar por cuenta, pero la suma de un dólar a cada factura acababa dando unos cien al mes de beneficio neto. En Navidades, esa cantidad aumentaba. En cualquier caso, ascendía a bastante más de mil dólares al año, que ya es decir tratándose de una mujer que no sabía multiplicar siete por ocho. Como caídos del cielo. A partir de entonces dejó de preocuparme que Lintzie me invitara a copas. Corrían de parte, por así decir, de las amas de casa del barrio, entre ellas algunas que no habían saldado las cuentas que tenían pendientes con mi padre.

Se me ocurrió también que aquello era un soborno por parte de Lonnie que venía a sumarse al de las cuatro cajetillas de cigarrillos. Seguramente no le habría servido de nada quejarse, pero podía haber protestado cada vez que Lintzie abría el cajón de la registradora y sacaba unos billetes para invitarme. Sin duda ella se alegraba de perderlo de vista. Con todo, yo estaba convencido de que Lonnie agradecía mi silencio, si bien podía temer que lo rompiera ahora que Lintzie y yo salíamos de copas juntos. Éticamente no es que pisara sobre terreno firme, pero mi ética, mi moral y mi conciencia se llevaban continuas palizas también en otros ámbitos. Las chicas, las mujeres, el amor, la teología, la política nacional y mi incontrolable temperamento me llevaban por el camino de la amargura. Mi predisposición a pasar tanto tiempo con un hombre al que tenía por idiota no era el menor de mis problemas. Es cierto que yo era víctima de unas circunstancias que escapaban a mi control, pero a partir de ese momento fui incapaz de justificar mi amistad con aquel patán locuaz. Y como no podía justificarla, dejé de intentarlo.

En el centro, detrás de un hotel de paso de segunda categoría, había otro bar tan descarado como el de Schmelinger y en el que se servía el mismo tipo de whisky. A diferencia del de Schmelinger, ahí buena parte de la clientela iba cambiando, pues la formaban principalmente los representantes comerciales que se alojaban en el hotel. Era un lugar concurrido, y a menudo medio lleno de forasteros. Una noche fui ahí solo y me senté en una mesa a beber cerveza, comer galletitas saladas y leer los periódicos de fuera de la ciudad. En la mesa de al lado había dos forasteros que tomaban whisky de centeno y ginger ale. Viajantes, probablemente, y con ganas de emborracharse. Aunque no me molestaron, empecé a prestar atención a su conversación. Uno le estaba hablando al otro de una de sus clientas, no muy guapa, pero facilona. Nada nuevo tratándose de una conversación entre viajantes, pero entonces el que hablaba le explicó al otro dónde encontrar a su complaciente clienta, y la dirección era la de la tienda de Lintzie. «Yo empecé a calzármela hace un par de años —dijo—. No te esperes un bellezón. Esta es para echar uno rápido el día que no has quedado con nadie. No pide dinero. Basta con que le des una docena de muestras o que le arregles un poco el precio. Y cuidado con el marido. Se pasa el día entrando y saliendo de la tienda. Un alcohólico. La última vez que vine por aquí, yo estaba en el piso de arriba con la tipa y de repente llega el marido del bar. Tuve que esconderme en el armario hasta que volvió a irse. Si hubiera abierto la puerta del armario, me habría pillado, pero en el par de años que llevo tirándomela es la única vez que ha ido de un pelo. No le digas que te he enviado yo. La primera vez tendrás que trabajártelo, pero te diré una cosa: no es difícil. Y, chico, cómo disfruta.»

Habría sido fácil entablar conversación con el viajante y averiguar más cosas acerca de la conducta de Lonnie, pero en ese momento llegó un amigo mío y pasamos a ser un par de lugareños frente a los forasteros. El viajante había confirmado mis sospechas con respecto a Lonnie; sospechas latentes, pues no me había imaginado que Lonnie pudiera ser tan audaz ni tan temeraria. Curiosamente, mi primer impulso fue advertir a Lonnie de que se anduviera con más cuidado, y el segundo, en contradicción con el primero, fue una sensación de pena por Lintzie. Si algún efecto práctico tuvo esa conversación cazada al vuelo, fue que puse fin a mis agradables sesiones de copas con Lintzie. Aquello iba a traer problemas, yo lo sabía y estaba totalmente decidido a mantenerme al margen. No quería estar de copas con Lintzie mientras Lonnie aprovechaba su ausencia para colmar de atenciones a un viajante con la lengua demasiado larga.

Pasados los años llegué a creer que Lintzie había empezado a sospechar de Lonnie cuando yo dejé de asistir a nuestros encuentros en Schmelinger's. Mi excusa para ello era endeble, aunque en parte basada en la realidad: que el periódico me había ascendido a columnista, trabajo extra que debía realizar en mi tiempo libre. Era endeble porque Lintzie no se la creyó. Cada vez que nos veíamos me miraba con cara de dignidad ofendida, con esa mirada de la gente humilde que se cree sin derecho a la ira. Mi siguiente teoría sobre las sospechas de Lintzie con respecto a Lonnie era que, desde que no me tenía (ni a mí ni a nadie más) para hablar, se había quedado a solas con sus pensamientos, y su mundo era muy pequeño. Tenía una esposa, dos hijos que no le reportaban ninguna satisfacción y la clientela de la tienda, por la que no sentía respeto alguno. Y, por supuesto, tenía los recuerdos de sus diez meses como soldado en el Cuerpo de Marines, patrullando estaciones de ferrocarril y muelles ante las burlas de los marineros y los suboficiales; sus visitas ocasionales a las casas de putas de la Costa Este; la vez que se había parado en posición de firmes cuando el presidente de los Estados Unidos de los huevos había pasado a dos metros de él en la estación de Union Depot de Washington. Su hermano nunca había ido más lejos de Nueva York, su padre nunca había pasado de Filadelfia, y su madre nunca había estado en Reading hasta que cumplió los treinta. Para ser un chico del condado de Berks, Lintzie había visto mucho mundo, pero no en los últimos tiempos. El de Schmelinger era un bar muy sobrio; la única decoración del local era un anuncio enmarcado de antes de la ley seca en el que se veía a un macho cabrío con traje tirolés sujetando una jarra de cerveza. El propio Schmelinger era un católico estricto con una hija monja y un hijo que estudiaba para el sacerdocio. Era en este entorno en el que Lintzie pasaba buena parte de su tiempo, probablemente tanto como en la tienda.

Pasó un año y un poco más sin que me tomara una copa con Lintzie y sin que pusiera los pies en su negocio. (Mi madre podía enviar a alguno de mis hermanos a por las botellas de leche de última hora.) Yo ganaba veinte dólares a la semana en el periódico, y el dueño, en su benevolencia, me dejaba llenar el depósito de mi Buick de cuatro cilindros a expensas del rotativo, es decir, que me iba abriendo camino en el mundo, y me encantaba mi columna, que era una de las numerosas imitaciones del «Puente de Mando» de Franklin Pierce Adams. Una tarde, cuando el periódico ya estaba en prensa y el resto de reporteros se habían marchado a casa, sonó el teléfono del jefe de local y yo respondí.

—Malloy al habla —dije.

—Ah, Malloy, eres tú. Soy Christine Fultz.

—Hola, Chris, ¿qué tienes? —dije.

Christine era una «corresponsal» que se ganaba unos dólares a la semana pasándonos noticias y reportajes ilegibles (y a menudo atrasados) sobre las cenas de la parroquia.

—Bueno, la verdad es que está pasando algo muy raro.

—¿Lo bastante raro como para que salga en mi columna?

—¿Qué columna? —dijo Chris.

—Déjalo. ¿Qué tienes? Escupe.

—Quiero que salga mi nombre, ¿de acuerdo?

—Me ocuparé de que salga, pero primero tienes que decirme de qué se trata —dije.

—Es en Lintzie's. Hay un montón de gente delante.

—A lo mejor están de ofertas.

—Hablo *en serio*. Alguien ha dicho que le ha disparado a su mujer.

—¿Que Lintzie le ha disparado a Lonnie?

—Eso he dicho, ¿no? Pero no sé si es verdad o no. Hay tanta gente que no he podido acercarme mucho. Otros dicen que le ha disparado a ella y a los dos hijos, pero tampoco lo sé seguro.

—¿Está la policía? —dije.

—Si está, está dentro. Yo no he visto policía.

—¿Cuándo ha ocurrido, lo sabes?

—Pues no puede hacer mucho, porque he pasado por delante de la tienda hace una hora y no había nadie. Pero cuando he vuelto tendrías que haber visto qué gentío. Tiene que haber ocurrido entre que he pasado por ahí hace una hora y he vuelto a pasar de camino a casa.

—Veo que vas aprendiendo a usar el coco, Chris. ¿Y qué más?

—*Alguien* ha dicho que le ha disparado *a un hombre*.

—¿Lintzie le ha disparado a un hombre?

—No me eches la culpa si luego no es más que un rumor, pero eso es lo que me han dicho. Parece ser que hay un hombre muerto, aparte de Lonnie y los dos críos.

—¿Y Lintzie? ¿Dónde está Lintzie?

—No lo sé. O está dentro o se ha ido. O a lo mejor también está muerto.

—Me gusta cuando piensas, Chris. Muchas gracias, saldrá tu nombre.

—¿Vas para allá?

—Intenta detenerme —dije.

En menos de diez minutos ya había aparcado el coche delante de Lintzie's. Era mi barrio y todo el mundo sabía que yo trabajaba para el periódico, así que me dejaron pasar. Uno de los agentes, nuevo en el cuerpo, se interpuso entre la puerta y yo.

—Nada de prensa —dijo.

—¿Quién lo dice? *¿Tú?* Vamos, hombre... Sal de en medio. Si le das la vuelta a esa cabezota, verás que tu jefe me está diciendo que entre. —Joe Dorelli, sargento y detective (todos los detectives eran sargentos) me estaba haciendo señas desde el interior de la tienda—. ¿Lo ves? —le dije al agente novato—. Cuando tú jugabas a fútbol en el instituto, yo ya estaba cubriendo asesinatos.

Era mentira, pero los agentes novatos eran nuestros enemigos naturales. Entré.

—¿Qué coño es todo esto, Joe?

—Lintzie, el alemán de los cojones. Ha llegado a casa, la ha pillado en la cama con un tipo y les ha disparado a los dos. Luego los niños han llegado corriendo desde el patio y les ha disparado a ellos también. ¿Quieres ver la pistola? Aquí está. —En el mostrador había una pistolera con el emblema de los Marines y, dentro, una Colt 45 automática.

—¿Dónde está Lintzie? —dije.

—Detrás, en la cocina, hablando con el jefe. Ni que lo hubieran nombrado alcalde. Ha llamado él mismo. El jefe y yo hemos venido enseguida, y lo primero que ha hecho ha sido ofrecernos un puro. Luego nos ha hecho subir y nos ha llevado hasta la mujer y el tipo. Ya los verás. Estamos esperando a que vengan a fotografiarlos. Luego Lintzie nos ha llevado al sótano, donde están los dos niños.

—¿Les ha disparado en el sótano?

—No, en la escalera, entre este piso y el dormitorio. Luego se los ha llevado al sótano. El porqué no lo sé, y él tampoco. Le he preguntado que por qué no se había pegado un tiro él también, ya puestos. Es lo que suelen hacer. Pero mi pregunta le ha sorprendido. ¿Por qué iba a pegarse un tiro? Me ha mirado como si me hubiera vuelto chiflado.

—¿Está borracho?

—Huele a alcohol, pero no parece borracho. Ha preguntado si estabas aquí.

—¿Ah, sí?

—Por tu nombre —dijo Dorelli—. Por eso quería hablar contigo. ¿Sabías que esto iba a ocurrir? Nadie sabe quién es el otro tipo. Bueno, sabemos cómo se llamaba y que era una especie de viajante. Tenía la cartera en el pantalón, que estaba colgado en el respaldo de una silla. Es de Wilkes-Barre, pero trabaja para una empresa de Allentown. Sidney M. Pollock, treinta y dos años de edad. ¿Sabías lo suyo con la mujer de Lintz?

—No, pero quizá podría reconocerlo.

—Lo identificaremos, no te preocupes.

—Me gustaría verlo.

—Solo podrás verlo de frente. Ya sabes lo que hace una bala del cuarenta y cinco. Tiene la mejilla derecha hundida. A ella le ha disparado en el corazón. Dos veces. La ha rematado por si acaso. Los niños han recibido una bala por cabeza. Cinco disparos, cuatro muertos. Claro que había sido marine, y en los Marines les enseñan a disparar. Me he fijado en que había un retrato suyo en el dormitorio. Tirador de primera y fusilero experimentado. Entonces, ¿qué? ¿Quieres echarles un vistazo?

Yo solo quería ver al tipo, y, en efecto, lo reconocí. Era el compañero del viajante que aquel día había hablado tan seductoramente de Lonnie Lintz. Había pasado un año, pero aquella nariz y su cabeza sin pelo eran inconfundibles. Al otro no habría podido reconocerlo, porque estaba sentado a mi derecha, pero Pollock estaba de cara hacia él y hacia mí. Quizá sería excesivo decir que si esa noche hubiera hablado con ellos, Pollock no habría muerto en ropa interior en esa cama revuelta, en una ciudad extraña, de forma tan vergonzosa. Pensé en la mujer de Pollock, si es que la tenía, y en su madre y su padre, probablemente ortodoxos, en Wilkes-Barre.

—Tengo otro regalo para ti —dijo Dorelli—. Abajo, en el sótano.

—No, gracias —dije.

—Te entiendo —dijo Dorelli—. Si no fuera mi obligación, yo tampoco habría ido a verlos. Dos niños, por el amor de Dios, de la misma edad que los míos. Este tipo está loco, pero eso no lo escribas. Alegará enajenación. Puede que tuviera derecho a matar a su mujer y al judío, pero no a los niños. No puede acogerse a esa ley no escrita con los niños. Merece que lo frían.

—No sabía que eras hombre de familia, Joe.

—Podrías llenar un libro con todo lo que no sabes de mí —dijo él—. Ya has visto suficiente, ahora vamos abajo, a ver si el jefe te deja hablar con Lintz.

Esperé en la tienda mientras Joe conferenciaba con el jefe. Entretanto apareció un policía llamado Lundy.

—Está pasando algo insólito en esta ciudad —dijo.

—¿Qué ocurre? —dije.

—Las mujeres que están ahí fuera quieren lincharlo.

—En esta ciudad nunca ha habido ningún linchamiento —dije.

—Ni lo habrá. Hablan por hablar, pero no son cosas que se oigan a menudo en el condado de Lantenengo. Aunque solo sea pura palabrería, le diré al jefe que más vale sacarlo de aquí.

—Querrás decir que se lo *sugerirás* —dije.

—Hmm, muy agudo —dijo Lundy—. Dicen que Lintz y tú erais buenos amigos.

—Veo que has estado investigando en el bar de Schmelinger, ¿verdad, Lundy? ¿Crees que vas a resolver el caso?

—Podría resolverlo en tu jeta, Malloy —dijo Lundy.

—Y entonces volverías al camión de la basura. Nosotros apoyamos a este alcalde —dije.

Dorelli me hizo señas desde la trastienda.

—¿Algún mensaje para el jefe, Lundy? —dije.

—No, lo tergiversarías, igual que ese periodicucho para el que trabajas —dijo Lundy.

Se echó a reír y yo carraspeé. Lundy era un buen policía y sabía que eso era lo que yo pensaba.

—Les hablaré bien de ti —dije.

—Por Dios, no. Si tú hablas bien de mí, estoy apañado.

Fui adonde estaba Dorelli.

—Puedes hablar con él, pero uno de nosotros tiene que estar delante.

—Vamos, Joe. Este caso no tiene mayor misterio. Déjame que hable con él a solas.

—O lo hacemos a nuestra manera o nada —dijo Dorelli.

—Pues hagámoslo a vuestra manera —dije yo.

Dorelli me condujo a la cocina. Frente a la puerta había un policía de uniforme; el jefe estaba sentado a la mesa frente a Lintzie, con la barbilla sobre el pecho, mirándolo en silencio. Era evidente que, por el momento, el jefe ya no sabía qué más preguntarle. Lintzie se dio la vuelta en cuanto entré.

—Ah, aquí está mi amigo. Ey, Malloy.

—Hola, Lintzie —dije.

—Oiga, jefe, déjeme enviar a alguien a Schmelinger's a por una cerveza —dijo Lintzie—. Yo la pago.

—¿Qué vas a pagar tú? Bastante tienes ya que pagar, hijo de la gran puta —dijo el jefe.

—Estaré en el sótano —dijo Dorelli, y se fue.

—En fin, supongo que al final lo he hecho —dijo Lintzie.

—¿Por qué hoy, precisamente? —dije yo.

—No lo sé —dijo Lintzie—. Estaba en Schmelinger's y supongo que me he puesto a pensar en mis cosas. Frente a la puerta de la cocina había apilado un cargamento entero que había que desempaquetar. Sabía que Lonnie no se tomaría la maldita molestia de hacerlo. Había que desempaquetar las cosas y ponerlas en el sótano para que no se quedaran por en medio. Entonces me he dicho que podía desempaquetar yo mismo y decirles a los niños que lo pusieran todo en el sótano cuando volvieran a casa. Era un cargamento de un mayorista. Conservas. Cosas pesadas. En cajas de madera. Solo tenía que ir a por el martillo de orejas y abrir las cajas, y los niños ya bajarían las latas al sótano de dos en dos. Diez o quince minutos de trabajo y podría volver a Schmelinger's. Así que le he dicho a Gus que nos veríamos luego y me he ido.

—¿A qué hora ha sido eso, Lintzie? —dije.

—Ni idea. He perdido la noción del tiempo —dijo Lintzie.

—Sobre las tres menos cuarto —dijo el jefe—. Entre las dos y media y las tres, según Schmelinger.

—Al llegar a la puerta de la tienda, me he fijado en que fuera estaba el coche de un representante. Pero cuando he entrado no he visto ni a Lonnie ni al representante. El jefe no me cree, pero hace tiempo ya la había pillado con un representante, aunque no era el mismo.

—¿Por qué no le cree, jefe?

—Porque aquí ha habido premeditación. Toda esta historia de las cajas en el porche trasero no es más que una excusa.

—Eche un vistazo, las cajas están ahí, a la vista de todos —dijo Lintzie.

—Ha fingido que se iba un par de horas a Schmelinger's, como de costumbre. Pero solo ha ido para que su mujer y el viajante tuvieran tiempo de subir al piso de arriba —dijo el jefe—. Él mismo ha reconocido que normalmente guardaba la cuarenta y cinco arriba, pero que hoy estaba colgada en un gancho de la escalera del sótano. Esto ha sido homicidio premeditado.

—¿Qué dices tú, Lintzie? —dije.

—Que el jefe no tiene por qué tener siempre la razón.

—Pero ¿por qué tenías la pistola en la escalera?

—Para que los niños no la tocaran. Lonnie me había dicho que había visto al niño jugando con ella y que tenía que guardarla en otro lado. Así que me la llevé y la colgué de un gancho en la escalera del sótano, donde no pudieran alcanzarla. Eso fue hace dos o tres días. Lonnie puede... Iba a decir que puede confirmarlo, pero supongo que ahora ya no.

—No —dije—. Y después ¿qué?

—Sí, escucha esta parte, Malloy —dijo el jefe.

—¿Después qué? Pues después he subido al piso de arriba y los he pillado en la cama.

—Quieto parado, Lintzie. Te estás saltando una parte. ¿Has ido a por la pistola y has subido? —dije.

—¿Yo? No. He subido, los he pillado y luego he ido a por la pistola.

—¿La has llamado antes de subir? ¿Has llamado a Lonnie para ver dónde estaba, si arriba o en el sótano?

—Generalmente oye la campanilla cuando entro en la tienda.

—Pero podrías haber sido un cliente. ¿La has llamado o no?

—Ni la ha llamado ni ha entrado por la puerta principal —dijo el jefe—. A Dorelli le ha contado una historia y a mí otra, y ahora está contando otra distinta. A Dorelli le ha dicho que había ido por detrás a buscar el martillo y que se había puesto a abrir las cajas. Las cajas no presentan marcas, y además se hace mucho ruido al abrir una caja con un martillo de orejas. Hay que introducir la garra bajo las tablas y hacer palanca, y eso hace un ruido muy característico. Habría alertado a los que estaban arriba. No, ha entrado por la puerta de atrás, que no tiene campanilla, ha agarrado la cuarenta y cinco, ha subido sin hacer ruido, ha apuntado con cuidado y ha matado al viajante. Un disparo. Luego a ella le ha metido dos balas en el corazón. Le he echado un vistazo a la cuarenta y cinco y te diré una cosa, Malloy: si mis hombres mantuvieran sus pistolas en tan buen estado, me daría por satisfecho. De pistolas sé algo. Si las dejas en la pistolera demasiado tiempo, la grasa se espesa, pero no es este el caso. Esta pistola ha sido limpiada y engrasada, yo diría, en las últimas veinticuatro o cuarenta y ocho horas.

—Siempre he mantenido la pistola en buen estado —dijo Lintzie.

—Sí. Por si se presentaba la ocasión —dijo el jefe.

—Dime qué has hecho, Lintzie —dije yo.

—Les he disparado, por Dios bendito. Y entonces han llegado los niños de los huevos dando gritos y les he disparado también. No lo niego. Adelante, arréstenme.

—Oh, le arrestaremos, señor Lintz —dijo el jefe—. De hecho, lo hemos arrestado hace casi una hora, pero le falla la memoria.

—Les has disparado a los niños en la escalera y le has dicho a Dorelli que luego los has llevado al sótano.

—Eso es. Sí.

—Pero, si no me equivoco, una bala del cuarenta y cinco produce un impacto tremendo, podría enviar a un hombre adulto a varios metros. Así que me pregunto si quizá, cuando les has disparado a los niños, el impacto los ha tirado escaleras abajo y luego tú los has recogido y los has llevado al sótano. ¿Es eso lo que ha ocurrido, Lintzie?

—No —dijo él.

—¿Qué ha ocurrido?

—He agarrado a los niños, uno a la vez, y les he disparado —dijo Lintzie.

—Por Dios —dije yo mirando al jefe.

—No se quedaban quietos —dijo.

—Cielo santo —dije.

—Menudo tipo, este —dijo el jefe—. Hay que ser muy hombre para agarrar a un crío con una mano y dispararle con la otra. Y luego repetir la operación con la otra cría.

—¿A quién le has disparado primero, Lintzie? ¿A la niña o al niño?

—A ella. Luego él ha venido hacia mí. No recuerdo haberlo agarrado.

—El niño quería defender a su hermana —dijo el jefe.

—No quería defender a nadie. Quería dispararme a mí. Él y Lonnie.

—Pero creía que Lonnie te había dicho que escondieras la pistola —dije yo.

—Hasta que el niño fuera mayor. Ella quería esperar un par de años a que tuviéramos algo más de dinero ahorrado.

—Ah, ¿y entonces iba a dejar que te disparase? —dije.

—Ya lo has entendido —dijo Lintzie. Me sonrió y miró al jefe haciendo una mueca—. Me tomaba por idiota, pero no soy tan idiota.

—Antes has dicho que ya la habías pillado con un hombre —dije—. Eso nunca me lo habías dicho.

—Sí que te lo dije. ¿O no?

—No, nunca me lo habías dicho. ¿Cuándo la pillaste? ¿Fue como hoy, llegaste un día y te la encontraste con otro hombre?

—Fue de noche —dijo.

—Ah, ¿llegaste a casa una noche y la pillaste?

—¡No! Yo estaba en casa. Arriba. Sonó el timbre y ella bajó a ver quién era.

—Y tú pensaste que era un cliente —dije.

—Eso pensé, pero era un forastero. Tenía bigote y llevaba una ropa extraña. «En el labio un buen bigote, y todas las chicas en el bote.»

—Oh, sí. «Luego se dejó perilla, y lo seguían en camarilla. En el labio un buen bigote...» Recuerdo la canción.

—Solo que en este caso era él, no el tipo de la canción.

—No me digas. ¿Y entonces entró en la tienda y empezó a insinuarse a Lonnie?

—Fue *ella* la que empezó a insinuársele. Se insinuaba a todo el mundo menos a ti. Tanto tú como tu madre y toda tu familia le caíais antipáticos. Ay, chico, las cosas que decía de tu padre.

—Nunca conoció a mi padre, pero ¿qué decía de él?

—Que operaba a la gente aunque no tuvieran nada. Que cada vez que tu madre quería un vestido nuevo, tu padre operaba a alguien.

—Ah, eso es verdad —dije.

—No le rías las gracias —dijo el jefe.

—Por eso Lonnie no se me insinuaba, porque le caíamos antipáticos. Pero háblame del tipo ese de la barba, Lintzie. ¿Lo habías visto antes en alguna parte? ¿Lo habías visto en Schmelinger's?

—Iba por ahí de vez en cuando, pero nunca había hablado con él.

—Así que iba de vez en cuando.

—Yo lo había visto ahí —dijo Lintzie.

—Y llevaba bigote. ¿Llevaba un abrigo con correas en la parte de delante?

—Eso es, sí —dijo Lintzie—. Aunque nunca lo vi cuando tú estabas ahí.

—No, pero creo que ya sé a quién te refieres.

El jefe consultó su reloj de bolsillo.

—Ya habéis hablado suficiente, Malloy. Me llevo a este tipo al juzgado.

—¿Para acusarlo de homicidio con premeditación? —dije.

—Correcto. Caso abierto y cerrado, como este reloj.

—Te apuesto lo que quieras a que no entra en Bellefonte —dije.

—No aceptaría tu dinero —dijo el jefe.

—¿Bellefonte? ¿Dónde tienen la silla eléctrica? —dijo Lintzie—. Ja. Ni en sueños.

—¿Lo ves? Él tampoco lo cree —dije.

—¿De quién era yo escolta durante la guerra? Díselo, Malloy —dijo Lintzie.

—De Woodrow Wilson, el presidente de los Estados Unidos de los huevos —dije yo.

—¿Puedo ir al piso de arriba un momento, jefe? —dijo Lintzie.

—No. ¿Quieres ir al baño?

—No. Quiero darle una cosa a Malloy.

—Llama a Lundy, dile qué es y él lo cogerá —dijo el jefe.

—Una fotografía mía, está arriba, en la cómoda —dijo Lintzie.

—Señor, qué paciencia. De acuerdo —dijo el jefe.

Lundy fue al piso de arriba y trajo la fotografía, que yo nunca había visto, del soldado Donald Lintz, Cuerpo de Marines de los Estados Unidos, con el uniforme verde, la gorra de la época perfectamente calada en la cabeza y dos insignias de tiro clavadas en la guerrera.

—Ponla en el periódico, Malloy —dijo Lintzie.

—Te lo prometo —dije—. ¿Y si me das alguna fotografía de Lonnie y los niños?

—¿De ellos también? —dijo Lintzie—. ¿Para qué la quieres? No quiero que eso salga en el periódico.

—¿Hay más fotografías arriba, Lundy? —dije.

—Ya lo creo —dijo Lundy—. Un montón. De ella antes de engordar, y de los dos niños.

—No, esas no puedes llevártelas —dijo Lintzie.

—Lundy, ve a buscarlas —dijo el jefe.

—Eres un hijo de puta, Malloy —dijo Lintzie—. Quieres que la gente se compadezca de ellos.

—Él a lo mejor no, pero yo sí —dijo el jefe—. Malloy, ¿por qué crees que el tipo este puede salvarse? A mí puedes decírmelo. El que acusa es el fiscal del distrito, no yo.

—¿Tienes cinco minutos? —dije.

—¿Para qué?

—¿Por qué no vienes conmigo? Como mucho serán cinco minutos —dije.

El jefe llamó a Dorelli, le dijo que no perdiera de vista a Lintzie y me acompañó a Schmelinger's. Le señalé el viejo anuncio de cerveza colgado en la pared.

—Ese es el otro novio de Lonnie —dije—. Cualquier alienista de cincuenta dólares podrá impedir que Lintzie vaya a la silla.

—Quizá tengas razón —dijo el jefe.

—¿Desean algo, caballeros? Invita la casa —dijo Schmelinger.

—No, gracias Gus —dijo el jefe.

—¿Para ti, Malloy?

—No si invita la casa —dije—. Acabas de perder a tu mejor cliente.

—No lo echaré de menos —dijo Schmelinger.

—Se dejaba sus buenos cincuenta pavos a la semana y nunca te dio problemas —dije.

—No lo echaré de menos —dijo Schmelinger. Y como si yo ya no estuviera ahí, se dirigió al jefe—: Cuando aquí el amigo dejó de venir con él, Lintzie se sentaba y se quedaba contemplando el anuncio de la cerveza. Me juego lo que sea a que ni lo veía.

—¿En serio? En fin, gracias, Gus. La próxima vez que pase por aquí me tomo una contigo —dijo el jefe.

Caminamos en silencio hacia la tienda y, a medio camino, el jefe dijo:

—Siempre he sentido un gran respeto por tu padre. ¿Qué hace un joven con tus estudios perdiendo el tiempo de esta manera cuando podría hacer algo bueno en la vida?

—¿Qué estudios? Estuve cuatro años en el instituto —dije.

—Te fuiste a la universidad —dijo él.

—Me fui, pero no a la universidad.

—Oh, entonces no eres mejor que el resto de nosotros —dijo.

—Nunca he dicho lo contrario, jefe.

—Nunca lo has dicho, pero actúas como si lo fueras. Tu padre *sí* era mejor que la mayoría de nosotros, pero no lo demostraba.

—No, no tenía por qué —dije yo.